내가
사는 곳
영국

안장민숙 지음

미디어

» Contents «

CHAPTER 1
어디서 왔니?

CHAPTER 2

하우스 룰

CHAPTER 3

나라는 사람

CHAPTER 4

의자 – 돌아보며 살기
· 291

CHAPTER 1

어디서 왔니?

01 리치몬드
파크에서

영국에 와서 이곳을 알게 된 것이 무척 기쁘다. 봄이 되면 몇 백 년은 됨직한 아름드리 밤나무와 상수리나무가 밑둥부터 물을 머금어 녹색으로 변하고, 좀 더 깊은 봄이 되면 푸른 잎을 다투어 내놓고, 눈이 가는 어디에나 흰색의 스노드롭과 보라색의 크로커스, 노란색의 수선화가 가득 눈 안으로 들어온다. 향기를 눈으로 보여주듯 피어나는 벚꽃이 가지에 가득하게 되면 봄은 그 절정이다. 어느 봄날 공원을 찾았을 때 바람이라도 불어주면 머리 위로, 어깨 위로 내려앉는 꽃잎은 내가 주인공인 영화의 배경이 된다.

여름의 공원 역시 특별하다. 짙푸른 나뭇잎들과 그 이파리 하나하나에 불어드는 바람이 햇빛과 만나서 수많은 잎들을 반짝이며 마치 반사되는 낱개의 거울처럼 황홀하게 드러난다. 비라도 오는 날이면 공원은 또 다른 그림, 즉 그윽함을 내어놓는다. 오후 2시 반이면 새로이 구워 나오는 따끈한 스콘Scone에 부드러운 클로티드 크림Clotted cream과 딸기잼을 발라서 차Tea와 함께 즐긴다. 공원에 있는 유명한 펨브룩 로지Pembroke lodge에서.

로지의 뒷정원으로 나가면 굽어보이는 언덕 아래로 크고 작은 나무들이 만드는 실루엣이 겹쳐진 구름들처럼 우아하게 드러나고, 비슷한 듯 다른 듯 사이사이 고목의 색들도 어쩜 그리 잘 어울리는지 모른다. 멀리 보이는 집들도 편안함과 따스함을 더해준다. 무채색의 필터를 끼워 분위기를 살린 프랑스 영화의 롱숏Long shot처럼 아주 천천히 눈에서 머릿속으로, 가슴으로 평화가 내려앉는다.

한국에만 가을이 있는 것이 아니라 영국에도 가을이 있다. 물론 아름답기까지 하다. 리치몬드의 가을은 처음엔 천천히 시작했다가 어느 순간 온통 모두를 채워버린다. 꽃은 꼭 봄에만 피는 것은 아니다. 마지막 정열로 잎을 붉게 물들여 꽃보다 더 화려한 군무를 만든다. 그 아름다움은 손끝이 아닌 저 멀리에서 보여지기에 더한 행복을 주기도 한다. 딱히 어느 색이라 단정할 수 없는 영국 단풍의 조화는 화려하기보다 은근하다.

무엇보다 리치몬드는 사람들과 함께 완성된다. 그곳에서 내 자신이 자연을 배경으로 마주한 사람과 눈을 맞추고, 그 사람의 등 뒤로 이어진 공원을 또다시 즐기게 되는 것이다. 으레 공원에 가면 차를 세우고 그곳의 산책로를 걷는데 곳곳에 나무의자들이 놓여 있다. 벤치들은 리치몬드 파크를 사랑했던 사람들이나 그 사람들을 사랑한 사람들에 의해 기증된 것들로, 그들의 영혼이 언제고 돌아와 행복했던 기억들을 추억하리라 믿는다. 바람과 비와 시간들이 스쳐간 나무의자들은 팔걸이라도 한 번 쓰다듬고 싶도록 정겹고 편안해 보인다. 누구라도 넉넉히 받아줄 것 같은 휴식이 거기에 있다.

천천히 걸으며 시간을 길게 쓰는 사람들의 공원이 거기에 있다. 나는 그곳에서 팽팽하게 잡아당겨진 나의 시선을 풀어주고, 늘 두근거리듯 황망한 내 가슴에 바람이 통하게 한다. 일 분, 한 시간, 하루, 한 달만큼 내가 늙어가는 걸 지켜볼 수는 없지만 어느새 나는 그 시간들만큼을, 그리고 그 날들만큼을 머금은 사람으로 변해 있다. 언젠가는 이전의 사람들이 그랬듯이 이 자리에 서 있던 나도 비워질 것이다.

이제 겨울이다. 겨울엔 펨브룩 로지 아래의 오솔길을 걷는다. 이때는 일행 없이 혼자 걷는 것이 제격이다. 한 철의 의무를 다하고 시들어버린 잡풀들 사이로 누군가가 걷고 또 걸어서 만든 작은 오솔길을 따라간다. 고개를 들어 어딜 봐도 스산한 나뭇가지에 그저 매달린 나뭇잎들이지만 그 작은 오솔길이 나를 천천히 이끈다. 나 역시 그 길을 따라 걸으며 나를 지탱하고 이끄는 두 다리, 두 발을 내려다볼 뿐이다. 굳이 멀리 볼 필요도 없고, 달음박질치기엔 좁고 불편한 그 오솔길에 감사하며 걷는다. 오른발이 그리고 왼발이 한 번에 한 번씩 번갈아 딛게 하는 그 방법이 좋을 뿐이다.

02 다르다는 것은
특별하다

내가 어릴 때, 내게도 인형이 하나 있었다. 크기로 따지면 바비 인형만하지만 황금비율의 날씬한 인형이 아니라 통통한 얼굴과 구불거리는 밤색 머리칼의 서양 아이를 닮았었다. 그때는 인형이라 하면 서양 인형을 통칭하는 것이었고, 요즘 흔한 봉제 인형이란 것은 없었지 싶다. 그 인형은(인형에 이름을 붙인다는 것을 생각도 못하던 시절에) 뉘면 눈을 감고, 바로 세우면 왠지는 몰라도 한 쪽씩 눈을 뜨는 그런 인형이었다. 지금처럼 부드러운 재질도 아니고 머리카락이 심어져 있는 모양노 적나라하게 들여다보이는 그런 것이었는데, 내 어린 시절의 가장 소녀답던 추억을 말해주는 것이다. 언제부터 그 인형을 가지고 놀지 않았는지 기억도 없지만 분명한 것은 내게 버림받은 것은 아니고, 어쩌면 인형이 내 손에서 멀어지던 시점에 어머니께서 치우셨을 것이다. 그 뒤로 내게 사람 모양의 인형은 더 이상 없었던 것 같다.

딸아이의 학교에 가면 내 머릿속에 있던 서양 인형 같은 아이들이 내 딸과 인사하고, 공부하고 재잘거린다. 사람이 자신의 얼굴을 보면서 다니는 것이 아니고 자신에게 보여지는 다른 사람들의 얼굴이 내 머릿속에 인식되는 것이니, 내가 어떤 모습이라는 의식을 잠깐 놓고 딸아이를 보면 한 동양 아이가 눈에 띈다. 쌍꺼풀 없이 동그랗고 편편한 얼굴, 검은 머리카락, 검은 눈동자의 아이를 보면서 그때야 내 모습도 떠올린다. 내가 저 나이일 때는 머리카락 색이나 눈동자 색, 피부색 같은 것에 대해 별다른 생각을 해본 적이 없었는데, 지금의 나는 그런 부분에 대해 문득문득 긴장하고 신경을 쓴다.

영국에서 태어난 딸아이는 이제 8살이 되었고, 나는 한국에서 28년을 조금 더 살았다. 나는 내가 여기 사람들과 다르다는 걸 너무도 잘 알지만, 딸아이는 가끔씩 혼란에 빠지는 모양이다. 예닐곱 살 무렵에 거울을 들여다보던 딸아이가 느닷없이 이렇게 말했다.

"엄마, 난 꼭 차이니스 같이 생겼어."

그 말을 듣고 처음엔 화들짝 놀라며, 차이니스가 아니라 코리언이라고 말해 주었지만 적절한 답변은 아니었다.

또 한 번은 학교에 가서 교실에 붙은 아이들의 얼굴 그림을 보았는데, 아이들끼리 서로를 그린 얼굴이라는데 딸아이의 얼굴이 갈색에 가까운 색으로 피부색이 칠해져 있어서 기분이 영 이상했다. 딸아이의 얼굴을 그렸다는 아이가 그렇게 보인다고 했단다. 스스로 인종차별주의 따위가 내게 있다고 한 번도 생각해본 적이 없음에도 기분이 개운치 않고 당황스러웠다. 딸아이는 그저 대수롭지 않게 얘기했지만, 딸아이 학교에 유색인종은 250여 명 중 채 10명이 안 되니 그렇게 보였을지도 모른다는 납득을 스스로 하면서 돌아왔었다.

앞으로의 일을 모르긴 해도 우리 가족이 이 나라에서 계속 살 계획이라면 한 번은 짚고 넘어가야 할 점이라고 생각했다. 아이들은 이 나라의 문화 안에서 커왔고 친구들도 있지만, 부모의 모습을 받아 그들과 다른 모습으로 태어났고, 부모의 말과 문화까지도 이해해야 한다. 그렇다면 아이들은 스스로 다르다는 것을 언제쯤 이해하게 될까. 깃이 다른 새들이 함께 사는 이곳에서 어떤 마음이 필요한 것인지, 그 안에 깊숙이 스며들기 위해서는 무엇을 해야 하는지 조금 막막해질 때가 있다.

딸아이의 머리를 빗기며 아이 얼굴을 거울 안으로 들여다본다. 내 얼굴도 같이 보면서 말한다.

"아가, 다르다는 것은 특별한 거야."

딸아이는 특별하다는 말에 기뻐한다. 그래서 나 역시 기쁘다.

03 열정 소년(Interesting boy)과 심드렁 소년(Quiet boy)

영국에 살면서 영국 사람이 되어 가는 걸 실감하려면 집을 사거나 아이를 대학에 보내 봐야 안다. 영국에서는 집을 고르고, 집을 사고, 그 집의 소유권을 인정받기까지 험난하고 인내심을 요구하는 일들을 많이 겪게 된다. 마땅한 집을 찾더라도 은행이 적절히 협조해주어야 하고, 변호사가 부지런해야 하고, 팔려는 사람의 팔겠다는 강한 의지가 있어야 한다. 그래서 보통 짧게는 6주에서 길게는 6개월이 걸리기도 한다.

아들이 14살 때, 학교에서 GCSE(General Certificate of Secondary Education) (영국의 중등교육 자격시험) 과정을 위한 아이의 선택 교과목을 상의하기 위해 모임을 갖는다는 편지가 왔다. 이 과정은 쉽게 말하자면 중고등 과정의 학력평가를 위한 시험인데, 대학 입시준비의 전 단계이다. GCSE 과목은 영어, 수학, 과학(화학, 물리, 생물), 현대어(불어, 스페인어, 러시아어, 중국어, 일본어, 독일어. 최근엔 한국어가 포함된 학교도 있다), 역사, 지리, 종교, 고전(라틴어, 그리스어), CDT^Craft, Design and Technology, IT^Information Technology, 드라마, 음악, 미술, 경영, 체육 등이 포함된다.

학교에서 미리 보내준 아이의 과목별, 그리고 아이가 속해 있는 그룹별 교사의 이름과 과목 선택을 묻는 친절한 편지를 들고 교사와의 면담을 위해 학교에 갔다. 대부분 부모들이 비슷하게 긴장한 표정으로 와 있었다.

강당에는 이름표를 옷에 달거나 탁자 위에 붙여 놓고 부모들을 기다리는 교사들이 자신들이 가르치는 아이들의 자료를 갖고 진지하게 앉아 있었고, 이 탁자에서 저 탁자로 자녀들의 교과목 교사를 찾아다니는 부모들로 다소 혼란스러웠다.

우리 부부도 순서를 기다려 교사들을 마주했다. 아들에 대한 교사들의 반응은 사무적 그 자체였다. 원칙에 흔들리지 않겠다는 공정한 태도가 오히려 우리 부부한테는 딱딱하고 막막하게 느껴졌다. 특히 우리처럼 첫 아이 때문에 학교에 온 부모에겐, 다시 말해 이 나라 교육제도에 무식한 부모에겐 갈등을 주기에 충분했다. 성적에 근거해 잘하는 과목을 중심으로 선택해야 한다지만 14살짜리가 대체로 그렇듯이 아이의 머릿속도, 마음속도 아니 가능성도 어떻게 알겠는가 말이다.

대부분의 부모들이 비슷해서인지 아이에 대해 좀 더 많은 얘기를 해주는 교사들의 줄은 길고도 길었다. 차례가 되어 교사를 마주하면 어느 부모나 약간은 비굴하고 약간은 기대를 하며 누구의 아빠 엄마라

스스로를 소개한다. 교사가 그제서야 아이의 이름을 찾으려 하면 조금 쯤 실망을 하고 시작한다.

그러나 "How interesting boy… (어찌나 열심인지…)"라며 자료를 보지 않고 얘기를 시작하는 교사를 만나면 감격 비슷한 안도를 하게 된다. 어떤 교사는 우리 아들에 대해 "Quiet boy… (조용한 편이라…)"라 기억하는데, 좋게 말해서 과묵한 것이고 수업에 임하는 태도가 열의 없음을 간접적으로 알려주었다.

아이들은 하루 종일 옆에 있는 친구들이 하니까 자신도 그렇게 해야 하는 것이라는 다소 막연한 단체전을 매일 치르고 있는 것이다. 무엇이 되기 위해서, 무엇을 하기 위해서 이 과정이 필요하다는 논리는 그들이 부모가 되었을 때 자식들에게 누누이 할 얘기일 테고, 다만 그들의 아이들 역시 그 말을 완전히 이해하기에 14살은 턱없이 부족한 나이다.

그러나 나는 이런 교육현장을 보게 되어 안심이 되었다. 내가 중고등학교 과정을 두루 거치면서 내 부모님들이 전과목 교사를 만난 적이 있었는지 기억이 없다. 내가 좋아하던, 또 잘하던 과목에 대해서 점수 외에 관심이 있었는지도 잘 모르겠다. 입시에 필요한 자료인 성적 집계표. 1번부터 60번 정도까지의 이름과 과목 점수, 평균 그리고 석차. 담임선생님은 실패를 줄일 방법에 대해 얘기하고, 부모들 역시 그 얘기에 아이의 인생을 걸었었다.

나와 남편은 면담을 마치고 나와 학교 측에서 준비한 차와 와인을 마시며 학교로 올 때의 불안감을 다소 덜었다는 생각에 안도했다. 무엇을 잘하는지, 무엇이 안 되는지 지금은 확실하게 알 수 없다. 그러나 아이가 그동안 혼자서 해온 일들을 조금이나마 알게 되었음에 감사했다

04 자선모금을 위한
점심

주말을 집에서 보낸 아들을 학교로 데려다 주려면 고속도로를 70마일 속도로 30분 정도 달려야 한다. 학교가 있는 동네는 한적하고 평화롭다. 마치 작정하고 보존한 동네처럼 깨끗하고 고풍스럽고, 아는 누구라도 그곳에 살고 있다면 조금쯤 둘러보고 싶은 마을이다.

사실 아이를 데려가고 데려오던 처음 얼마간은 아이에게 신경 쓰여서인지 그런 차창 밖의 풍경은 눈에 들어오지도 않았다. 아이는 집을 떠나 학교로 돌아가는 30분 동안 앉아 있는 자세가 편치 않아 보이고, 말도 없었다. 그런데 1년 반이 지난 지금은 곧잘 얘기도 하고 여유로워졌다. 학교생활이 몸에 익은 것 같아서 안심이 되는 것 같다가도 절반쯤 부모 품을 떠났구나 생각하면 조금 서운한 생각도 들었다.

중간방학Half term holiday을 마치고 학교로 돌아가던 아들이 그 날 따라 새삼 간식을 더 챙기며 수요일 점심은 수프만 먹기 때문에 배가 고플 거란 걱정을 늘어놓는다. 그 날의 점심에 내가 관심을 가져주길 원하는 듯해서 왜 그러냐고 물으니 전체 학생들의 점심이 수프 한 그릇씩이고, 점심 만들 돈으로 소위 불우이웃돕기 성금을 만든다고 한다.

아이의 학교에는 13세에서 17세까지의 청소년들이 있다. 대입과정이라 하는 식스폼Six form(대학 진학을 위한 과정)이라는 단계에 소수의 여학생들이 있지만 대부분 남학생들이고, 식욕이 왕성한 그 나이의 아이들에게 수프 한 그릇의 점심은 큰 행사이자 희생일 수 있다. 어려서부터 크고 작은 성금 모금에 익숙해 있던 아들이지만 한 끼를 적게 먹고 제 몸으로 희생을 해서 돈이 되고, 그 돈이 필요한 다른 사람들에게 아주 절실하게 쓰인다는 것이 감동인 모양이다. 자신의 밥상을 누군가에게 내어준다는 현실감이 뿌듯한 모양이다. 먹어도 먹어도 부족한 나이의 사내아이들이 턱없이 배고픈 점심을 먹고 늘 이렇게 배고픈 사람들이 있구나 하고 느낄까? 나눈다는 것에 사각지대는 없다는 것, 또 무언가 작은 일에도 기꺼이 함께해야 한다는데 아이와 어른이 다를 수 없다는 이들의 기부문화에 마음이 훈훈하다.

아들을 기숙사 앞에 내려주고 늘 받는 뽀뽀가 그 날은 조금 다르게 느껴졌다. 한 그릇 수프를 깨끗이 비우고 감사하라고 했는데, 오면서 생각하니 안 했으면 더 좋았을 한마디였던 것 같은 후회가 들었다. 내 마음을 아는지 모르는지 아들의 걱정 말라던 대답도 미소가 떠오르게 한다. 돌아서 기숙사 문을 열고 들어서던 아이의 뒷모습도 떠오른다. 다른 아이들 사이로 걸어 들어가던 내 아이의 등이 든든해 보였다.

05 날씨에 관한 이야기

영국에서 기상 캐스터는 인기인이다. 실제로 1990년대 초반에 발랄하게 일기예보를 하던 금발의 아가씨 울리카 존슨Ulrika Jonsson은 명실상부한 인기 사회자가 되었다. 한동안 애들 장난감까지 시리즈로 나오던 '글래디에이터Gladiator'란 프로그램의 진행을 했고, 영국 축구팀의 매니저 에릭손과의 염문설 등 제법 사건들을 만들어내기도 했다.

사실 영국에서 일기예보를 하기란 어렵지 않을 거란 생각이 든다.

"오늘은 아침에 살짝 안개가 끼겠지만 곧 맑게 개었다가 오후부터 구름이 몰려와 비가 오겠습니다. 비가 온 후 다시 맑은 하늘을 볼 수 있으나 바람이 꽤 불겠고, 밤부터는 바람이 잦아들겠습니다."

대충 이런 내용을 순서만 바꿔 말하면 영국의 일기예보가 된다. 사계절이 하루에 모두 들어 있다고도 하는 영국의 날씨. '섬나라라서 그럴 수도 있어' 하다가도 우산이 없는데 예상을 깨고 폭우가 내리면 절로 짜증이 난다.

그러나 이곳 사람들은, 특히 젊은 사람들은 우산 없이 오는 비를 줄 줄 맞고 다니는 것이 일상적이다. 비가 오는 것이 정상이라 가을부터 겨울, 그리고 초봄에 비가 안 오면 은근히 가뭄이 아닌가 걱정되기도 한다. 아이들을 유모차에 태우고 다닐 무렵에는 비닐로 만든 커버를 반드시 가지고 다녔다. 한국에서야 비가 오면 어린애를 데리고 외출하는 걸 그만두지만 여기서는 늘 오는 비 때문에 아무것도 못하고 집에 있을 수만은 없기에 비닐 커버는 필수였다.

비Rain. 조금 오나 퍼붓기나 마찬가지인데 비가 워낙 일상이다 보니 비에 대한 묘사 중 조금씩 다른 표현들이 쏠쏠한 재미와 정겨움을 준다. 여기서는 어쩌다 얼굴에 맞는 물방울 같은 비를 스핏spit이라 한다. 스핏이란 침을 뱉는다는 뜻인데, 표현치고 좀 깔끔하지 못하지만 적절한 묘사란 생각이 든다. 그리고 낭만이라면 낭만이고 난감이라면 난감한 비의 형태가 드리즐drizzle이다. 가랑비 또는 보슬비라 부르는 비의 모습이다.

다음은 시원하게 내리는 샤워shower. 난 개인적으로 이 표현이 무척 마음에 든다. 소나기라고도 우리 식으로 번역하는데 장대비를 말한다. 도로나 땅바닥에서 김이 올라오도록 제대로 퍼붓는 소나기는 여름이 제격인데 쫄딱 젖었다는 말이 뒤에 붙어야 제 맛이 아닐까 싶다. 그리고 소나기가 퍼붓고 지나가면 무지개가 떠야 완성이다. 내 기억에 영국에 사는 십 몇 년 동안 본 무지개가 30년 가까이 산 한국에서 본 무지개의 수효보다 훨씬 많은 것 같다. 또 쌍무지개도 다반사였다. 무지개를 좋아해서 비가 온 후 어디에 무지개가 떴는지 운전을 하면서 찾아보다가 사고가 날 뻔한 적도 몇 번 있었다.

그리고 '캐츠 앤 독스cats and dogs(개와 고양이처럼)'라는 표현이 있다. 천둥과 번개를 동반한 요란한 비. 고양이와 개가 싸우듯이 시끄럽고 격렬하게 오는 비인데 영국을 여행하다가 그런 이름의 펍Pub을 본 기억이 있다. 그런 비가 올 때 비를 피하려고 펍 안에 들어가면 그렇게 정신이 없다는 건지…

또 소가 풀밭에 누워 있으면 비가 온다고도 한다. 비의 징후들도 재미있다.

안개Fog. 사람들은 영국 하면 안개가 떠오른다고 하는데, 영국에 특별히 안개가 더 많이 낀다고 생각해본 적은 없다. 그건 아마도 19세기 잭 더 리퍼Jack the Ripper란 희대의 연쇄 살인범이 암약했던 시기에 공해에 의해 생겨난 스모그 때문이 아니었나 싶다. 산업혁명으로 나라는 부유해졌지만 과도한 화석연료의 사용으로 가져온 공해라는 부산물은 당시에 잘나가던 런던을 늘 뿌옇게 만든 것 같고, 자칫 분위기 있는 안개의 도시로 각인시킨 것인지도 모르겠다.

그렇다고 전혀 안개가 없는 나라라는 것은 아니다. 안개가 주로 끼는 절기는 가을이다. 10월, 11월경에는 일교차가 심해서 이른 아침에 안개가 끼는데 해가 뜨면 사라진다. 여기서는 이를 레디에이션 포그Radiation fog(복사 안개)라 부른다. 그리고 봄에 찬 공기 위에 습기 많고 온화한 공기가 만드는 안개가 있는데 이를 어드벡션 포그Advection fog(이류移流 안개)라 한다.

영국을, 아니 런던을 찾아오는 사람들에게 안개를 기대하기보다는 절기에 따라 여름에는 거의 비가 안 오니 아웃도어Out door 관광을, 그리고 비가 끊임없이 내리는 늦가을과 겨울엔 인도어In door 관광을 계획하는 것이 좋을 것 같다고 얘기한다. 날씨에 따라 기분이 절대적으로 좌우되는 성격이라면 각오를 하고 와야 한다.

In January falls the snow

In February cold winds blow

In March peep out the early flowers

In April fall the sunny showers

In May the tulips bloom so gay

In June the farmers mows his hay

In July harvest is begun

In August hotly shines the sun

September turns the green leaves brown

October winds shake them down

November fields are brown and severe

December come and ends the year

1월에는 눈이 내리고

2월에는 차가운 바람이 불어도

3월에는 이른 꽃이 피고

4월에는 가랑비가 내린다.

5월에는 튤립이 환하게 피고

6월에 농부는 건초를 말리네.

7월이면 추수를 시작하고

8월은 내리쬐는 뜨거운 햇볕에

9월이 되면 단풍이 드네.

10월 바람에 낙엽이 지고

11월은 들판도 황량해지고

12월이 오면 한 해도 가고 마네.

06 가드닝Gardening

우리 집에도 정원이 있다. 앞쪽은 차를 세울 수 있도록 드라이브
drive(미국식 표현으로는 drive way)로 만들어져 있고, 앞과 옆은 나무 울타
리로 되어 있어서 얼마에 한 번씩 정리를 해줘야 한다. 그리고 뒷정원
에는 간단한 몇 종의 나무와 잔디가 깔려 있다.

이 뒷정원은 내게는 사돈댁 행랑아범의 양아들 같은 존재다. 말하자
면 별로 상관하고 싶지 않은 대상이란 뜻이다. 내 성격이 황폐하다고
생각지는 않지만 정원 가꾸기나 잔디, 나무, 흙 등에는 선뜻 마음이 가
지 않는다. 남들이 잘 가꾸어 놓은 정원을 보면 좋다는 생각이 들긴 하
지만, 나도 좀 어찌 해보겠다는 생각이 들지 않기도 하거니와 이르게
는 2월, 대략 3월, 4월이 되면 어김없이 찾아오는 헤이 피버Hay fever(꽃
가루 알레르기)라는 풍토병이 좋은 변명거리를 만들어주기도 한다.

이 풍토병은 개화기인 봄이 되면 알레르기 약을 만드는 회사의 주가

를 오르게 할 정도라니 가히 국민 병이라 하겠다. 일반적인 증상은 재채기와 콧물, 눈이 가렵다 못해 따갑고, 귀에 물이 찬 듯 멍멍하고, 코가 막히고 당연히 숨쉬기가 어렵다. 증세가 더 심하고 덜한 해가 있지만, 어렵게 잠들었다가 아침에 눈을 뜨면서 의식이 돌아오는 순간부터 코끝으로 찌르르 찾아오는 느낌은 가히 공포 자체다. 신기한 점은 영국이 아닌 곳에선 감쪽같이 증상이 없다는 것이다.

우리 집 뒷정원은 이웃들이 키우는 고양이들의 휴식처다. 내가 고양이를 무척 좋아하기에 다행이지, 서너 마리의 고양이가 우리 집 뒷정원을 어슬렁거리면서 집주인인 나를 봐도 건방지게 무시하는데 어떤 때는 자기들끼리 등을 곧추세우고 다툼도 한다.

남편의 정원 관리는 겨우 잔디를 깎는 수준이고, 그 정도면 충분히 되었다고 생각하는 집안일의 하나다. 그나마 남편은 민들레 박멸을 위해 노력하기도 했는데, 의욕이 앞서 듬뿍 뿌린 제초제 때문에 우리 가족은 죽어버린 잔디보다 더 흉측한 몇 달을 보내기도 했다.

잔디가 자라면 남편은 아침마다 아들과 가드닝gardening을 하겠다고 벼른다. 그러다가 본인이 바쁘면 다음에, 다음에 하면서 미룬다. 잔디가 제법 자라 부추처럼 보이기 시작하면 내가 한마디 한다.

"여보, 확 불을 지를까요?"

그제서야 남편은 잔디 깎는 기계를 꺼내고, 가든 장갑이 어디 있냐고 묻고, 잔디 담을 봉투를 달라 하고, 모자를 가져오라 하고, 무슨 바지를 입어야 하냐고 요란을 떤다. 그런 일련의 일들은 남편이 꼭 하겠다는 의지 표현이기에 대체로 나도 기쁘게 돕는다.

남편이 잔디를 깎기 시작하면, 잘 정돈되어 사뭇 윔블던 테니스 코트 같은 정원을 유지하는 옆집의 마틴이 잔디 깎는 기계를 꺼낸다. 매일 퇴근해오자마자 둘러보는 정원이 혹시라도 밤새 어찌되었을까 노심초사하는 옆집 아저씨는 모처럼 공부하는 열등생을 놀리는 모범생처럼 예습까지 한다. 점잖은 마틴이 그동안 우리한테 잔디를 좀 깎으며 살라고 얼마나 말하고 싶었을까. 부부가 밤마다 마주앉아 기도할지도 모른다. 그래서 남편이 잔디를 깎기 시작하면 마침내 기도의 응답을 들은 듯 감격하고 있는 건 아닐까 생각해본 적도 있다.

잘 다듬어진 정원 잔디의 용도는 바비큐가 제격이다. 여름이 되어 산뜻한 날씨에는 정원에서 고기를 구워먹어야 한다. 그래야 날씨와 말쑥한 정원이 아깝지 않은 것이다. 그래서 화창한 날에는 사람들이 다투어 정원에서 고기를 구워먹는다. 그런 이유 때문에 한국에 무슨 무슨 가든이란 고깃집이 많은지도 모르겠다.

07 미안하다고 말하기엔 이미 늦었어요
It's too late to say sorry

영국에서는 차의 운전석이 한국과 달리 오른쪽에 있다. 그걸 여기서는 레프트 사이드Left side라 한다. 한국에 가서 다른 사람이 운전하는 차를 타고 갈 때 내가 운전하는 것 같은 착각이 든다고 하면 상대방은 어쩜 하면서 재미있어 한다. 영국뿐 아니라 전 세계 74개 나라에서 오른쪽 운전석에 앉아 차를 몰고 있다. 일본, 인도, 호주, 뉴질랜드. 말레이시아, 싱가포르, 몰타, 네팔, 케냐…

영국은 만 17세가 되면 운전면허 시험을 볼 수 있다. 그리고 면허를 따고 별일 없으면 70세까지 유효하다. 이후 간단한 신체검사(시력검사) 등을 첨부하면 3년짜리 면허를 다시 받을 수 있다.

도로에는 자동차 연수중Learner이란 뜻의 'L' 표시를 단 운전연수차를 볼 수 있는데 규정 속도를 정확히 지키는 그런 차들을 만나면 바쁠 때는 무척 난감하다. 마구잡이로 추월하면 연수차량에 동승한 연수조

교나 시험관이 신고한다는 얘기를 들은 적도 있다. 나 역시 영국에 와서 다시 시험을 보고 면허를 받았다. 한국에서 1986년에 한 번에 시험에 통과해 면허증을 받았을 때는 뿌듯한 마음보다는 운전대를 잡으면 무척이나 두려울 것 같다는 생각이 먼저 들었다.

영국에서는 면허를 내주는 주안점이 운전자를 거리에 내놓았을 때 다른 운전자나 보행자에게 위험한가의 여부에 있다고 한다. 자동차를 능숙하게 다루는 것도 중요하지만 말이다. 무척 당연한 얘기이지만 위험성에 대한 얘기라면 인성검사도 해야 하지 않을까 싶다.

이곳 역시 러시아워도 있고, 얌체운전자나 무대책 운전자도 있다. 주택가에도 스피드 단속 카메라가 있고, 더러는 경찰이 숨어서 과속을 단속하기도 한다. 보통 주거지에서는 30마일(약 50km/h) 정도로 달려야 하는데, 최근엔 짜증날 정도로 과속방지턱이 널려 있다. 하지만 운전자가 작정을 하고 그럴 리는 없지만 위반과 전혀 무관하게 살 수는 없다. 바쁘다는 생각으로 달리다 보면 관성의 법칙으로 속도를 무시하게 되고, 잠깐이니까 괜찮겠지 하는 마음에 주차금지 구역이나 주차 티켓 없이 길거리에 세워놓고 볼일을 보러 갔다가는 벌금을 내게 된다.

자동차에 대해서 사람들은 자신만의 사유지 비슷한 개념을 갖고 있는 것 같다. 운전석에 앉으면 내 마음대로 움직이는 작은 왕국을 지배하는 왕처럼 굴기도 한다. 혼자 다니는 경우에는 관계없으나 일행이 있을 경우에 옆에 탄 사람들은 점점 말이 줄고, 때론 속으로 간절히 기도를 하게 될지도 모른다.

남편은 약속이 있는 경우, 거리에서 시간을 단축해보려는 심산인지 집에서 출발할 때부터 남다른 소음을 내며 급출발하고, 거리에선 상당한 민첩함을 보이며 달린다. 그러니 함께 타고 멀리 가게 될 경우에는 호시탐탐 속력을 내려는 남편을 '감시'해야 한다. 깜빡 졸다가도 벌떡 일어나 100마일(약 160km/h)이 넘지 않았느냐고 말하는 나의 본능적 속도감에도 불구하고 남편은 전혀 상관없이 일단 밟고 본다. 그러니 나는 도로에 있는 경찰차나 속도 카메라를 감지하는 기능을 키우고 있다. 용불용설用不用說이라고 기능이 발달해서 차들이 괜스레 천천히 달리거나 하면 경찰차가 있나 둘러보고 도로 바닥에 무슨 사인이 있는지에 민감하게 반응하게 되었다.

내게는 거리에서 만나는 경찰들이 그저 제복을 입은 이웃 아저씨, 이웃 청년 같다. 대체로 뛰는 법도 없고, 절도 있어 보이지도 않으니 만나게 되면 뭐 좀 시킬게 없을까 싶은 마음이 들기도 한다. 그런데 도로에서 보게 되는 경찰들은 분위기가 다르다. 영국의 고속도로는 속도 제한이 70마일이다. 대충 110km/h에서 120km/h 사이 정도 되는데 정체가 되는 경우를 빼고 그 속도를 정확히 지키는 운전자는, 글쎄다.

한 번은 남편과 공항을 가는 길이었다. 아마 90마일 이상으로 달린 듯하다. 갑자기 남편이 속도를 줄이기에 무슨 일인가 했더니 방금 유니폼을 입은 경찰이 경찰 표시가 없는 자동차를 타고 지나갔는데 옆으로 지나가면서 남편 쪽 좌석에 앉은 경찰이 자기를 노려보았다는 것이다. '나 지금 바빠서 그냥 가지만 이런 식으로 달리면 다음엔 국물도 없어' 하는 표정이었다는 것이다.

물론 경찰차의 크리스마스 장식등 같은 번쩍이는 불빛을 제대로 만
난 적도 있다. 런던 시내로 들어가는 도로에서 경찰이 열심히 달리던
우리 차, 그러니까 남편이 운전하는 차를 세웠었다. 경찰은 차를 세우
게 하고 절대로 촐싹대며 바로 운전자의 창 쪽으로 오지 않는다. 사인
을 받으려는 광팬처럼 다가오는 것이 아니라 '네가 뭘 잘못했는지 실
컷 후회하고, 고민해라' 뭐 그런 생각인 것처럼 천천히 다가왔다. 그리
고는 천천히 창문을 내리라고 했다.

남편은 벌써 반 이상 창문을 내리고 있었고, 경찰은 차 안에 누가
있는지 빠르게 훑어보았다. 나는 아이와 되도록 불쌍하고 허탈한 분
위기를 연출했다. 경찰은 남편에게 이 도로에서의 제한속도가 얼마인
지를 물었다. 남편은 신중히 답했어야 했다. 엉뚱한 답을 댄다는 것은
면허시험의 공정성을 의심케 하는 것이었기 때문이다.

아무튼 경찰은 남편의 부주의한 대답을 예상한 듯이 "네가 틀렸다.
여긴 제한속도 50마일 지역이다"라고 했다. 그러자 남편은 누구에게
랄 것도 없이 "소리!Sorry!"라고 말했고, 이 말을 들은 경찰은 담담하게
터미네이터처럼 말했다.

"It's too late to say sorry."(미안하다고 말하기엔 이미 늦었어요.)

참으로 멋진 말이었다. 우리는 "소리!Sorry!"란 말을 하지 않고 지나
갈 수 있는 선택이 있었는데도 때론 "소리!Sorry!"란 말을 할 수밖에 없
는 선택을 한다.

08 나는
외국 여자

참으로 불쾌한 경험을 했다. 아니 불쾌하다는 말로는 무언가 많이 부족한 느낌. '분하다!' 그렇다. 무척 분했다.

운전을 하다보면 별의별 사람을 다 만나지만 내 기억엔 좋은 사람이 더 많았던 것 같다. 하지만 이번의 경우엔 인간적 모멸감이 느껴졌다. 이곳에선 길의 왼쪽이 내 주행차선이 된다. 그리고 마주 오는 상대방은 내 쪽에선 오른쪽이 된다. 동네 길을 다닐 때는 구불구불한 길 한쪽에는 주차가 되어 있기에 조심을 해야 한다. 주택가에 과속방지턱이 있는 경우에는 20마일 이하로, 과속방지턱이 없는 경우에도 30마일 이하의 속도로 다녀야 한다.

그 날 그 길, 내가 무수히 다니던 길이라 대체로 주의를 하면서 가던 중이었다. 동네 버스라도 만난다면 후진으로 서 있을 공간을 찾아야 하기에 그런 상황을 조심하면서 가고 있었는데, 내 쪽 차선으로 한

대의 차가 들어섰다. 그는 내가 진입해 있음에도 주저함 없이 들이밀더니 험상궂은 얼굴로 내게 비키라고 악을 썼다. 참으로 어이없지만 하는 수 없이 후진으로 차가 지나갈 수 있도록 물러서 주었다.

그런데 그 차의 운전자는 고맙다는 인사는커녕 창문을 내리더니 침을 뱉으며 욕설을 던졌다. '재수 없어, 빌어먹을 외국 여자야… 너네 나라로나 가!' 아무튼 창졸간에 이유 없이 욕을 얻어먹고 울컥 뭔가가 치밀어 올랐다. 내가 들을 얘기가 아닌 듯해서 브레이크를 밟았다. 상대방도 차를 세웠다. 왜냐하면 내가 움직이지 않아서 버스와 다른 차들이 뒤에 있다가 따라 서게 되었기 때문이었다. 잠시 생각을 했다. 딸아이도 뒤에 타고 있었고, 이 상황에 누구에게 항의를 한들 주변의 영국인들이 어떻게 반응을 해올지 막막하기만 했다. 십여 초도 안 되는 짧은 시간 동안 수많은 말들과 내가 아는 욕설들이 머릿속에 꽉 찼다.

내가 외국인이라서, 아니 내가 외국 여자라서 당하는 이런 수모를 못 본 척 도망가면 저런 사람들은 돌아가서 또 다른 외국 여자를 비웃고 놀리며 재미있어 할 거란 생각까지 들었다. 그렇지만 난 결국 천천히 차를 움직일 수밖에 없었다. 등 뒤에서 '별 수 없지, 네 따위가!' 하는 소리가 들리는 듯했지만 시간이 지나면 그 일로 화가 날 사람은 나뿐이란 사실에 맥이 빠졌다.

어디에나 나쁜 사람들은 있다. 또 이전에도 이번처럼 구체적이지는 않아도 은근히 불쾌한 경험이 없었던 것이 아니다. 언젠가 슈퍼에서 쇼핑하는 한인 가족을 보며 "라이스Rice(쌀을 먹는 것들. 동양인을 비하하는 말)" 하면서 인상을 쓰던 중년 부인을 본 적도 있고, 메르세데스 벤츠를 몰고 가던 친구에게 네 차가 맞냐고 묻던 경찰도 있었다. 한인학교 하교시간에 아이들이 나와서 지나가는데 "칭챙총(중국인을 비하하는 말. 중국인들의 성조에 따른 발음이 외국인들이 들으면 기계음이나 챙챙 비슷하게 들린다는 데서 유래함)" 하면서 놀리던 영국 어린애들도 여러 번 보았다. 무시해 버리기엔 참으로 잊혀지지 않는 작으나 예리한 상처다. 마치 종이에 베인 것처럼 말이다.

얼마 전 〈크래시Crash〉란 영화를 보았다. 거기에는 흑인, 멕시칸, 아랍인, 중국인, 한국인, 백인, 비열한 백인, 순진한 백인, 똑똑한 흑인, 비겁한 흑인, 화를 내는 흑인, 사나운 동양인, 수치를 모르는 동양인 등 수많은 등장인물들이 나왔는데, 유독 동양인들은 영화가 끝나기까지 어정쩡한, 어떤 경우에는 불편한 캐릭터로 남아졌다. 오랑캐로 오랑캐를 잡는 중국 사람들의 수를 배웠는지, 제작자의 생각인지 감독의 의도이든 간에 중국인 밀입국자를 들여오던 사람들이 한국인인 것으로 되어 있었다.

이곳에 살면서 내가 느끼기엔 인간 자체에 대한 차별은 없지만 인종차별은 살짝 있는 것 같다. 살짝의 정도란 내가 당하느냐 아니냐에 따라 달라지기에 다른 표현을 쓰기가 조심스럽다. 나 역시 그 일을 당한 이후로 어쩌면 적당히 그리고 우아하게 넘어갈 일들 중에 이전의 불쾌감이 머리에 남아 사납게, 무례하게 반응을 보이게 될지도 모른다.

사실 나는 그렇게 반응할까봐 더 신경이 쓰인다. 나는 죽을 때까지 여기서는 외국인으로 보일 테고, 그래서 더 조심하고 사소한 일에도 주의를 기울이는 노력을 해야 할 때도 있을 것이다. 때문에 그런 내 마음으로 해서 언제까지나 나와 우리 아이들은 장애를 가진 것처럼 살아갈 테니 말이다. 정말 떠올려 생각하다 보면 답이 없는 얘기다. 표정이 안 보이는 그림자 연극처럼 살거나 기운이 넘친다면 투사가 되는 수밖에 없을 것 같다.

궁여지책으로 나를 다스리고자 셰익스피어의 희곡 제목을 떠올려본다. 〈끝이 좋으면 다 좋아All's well that ends well.〉. 그리고 이제 좋은 마무리를 해야겠다.

"나는 그 사람을 용서한다. 분명 그에게 아주 나쁜 일이 있었던 모양이다. 누군가에게 화를 내고 싶었는데 착한 내가 선택된 거다. 그렇지만 이번뿐이다. 다시는 날 안 만나는 게 좋을 거다. 난 생각보다 그리 좋은 사람이 아니니까."

09 영어에 관해서
할 말 있다

내가 만난 대부분의 사람들은 "영국에서 얼마나 사셨어요?" 하고
묻는다. 이렇게 묻는 사람들을 세 부류로 나눌 수 있겠다.

먼저, 내가 살아온 기간을 대답하면 "한국에 있는 가족이 얼마나 그
리우세요? 영국에서 사시기 좋으세요?" 이렇게 다시 물어주는 사람들
이 제일 좋다. 그런 반응에는 나 역시 감상적으로 변하지만 그렇다 해
도 "그저 그렇지요, 뭐" 그렇게 대답하는데, 그 말 속에는 향수병에 대
한 나의 속내를 위로 받고 싶다는 얄팍한 욕심과 '한국이 더 좋다'는
상대에 대한 작은 배려가 들어 있다.

두 번째로, 그저 단순히 대화를 이어가고자 아무런 생각 없이 묻는
경우도 있다. 잠시 내가 영국 관광 가이드가 되어 이런저런 얘기를 해
야만 한다. 이런 사람들도 나쁘지 않다. 아니 귀엽다.

마지막의 경우는 대략 피하고 싶다. 대체로 내가 살아온 시간을 애

기함과 동시에 "그럼 영어 잘하시겠네요?" 하면서 눈을 반짝인다. 그런 말을 들으면 정말 땀이 난다. 그런 말에는 "그저 서바이벌 잉글리시죠"라고 말하며 비겁하게 넘어간다. 그러나 그런 화제를 꺼낸 사람들은 제법 집요한 구석이 있어 대부분 끝을 보려고 한다. 그럴 땐 재빨리 자폭을 하는 것이 최선이다. "못해요." 그쯤에서 자신이 물어본 걸 조금 후회하는 사람과는 근근이 만남이 이어질 수 있지만, '그럴 줄 알았어'라는 표정으로 원하던 걸 얻은 듯한 사람과는 편해지기가 어렵다.

외국에 살면서 그 나라 말을 한다는 것에 어느 정도까지라는 기준이 있을까? 내 경우에는 아이들 공부를 11살 정도까지는 도와줄 수 있었다. 보통 그 나이까지 아이들에게 영어 단어 도움은 고민을 적게 하고 해줄 수 있지만, 아이가 더 높은 학년으로 올라가면 아이는 도움을 달가워하지 않고, 나도 그러려니 한다.

일상의 영어는 다소 여유가 있다손 쳐도 선택의 여지가 없는 복잡한 영어가 있다. 아이들 학교와 관련된 서류, 은행 업무 문제, 집과 관계된(보수, 보험, 임대 등의) 문제, 세금 문제, 자동차 문제, 병원 관련 등이 발등의 불이다. 이런 문제들은 홀로 해결하기엔 만만치 않다.

주변 사람들의 경우를 보면 대체로 외국에 나온 첫 해는 주위에서도 현지적응에 대한 어려움을 생각해서 언어 문제는 적당히 눈감아준다. 대부분의 사람들은 새로이 찾아온 기회다 싶어서 어학 코스에 등록도 하고 의욕을 불태운다. 그러다가 어느 정도 기간이 지나고 나면 시간에 반비례해서 공부 의욕은 떨어지고, 새로이 재미를 붙인 일들에 몰두하게 된다. 운동을 하거나, 쇼핑을 다니고, 무언가를 모으고, 친한 이웃과 영국을 즐긴다. 이 또한 중요하고, 절대 필요하다.

문제는 피할 수 있으면 영어를 옆으로 밀쳐두게 되는 것이다. 2년차가 되면 변화가 오는데 영어가 잘 들리지는 않지만 할 말이 생기고, 해야만 할 말들이 늘어간다는 거다. 그렇게 되면 다른 수가 없다. 그렇게 되면 자신이 하고 싶은 말만 준비해서 해버리는 것이다. 1년 동안 늘어난 요령과 그 간의 경험을 잘 살려서 해결한다. 일이 무난하게 종료되면, 살짝 뭔가 찜찜하지만 돌아서면 그만이다. 그러나 그런 건 절대 영어에 대한 자신감을 키워주지 않는다. 단지 또 다른 긴급한 상황이 자신에게 빨리 닥쳐오지 않기만을 바라게 할 뿐이다.

3년차가 되면(주재원들의 경우 회사마다 차이가 있지만 돌아갈 준비들을 한다) 믿을 건 아이들밖에 없다. 지난 2년간 학교에서 아침 8시 반부터 서너 시까지 악전고투했던 아이들은 훌륭한 영어를 구사한다. 학교가 끝난 다음에 차에서 간식을 먹여가며 이리저리 레슨을 데리고 다닌 엄마를 위해 활약할 시간이다. 심봉사가 심청이를 앞세워 다녔던 것처럼 아이들을 데리고 다니기도 하는데 내공이 부족한 아이들은 엄마들이 꿈꾸는 멋진 통역관은 되지 못하곤 했다. 뭔지 모르게 영어 표현이 속 시원하게 되지 못하고 답답하다는 것이 전반적인 엄마들의 마음이다.

3년이 지나고, 또 영국에 더 있게 되면 문제는 영어에만 있는 것이 아니다. 아찔한 건 때때로 적당한 한국말이 안 떠오른다는 거다. "그거, 그거, 왜 그거" 하는 기분이 머릿속에 들면서 생각나지 않는 그 말보다 내 자신이 왜 이렇게 되었나 싶은 상태가 되어버린다. 본인의 주체성이 부족해서 그런 것은 결코 아니다.

그러나 다시 한국으로 돌아가 영국에서의 생활이 추억이 되는 사람들에게 언어는 그저 경험이지만, 계속해서 여기서 살아가야 하는 사람들에겐 생활이다. 말이 불편하다고 잠시 접을 수 있는 그런 것이 아니란 거다. 그렇다면 넘어질 것을 각오하고 나아가야 한다. 내내 집안에서만 있을 수도 없고, 곧 한국으로 돌아갈 사람들만을 붙잡고 늘어질 수도 없고, 커가는 아이들과도 대화해야 하고, 문을 열고 나가면 바로 마주치는 이웃과도 두려움 없이 지내야 한다는 현실이 있다.

지금의 난 영국 이웃들의 말을 긴장하며 들어야 하고, TV의 자막도 봐야 하고, 혼자서 중얼중얼 연습도 한다. 누군가 얼마를 살았냐고 물으면 반성도 해야 한다. 도망치지 말자는 이런 나의 갸륵한 결심은 언제나 반복된다. 그렇지만 다른 사람들과 함께 다니다 일행이 영국인을 만났을 때 자신의 일을 해결하고자 나를 그 영국인 앞으로 밀어내며 "좀 물어봐요" 하고 넘길 때면 번번이 살짝 당황하게 된다. 그럴 때면 물러서지는 못하고 "어딜 물어볼까요? 팔? 다리? 얼굴?" 하고 치기를 부린다. 그리고는 유창하지 못한 영어가 들키지 않을까 조바심을 내면서 영어란 걸 해본다.

나는 여전히 어느 날 벼락을 맞아 술술 영어가 되길 바란다.

10 거주자와
여행자

TV 프로그램은 단순히 즐거움을 주는 오락적인 면도 있지만, 그 시대 사람들의 모습과 흐름을 보여준다. 영국에 처음 왔을 때 나는 무리한다 싶도록 TV를 본 적이 있다. 가족도 친구도 없는 이곳에서 손쉽게 시간을 보내기에 TV보다 좋은 건 없었다.

1990년대 초에는 TV에 놀랄 만큼 요리 프로그램이 많았다. 일부에서는 영국에 도무지 먹을 것이 없으니 다소 계도적 차원의 편성이라고들 했다. 프로그램은 사회자가 중간 중간 어설픈 보조가 되어 진행하는 식이 아니라, 아예 요리사가 직접 재료를 소개하고 요리를 해서 식탁을 차리고 먹어 보이고 하는 방식이었다.

나비넥타이를 하고 요리와는 무관해 보이는 프로이드란 이름의 요리사부터 무슨 만담 듀오 같은 중년의 남자들이 수다를 떨며 요리를 만들거나, 모델 뺨치는 외모의 젊은 요리사가 휘젓는, 또 근육질의 흑인 요리사가 춤추듯이 요리하고, 심지어 미국에서 요리 기구까지 팔고 있는 중국인 요리사가 홈쇼핑 광고처럼 하는 요리 프로, 저렇게 먹으니 뚱뚱해지지 싶은 거구의 여자 요리사들이 화면을 채우는 프로까지 다양했다. 하나같이 비슷비슷한 재료들로 후다닥 한 접시를 만들어 내놓고 와인과 촛대를 세우면 그야말로 만찬 상이 되게 하는 마술 쇼 같은 수많은 요리 프로그램들이 이 채널 저 채널에서 아침저녁으로 나왔다.

그러더니 살금살금 정원 가꾸기 프로그램이 등장하기 시작했다. 친근한 외모의 정원사가 나와서 흙을 주무르고 개인 주택의 정원을 깜짝 쇼로 바꾸어 주며 영국 전체를 정원 가꾸기 열풍으로 몰아넣더니, 얼마 지나지 않아서 집 고치기가 시작되었다. 때마침 불기 시작한 부동산 투자열기와 더불어 집 고치기 프로그램은 BBC 1과 2, Channel 4, ITV를 점령하기 시작했다. 부엌을 고치고 거실을 바꾸고 욕실을 뜯고 건물을 늘리고, 싸게 혼자서 어떻게 해보는 DIY 기술을 가르치며 외모 또한 패션 디자이너를 방불케 하는 인테리어 전문가들이 쏟아져 나와 수없이 이런 저런 스타일을 만들어냈다.

거실에 앉아서 TV를 보는 나는 무기력한 인간이 아닌가 자괴감이 들 정도였다. TV도 영국인들을 이리저리 끌고 다니는구나 하는 생각이 들었다. 영국인들도 자신들이 스스로를 어떻게 생각하고 또 어떻게 해야 하지 않을까 고민하고 있었다.

얼마 전부터는 퀴즈 열풍이다. 이미 역사와 전통을 자랑하는 퀴즈 프로그램이 꽤 있었는데 이제는 물량공세가 침이 꼴깍 넘어갈 정도로 화려해졌다. 문제 하나로 행운을 얻어 횡재로 이어지는 프로그램이 프라임 타임에 올라오기 시작했다. 물론 재방송까지 난무한다. 그렇게 지식이나 상식에 대한 문제가 아닌, 듣고 보면서 즐기는 문화를 만들어 가고 있었다. 유행이란 걸 만들고 무조건 따라가기보다는 그저 즐기는 사람들의 성향이 조금씩 보였다.

영국에 여행을 오는 사람들 중 적지 않은 사람들이 생각보다 영국이 대단치 않은 것 같다고들 말한다. 무단횡단도 많고 도로는 깔끔하지도 않으며, 건물들도 낡고 인터넷은 시원치 않고, 음식도 별 게 없으며 상점에 들어가도 똑바로 영어를 구사하는 직원이 없다고 말한다. 그러나 그건 단 며칠을 지나쳐 가는 사람들이 보는 일면이다. 여행자가 지나는 대낮의 거리는 관광객들의 공간이다. 한낮의 피카딜리 서커스Piccadilly circus 에로스상像 앞에 앉아서 사진을 찍는 이곳의 생활인은 없다. 마찬가지로 버킹엄 궁전Buckingham palace 앞에서 눈 빠지게 근위병 교대식을 기다리는 런던 사람도 없고, 상점의 직원들은 서양 사람이기는 하나 킹스 잉글리시King's english(고급 영국 영어)를 구사하는 영국인이라기보다는 동유럽이나 다른 EU에서 온 임시직원일 가능성이 더 높다.

하지만 영국에서 한 달 남짓 지내본 사람들은 반응이 다르다. 여행지가 주는 익명성을 즐기다가 눈을 돌리면 초록의 공간과 편안함 그리고 우아함을 주는 옛 건물들이 좋아지기 시작한다고 한다. 다만 어느 정도의 시간을 보내야 영국이 좋아진다고 말할 수는 없다. 여행의 기쁨은 어딜 가서 무엇을 보는 것에 있는 것이 아니라 얼마만큼 즐거웠느냐에 있지 않을까.

내가 사는 곳을 방문하는 이들은 "어디가 좋으냐? 무엇을 봐야 하느냐?"고 내게 묻는다. 그들 앞에서 나는 늘 망설인다. 왜냐하면 사는 사람과 다녀가는 사람은 보는 것이 다르고, 머무르는 곳이 다르고, 만나는 사람이 다르고, 사랑하는 것이 다르기 때문이다.

11 상대적이거나
절대적 관계

1990년 내가 처음 영국에 와서 8개월 정도 플랫Flat(아파트)에서 살았던 적이 있다. 침실이 두 개, 거실과 식당을 겸한 공간과 욕실, 주방이 있는, 한국식으로 하면 다세대주택이나 아파트쯤 된다. 나의 첫 이웃은 80세에 가까운 할머니였다. 이사를 하고 화분 들고 가서 인사를 나누고, 이후부터는 복도에서 마주치면 가벼운 얘기를 나누며 이웃이되어갔다.

그렇게 만난 메그Meg 할머니는 내가 김치찌개나 된장찌개를 끓이는 날이면 복도에 나와서 방향제를 뿌릴지언정 단 한 번도 냄새에 대해서 뭐라 말한 적이 없는 마음이 너그러운 분이셨다. 가까이 사는 외동딸웬디Wendy가 와서 할머니의 머리를 만져드리는 날이면 나를 불러 차를내주며 함께 시간을 보내곤 했다. 스페인에 사는 아들 내외와 손주의사진을 보여주며 그네들의 근황을 얘기해주기도 하고, 아들의 이혼한 전처가 생일에 보내온 수표를 자랑하기까지 했었다.

그러다가 내가 큰아이를 임신하고 주택으로 이사를 하게 되었는데, 나의 임신을 같이 좋아해주시던 할머니가 직접 뜬 아기 스웨터를 선물로 주면서 눈물을 글썽이셨던 기억이 난다. 그 이후 몇 년 동안은 자주 찾아갔는데 더 멀리 이사를 한 후 마지막으로 찾아뵈었을 때 할머니 외손자의 죽음 소식을 들었고, 한국 할머니들처럼 자신이 너무 오래 사는 것 같다고 한탄을 하시는 얘기를 듣고 나 역시도 마음이 아팠다.

지금도 살아계시다면 아마 90살이 넘으셨을 것이다. 언제나 100살이 되어 여왕이 보내주는 장미 꽃다발을 받고 싶다고 했던 메그 할머니. 마음은 있어도 시간이 흐르고 어쩌다 보니 연락을 못한 지도 너무 오래되고, 이젠 찾아뵈려니 다른 소식을 들을까 두렵기만 하다. 지금도 할머니의 창가에 가지런히 놓여 있던 사진 액자들 사이에 함께 놓여 있던 우리 아들의 어릴 적 사진이 눈에 선하다.

내가 이사를 간 집은 주택이었다. 영국의 주택은 몇 가지로 나누어 볼 수 있는데 단층집은 방갈로Bungalow라 부르고, 보통 2층의 단독주택은 디태치드 하우스Detached house, 두 집이 붙어서 좌우 대칭으로 된 집을 세미 디태치드 하우스Semi-detached house라고 한다. 그리고 여러 집이 붙어 연결된 것은 테라스 하우스Terrace house라고 한다. 집의 구조나 모양별로는 15~16세기 양식의 튜더 스타일Tudor style, 18세기 양식의 빅토리아 스타일Victoria style, 19세기 양식의 조지안 스타일Georgian style로 나누고, 복덕방에서 집을 소개할 때는 다시금 구분하는데 1930년대 집이라고 부르는 튼튼한 집들은(아마도 제2차 세계대전 이전에 그나마 건축 자재가 좋을 때 잘 지어졌기 때문에 장점인 듯 설명하는 것으로 여겨진다) 그리 낭만적 외형은 아니지만 인기가 있다.

우리 집은 세미 디태치드 하우스였다. 한 쪽 벽을 양쪽 집이 공유하게 되는데 당연하게 서로 잘 지내야만 한다. 특히 소음 등의 문제가 있기 때문이다. 다행스럽게도 나의 새 이웃은 젊은 부부와 사만사라는 이름의 네 살짜리 딸애가 있는 가족이었는데, 사만사의 다감한 아빠는 배관공plumber이어서 우리 부부처럼 집안일에 미숙한 사람에겐 더할 나위 없이 좋은 이웃이었다. 정말 우리 부부는 사만사 가족과 잘 지냈는데 조금 더 친해질 만한 시기에 그들이 집을 세놓고 이사를 갔다. 1990년대 초의 영국 경제 사정은 별로 좋지가 못해서 다섯 명에 한 명 꼴로 실업 상태였고, 주택부금을 갚지 못해서 은행에 집이 넘어가는 일이 종종 있었다. 사만사의 아빠 역시 벌이가 나빠져서 처가가 있는 데번Devon으로 옮겨 갔다.

그 집으로 세를 들어온 사람들은 4명의 수상한 젊은이들이었다. 마주치면 상냥히 웃고 인사도 먼저 건네기에 범상치 않은 외모에 대해서는 상관치 않기로 했는데 점차 무언가 불편해지기 시작했다. 이사를 오고 몇 달이 지나지 않아서 한 달에 두어 번씩 금요일이면 새벽 3시까지 파티를 하기 시작한 것이다. 그때부터 청년들의 차림새며 드나듦에 신경이 몹시 쓰이게 되었다. 음악을 한다는 청년들을 헤어스타일로 보면 스킨 헤드, 길다란 레게 머리, 찰랑이는 길다란 금발 머리, 그리고 완벽한 검은 곱슬까지 다양했다.

처음 몇 번인가는 그럴 수도 있다고 생각했다. 생일이나 뭐 그런 걸지도 모른다고 생각하면서 참고 또 참았다. 그렇게 벼르던 어느 날밤, 파티가 시작되고 잠을 청하며 침대에 누우니 더욱 또렷이 들리는 소음 때문에 괜히 분한 마음이 들었다. 그 밤에 무슨 용기가 났는지 나는 잠옷 위에 가운을 걸치고 옆집으로 갔다. 이럴 때 남편은 대체로 내 의견을 완전히 존중한다. 그리고는 내가 독립적으로 처리하도록 친절히 한 발 물러서서 빠져 주었다.

현관문을 열고 나서는데 옆집과의 경계에 있는 나무들 사이에서 어떤 남자가 용변을 보고 있는 것이 보였다. 맘속으로 이거다 싶은 마음이 들었다. 이미 반쯤 열려 있는 옆집 문 앞에 선 나는 초인종을 눌렀다. 그러나 미안해하며 허겁지겁 나와야 할 이웃 청년들은 기척도 없고, 현관 앞에서 초인종을 거듭 눌러도 누구 하나 답을 할 기미조차 보이지 않았다. 이건 아닌 데 싶고, 이럴 수는 없다 싶었다. 꽤 여러 번 벨을 누르고 나니 어떤 사람이 반쯤 열려 있던 문을 확 열어젖혔다.

문을 연 사람한테 주인을 찾는다 했더니 자신은 주인이 누군지 모른다는 것이었다. 친구를 따라왔다고 하면서 주인을 찾으러 들어간 사람은 소식이 없고, 오밤중에 가운 차림으로 서 있으려니 왠지 후회마저 되었다. 이윽고 레게 머리 청년이 나왔다. 나는 표정을 가다듬고 점잖게 파티 소음이 너무 커서 아이가 잠을 잘 못 잔다고 말했다. 그도 대충은 눈치를 챈 건지, 그런 일이 이전에도 많았는지 파티는 곧 끝날 거라면서 미안하다고 했다.

그의 가벼운 답변에 겨우 기대한 대답이 이것인가 싶음에 허탈하기까지 했다. 애초에 내 의도는 차갑고 도도하게 화를 내면서 정중히 사과를 받을 생각이었는데, 우스운 모습으로 사과를 얻어낸 것 같아서 우물쭈물 돌아서는데 레게 머리 청년이 날 불러 세웠다. 그러고는 "같이 하시죠Join us" 하는 거였다. 같이 파티나 즐기자고? 내가 "좋아!" 그러면서 코미디처럼 파티에 합류할 것 같아 보였나? 기가 막혀서 그냥 "아뇨, 괜찮아요No thank you" 하고는 집으로 돌아와 너무나 억울한 마음에 자는 남편을 깨워 당신은 도대체 뭘 하고 있었냐고 따졌다. 남편은 내 얘기를 듣더니 그랬구나 하더니 다시 잠들고, 나는 밤새 분한 마음을 쉽게 다스릴 수 없었다.

그 날 이후 우리는 복덕방에 옆집의 만행을 알렸고, 아마도 지역 구청Local council쯤 되는 기관에 편지를 보냈는지 아니면 그런 민원이 몇 군데서 이미 들어갔었는지 공무원인 듯한 사람이 찾아왔다. 그는 옆집 청년들이 평소에 무슨 음악을 하느냐는 질문과 파티를 금요일이 아닌 다른 날에도 하느냐는 이해하기 힘든 질문을 했고, 난 그들이 락 뮤직을 크게 연주하거나 틀어대고 새벽 3시 넘어서까지 누군지 모를 많은 사람들을 불러들여 시끄럽게 굴 뿐 아니라 앞 가든을 훼손했다고 피해를 호소했다. 그는 내게 시간을 내줘서 고맙다는 말을 하고는 그냥 돌아갔다.

분명한 건 조금 시간이 걸린 것 같기는 해도 그들이 옆집을 떠났다는 사실이다. 물론 구청에서 경고 편지가 그들에게 갔을 테고, 그네들은 세입자이니까 떠날 수밖에 없었을 것이다. 사실 그들은 평범한 주택가와는 인연이 없는 사람들이었고, 가까이는 우리 가족과 그 길에 살고 있는 다른 이들에게서 환영 받지 못하는 이웃이었던 셈이다.

12 펍Public house
이야기

우리 부부는 손님들과 저녁 모임이 일찍 끝난다 싶으면 아쉬움에 펍Pub으로 자리를 옮겨 분위기를 바꿔 얘기 나누는 걸 즐긴다. 펍은 퍼블릭 하우스Public house의 준말이다. 영국의 펍은 우리네 술집이나 찻집, 식당의 중간 정도 된다. 인Inn 표시가 있는 경우 숙박도 가능하다. 오래된 펍은 운치가 남달라서 사람들을 편안하게 하고 저절로 대화를 이끌어낸다. 영국 전역에 6만 개 이상의 펍이 있다고 한다.

　어떤 문화인류학자는 펍이 지역사회에서 교회만큼이나 비중 있는 장소라고 말한다. 동네마다 펍은 사랑방 구실을 하는데 요즘 급속도로 퍼지고 있는 대형 평면 TV가 동네사람들을 한 곳에 모이게 한다. 겨울엔 럭비, 늦봄과 여름엔 크리켓, 사계절 언제나 축구 경기가 있고, 6월엔 윔블던 테니스, 봄과 여름엔 남자와 여자 브리티시 오픈 골프, 게다가 다트Dart 메인 이벤트나 스누커Snooker(포켓 당구) 시즌이 되면 거리는 한산하고 펍은 흥청댄다.

펍의 영업시간은 런던 시내와 시골의 경우에는 다소 차이가 있지만 대체로 아침식사가 가능한 경우에는 9시 정도에 문을 열고 밤 11시까지 영업한다. 점심은 12시나 12시 30분부터 2시 반에서 3시까지 서브되며, 주방을 닫았다가 저녁 6시 이후에 열어서 다시 음식 주문을 받고 10시 30분경에 벨을 울려 마지막 주문을 받은 후 11시 정도에 문을 닫는다. 그 중간에는 차나 가벼운 음료를 바Bar에서 사 먹을 수 있다.

펍에서는 여러 종류의 맥주를 만날 수 있다. 라거Lager라 불리는 영국 맥주는 노란색에서부터 장미색, 금색, 밤색, 검정색까지 다양한 색과 도수의 맥주가 있어서 애호가라면 빠져들 만하다. 물론 흑맥주의 대명사 기네스Guinness도 지천이다. 뿐만 아니라 와인과 도수 높은 알코올 음료들이 다양하게 있기에 바Bar 쪽으로는 어린이의 통행을 막고 있다. 어린이 동반 손님은 지정된 패밀리 룸에서 식사가 가능하다.

펍의 메뉴 가운데 영국식 조식English breakfast은 푸짐하기로 유명하다. 티피컬typical(일반적인)이란 수식어가 붙는 아침 메뉴에는 보통 베이컨, 소시지, 버섯, 구운 토마토, 삶거나 프라이하거나 스크램블한 계란, 튀기거나 바삭하게 구운 빵, 토마토소스에 찐 콩요리 등이 나온다. 주로 호텔이나 아침식사가 제공되는 민박집B&B에서 그런 아침을 먹을 수 있다. 메뉴는 따뜻한 음식과 찬 음식으로 나뉘는데 후자의 경우 샌드위치 등을 생각하면 된다.

영국의 대표적 음식이라면 피시 앤 칩Fish & Chip을 말할 수 있다. 대구 같은 생선을 튀김옷을 입혀 튀긴 것과 감자를 잘라 역시 튀긴 음식으로 영국 사람들은 여기에 소금과 식초를 뿌려서 먹는다. 그리고 메인 코스로 로스트비프Roast beef와 요크셔 푸딩Yorkshire pudding을 들 수 있다. 또 양고기와 야채, 으깬 감자와 치즈가 뿌려진 셰퍼드 파이Shepherd pie도 빠질 수 없다. 그 밖에도 로프를 돌돌 말아놓은 것 같은 컴버랜드 소시지Cumberland sausage도 있다. 하지만 요즘에는 손님들의 입맛에 부응해서 펍에서도 카레나 라자냐Lasagna도 구경할 수 있다.

펍은 입구에 있는 간판을 지나칠 수 없다. 아니 꼭 다시 한 번 들여다보게 한다. 이름도 특이하고, 그림으로 그려 놓은 것이 인상적이다. 이름은 전통적으로 지역사회와 깊이 연관이 있고, 역사적 연계를 갖고 있기도 하다. 그림으로 펍 이름을 소개하는 이면에는 14세기 영국의 문맹과 관련이 크다고 한다. 이후 이러한 배려는 지금까지 내려오고 있다. 통계에 따르면 펍의 이름 중에는 레드 라이언Red Lion과 킹스 헤드King's head(목이 잘린 영국 왕 찰스 2세와 관련이 있다)가 가장 흔하고, 지역 이름, 운동경기나 농기구, 동물 이름, 역사적 인물 등 아주 다양하다.

그러나 영국에서 점차 펍이 사라지고 있다. 깔끔한 커피전문점이 늘고, 상큼하고 깨끗한 건물의 카페테리아가 생겨나고, 편리하고 값싼 로지Lodge(여관)들이 기업적 수준으로 퍼져가고 있다. 요즈음엔 건강에 신경을 많이 쓰는 사람들이 헬스 센터에서 운동을 하고, 그곳의 바Bar에서 만나 저녁시간을 보낸다. 그러니 펍의 경영은 점차로 악화되고, 좋은 위치의 장소를 그냥 넘어갈 리 없는 건축업자들이 거부할 수 없는 제안을 하니 결국엔 문을 닫고 마는 펍들이 늘고 있다.

　이런 상황에서 찰스 황태자가 오래되고 기념비적인 펍을 보호하는 운동을 벌인다고는 하지만 그 효과가 얼마나 있는지는 모르겠다. 반들거리는 손때 묻은 오크 탁자와 탁탁 소리를 내며 타는 통나무가 정겨운 벽난로, 바에 기대어 라거를 따르는 주인과 담소하는 사람들의 모습이 추억이 되어 TV 드라마에서나 보게 될 날이 올지도 모르겠다.

　런던에 가면 유명한 펍들이 있다. 버킹엄 궁전 근처에는 앨버트 Albert(빅토리아 여왕의 남편 이름이다), 국회의사당 쪽에는 레드 라이언Red Lion(사자라면 사자왕 리처드가 연상된다), 타워 브리지와 런던 타워 근처에는 앵커Anchor(닻. 강변이니까… 다른 종교적 의미도 있다), 트라팔가 광장과 내셔널 갤러리 부근에는 램 앤 플래그Lamb & Flag(양과 깃발. 종교성이 강하다)가 있다.

　나는 이들 네 곳을 다 가본 듯하다. 그렇기에 내게는 지인들과의 추억으로 더 남는 곳이다.

13 구경하고 사느냐,
사고 구경하느냐?

영국에서 관광 코스에 드는 크고 듬직한 건물들은 대부분 '로열', '팰리스', '캐슬'이라는 단어가 붙어 있다. 대체로 전시해 놓은 것들은 소장하고 있는 그림이나 가구들이고, 그곳에 살았던 사람들이 어떻게 먹고 놀고 잤는지를 보여준다. 그런 수집품들 중에는 그릇도 있는데 남자들이야 우습게 유리장 안에 그릇들을 늘어놓고 자랑하느냐 하겠지만, 영국이 어떤 나라인가? 사실 중국과 인도에서 무지하게 들여온 차를 수시로 둘러앉아 마시며 어느 나라를 어떻게 요리할까 고민하던 나라가 아닌가. 그래서 차이나 룸China room(도자기 그릇을 전시하는 방)은 늘 구경해야 할 장소로 여겨진다.

영국에 오는 한국 사람들은 이전에는 커피나 차를 어디에다 담아 마셨는지는 몰라도 커피잔이나 찻잔을 사는데 심취한다. 여기서 삶의 터전을 마련한 사람이나 별반 차이가 없어 유명 도자기 이름들을 꿰고 있다. www.tableware.uk.com과 같은 인터넷 사이트에 들어가면 요즘 어느 제품이 얼마나 인기가 있고, 무슨 도자기가 세일을 하고, 모양에 패턴에 종류까지 공부를 시켜 준다. 런던 시내나 윈저 성 근처에도 도자기 숍들은 꽤 많이 있는데 구경을 하자니 사고 싶고, 큰돈을 쓰면서 사려니 아까워 구경만 한다.

본차이나Bone china를 구별하는 방법이 있다. 본차이나란 최소 25% 이상은 본bone이 들어가야 하기에 촛불에 그릇을 비추어 뒤편에 있는 손가락 모양이 그대로 보여야 한다고 한다. 어느 영국 전문가 아줌마의 설명에 따르면 그렇다. 하여간 스포드Spode란 인물을 통해서 영국의 도자기 산업은 발전을 하게 되었고, 18세기에 번성을 했다(www.spode.co.uk를 보면 영국의 도자기 역사가 나온다).

물론 영국 도자기가 우수하지만, 사람들은 제각기 취향도 다르고 고가에 집착하는 마니아라면 높은 식견과 조예를 갖춘 헝가리 황녀 시씨Sissi가 최고로 꼽았던 헤렌드Herend 같은 아름다운 그릇에 대해서도 이미 알고 있으리라. 나 역시 헝가리를 여행하는 중에 아주 잠깐 구경을 해보았다.

영국 내에서 본차이나에 대해 실제적으로 접하고자 한다면 스톡 온 트렌트Stoke on Trent 지명을 알아둘 필요가 있다. 지역 전체에 1,500여 개의 도자기 공장Pottery firm이 있었다니 가히 도자기의 마을이다. 나는 1990년 영어 강좌를 함께 다니던 학생들과 그 마을을 방문한 적이 있는데, 스포드Spode 공장에 가서 제작 공정을 구경하고 공장 직영매장

factory shop을 기웃거렸던 것 같다.

스포드의 대표적 도자기로 250년 동안 같은 디자인으로 사랑받고 있다는 블루 이탈리안Blue Italian은 볼수록 근사하고, 많은 한국 가정에서도 소장하고 있는 로열 앨버트Royal Albert의 올드 컨트리 로즈Old country rose, 내가 좋아하는 안슬리Anynsley의 코티지 가든Cottage garden, 잔잔히 인기를 모아온 웨지우드Wedgwood의 와일드 스트로베리Wild strawberry 디자인의 식기 세트, 원래는 오븐용 요리 그릇으로 유명했던 포트매리온Portmarion 등이 부담스레 그득했었다. 그릇에 이젠 무엇을 담아 먹는가보다는 어디에다 담아 먹느냐에 치중하는 시대가 된 모양이다.

영국 도자기는 양식 상차림에 맞게 용도에 따라 접시 크기가 달라 한식 상차림에는 맞지 않을 수도 있지만, 설탕 그릇을 밥공기로 쓸 줄 아는 한국 아낙네들의 지혜에 기대어 매출을 올리는 영국 도자기 회사들은 언젠가는 가스불에 올려놓을 수 있는 된장찌개용 도자기를 만들어 내지 않을까 싶다. 문제는 정말 가스불에 영국 도자기 뚝배기를 올려놓고 보글보글 된장찌개를 끓이며 용감하게 쓸 여성이 있을지 의문스럽기는 하지만 말이다.

14 감자
들여다보기

우리 집 애들은 수제비를 좋아한다. 입에서 맴도는 '수제비'란 말의 굴림도 좋아하고, 대수롭지 않은 재료로 한 그릇 떡하니 나오는 과정도 재미있어 한다. 나는 한 달에 한 번 정도 딸아이와 거창하게 반죽을 만든다. 딸아이가 좀 더 어렸을 때는 반죽의 일부를 떼어주면 수제비가 다 될 때까지 가지고 놀곤 했다. 먼저 멸치와 다시마를 넣어 국물을 만들고 밀가루에 식용유와 소금, 약간의 전분 가루를 넣어 반죽을 해서 냉장고에 넣어 둔다. 여기에 감자, 양파, 당근, 호박을 썰어 넣고, 양념장을 따로 만들어서 일본 전골의 내용물을 건져내 찍어 먹듯이 하는 엄마의 수제비를 퍽이나 기다린다.

어느 날, 딸아이의 친구 밀리Millie를 그 아이의 집에 내려주러 갔는데, 차 한 잔 하자는 니콜라Nicola와 나이젤Nigel의 권유로 그 집에서 놀다가 식료품점에 갈 시간을 놓치고 급기야 감자를 몇 개 구어달라고 했다. 그랬더니 니콜라가 문득 "너네 한국인들도 감자를 요리해 먹느냐?"고 내게 물었다. 이게 뭔 소리인가? 니콜라는 감자요리를 중국이나 일본 요리에서 본 적이 없다는 것이었다. 분주히 머리를 굴려보니 순간 막막했다. 어떤 식으로 요리를 하느냐고 요리에 관심이 많은 나이젤이 묻기에 끓이고, 튀기고, 양념하고 등등을 말하다가 이거 내가 만들어 보여줘야 하는 것이 아닐까 하는 생각이 스치자 무리를 말자는 의미에서 우물우물 접었다. 그리고 우리는 감자로 무엇을 해먹었나 하는 고민을 하면서 집으로 돌아왔었다.

처음 영국에 와서 테스코 같은 대형 마트에 감자 코너가 따로 있다는 사실만으로도 조금 놀랐지만 여러 종류의 감자를 보고 재미를 느꼈다. 감자가 이름을 갖다니⋯ 그동안 별 상관없이 살았지만 요리 별로 쓰이는 감자가 제법 달리 있고, 고구마와 비슷한 색깔의 감자뿐 아니라 크기도 앙증맞은 것부터 어린아이 머리통만한 것까지 있었다. 감자마다 이름이 있다. 킹 에드워드King edward, 루즈 레드Loose red, 라지 그레이디드Large graded, 마리스 파이퍼Maris piper, 그리고 뉴New니 베이비Baby니 하는 수식어가 붙는 튀지 않는 감자들까지 정말 종류가 다양했다.

15 귀신아, 놀자!

오늘도 저녁준비를 하는데 동네 어디에선가 폭죽놀이를 시작한다. 이런 불꽃놀이는 서머타임이 끝나는 즈음부터 시작된다. 그 절정은 11월 5일 가이 포크스 데이Guy Fawkes Day(1605년 영국에서 국회 의사당을 폭파시켜서 제임스 1세와 그 가족 등을 죽이고자 하는 음모가 있었는데, 사전에 발각되어 실패했다. 왕실의 무사함을 축하하며 다시는 이러한 일이 일어나지 않기를 바라는 기원을 담아 매년 11월 5일에 이 사건을 주도했던 가이 포크스의 이름을 따서 폭죽놀이를 한다)이고, 대부분 중간방학을 맞은 아이들을 위한 그리고 그 아이들에 의한 폭죽놀이가 어느 한 집에서 시작되면 바이러스처럼 번져서 우리 집 애들만 빼고 다들 하는 것 같다.

거리의 상점엔 할로윈 용품들이 특수를 맞이하고, 아들은 이제 별 관심이 없어졌지만 딸아이는 여전히 올해 할로윈 파티에서 뭘 입어야 하냐 고민한다. 올해는 다행스럽게 마녀 옷이나 고양이 분장에는 관심을 접었고, 작년 할로윈 때 입은 코스튬이 좀 추웠는지 일찌감치 검정색 웃옷을 사고 검정색 우단 스커트를 입겠다고 정했다. 딸아이에겐 할로윈은 축제다.

할로윈Halloween은 아일랜드 켈트족에서 유래했다. 10월 31일은 곧 겨울의 시작을 의미한다. 혹독한 겨울을 보내고 다음해 수확철이 돌아올 때까지 살아남기 위해서 힘없는 인간들은 소위 신령들의 도움이 절실하다. 그래서 사람들은 신령들에게 잘 보여야 한다는 순진한 마음이 간절하여 신을 위한 축제의 날을 만든 것이다.

할로윈의 어원은 All – hallow – even, 다시 보면 All–hallow – eve, 말 그대로 모든 성인들의(죽은) 날의 전날이란 의미다. 가톨릭에선 11월 1일이 모든 성인들의 날로, 축일이다. 그러니 10월 31일은 한국식으로 말하면 모든 성인들의 제삿날인 셈이다. 다른 표현으로는 푸키 나이트Pooky night란 말도 있다. 난 개인적으로 이 표현이 더 귀엽다. 이 날 죽은 영들과 이승의 세계는 교류를 한다고 본다. 이러한 풍습은 영국보다 미국이 더 극성이다.

이 날의 메인은 밤에 시작한다. 사실 서머타임이 해제되면 오후 4시를 즈음해서 어두워지는데 어른들의 보호 아래 네댓 살 이상의 아이들이 의상을 차려 입고 이웃집을 돌면서 "트릭 오어 트리트trick or treat("과자를 안 주면 장난칠 테니 각오 하세요." 할로윈 때 아이들이 집집마다 다니며 하는 말)"를 외치고, 이런 문화에 익숙한 집들에선 준비한 사탕이나 초콜릿 등을 내어준다.

처음 영국에 와서, 아니 얼마 전까지도 영국인들로부터 너희도 크리스마스를 지내느냐는 질문을 받곤 했다. 동양인들에겐 다른 종교가 당연히 있다고 믿는 이들이 많다. 그러니 우리 집 문을 두드린 아이들은 우리 가족이 문을 열어주면 어린 꼬마들이 더러는 당황한 모습으로 어쩔 줄 몰라 하기도 했다.

할로윈의 색은 검정(죽음, 밤, 마녀, 박쥐, 흡혈귀), 오렌지(호박으로 만든 잭 오 랜턴Jack-O'-Lanterns, 가을, 단풍, 불), 보라(밤, 신비), 녹색(괴물, 악귀), 빨강(피, 불, 악마)이고, 대체로 그런 색으로 할로윈 의상을 준비한다.

집에서 가족들이 모여서 할로윈 파티를 할 때는 커다란 그릇에 물을 담아 사과를 넣고 입으로 물어서 꺼내기라든가, 실에 매달린 작은 과자를 따먹는 놀이 등을 한다. 영국인들을 무지 좋아하는 일본인들이 이 게임을 보고 자신들의 운동회에 써먹었고, 우리의 운동회로 넘어온 게 아닌가 하는 생각이 든다. 그 외에도 팝콘이나 구운 호박씨, 호박 파이 등을 할로윈 음식으로 먹는다. 그리고 좀 큰 아이들은 '흉가에 가보기'를 했다고 한다. 그러나 요즘 같은 시대에 아이들의 계절 축제를 위해 흉가를 내버려둘 리는 없고 '그저 그랬었단다'의 얘기로 남을 것 같다.

16 포피 꽃
이야기

11월이 되면 거리에 포피Poppy(개양귀비꽃)를 달고 다니는 많은 사람들을 볼 수 있다. 이 종이꽃을 파는 노인들이 어스름한 저녁에 현관문을 두드린다. 그 분들은 베테랑Veteran, 우리말로 재향군인회 회원들이다.

리멤버런스 데이Remembrance day. 한국식으로는 현충일인 셈이다. 시작은 1918년 11월 11일, 제1차 세계대전이 끝나고 전쟁에서 산화한 사람들을 기억하고 그들의 죽음을 잊지 말자는 살아있는 사람들의 각오에서 출발했다. 이후 제2차 세계대전이 발발하고 다시 많은 젊은이들이 가족의 안녕, 정의, 평화수호와 같은 이유로 죽어갔고, 마을마다 추모비에는 이름들이 늘어갔다.

한인 행사에 몇 안 남은 베테랑들이 베레모를 쓰고 재킷에 훈장을 달고 행진을 한다. 그 모습을 보면 나만 그런지 몰라도 부채의식이 밀려온다. 6.25 한국전쟁에 대한 기억이 내게 있을 리 만무하지만 말이다.

우리 집 가든과 울타리가 붙어 있는 뒷집의 스탠 할아버지도 한국전 참전용사이다. 언젠가 우리를 보고 어느 나라에서 왔냐고 묻기에 '코리아Korea'라고 했더니 한국전에 자기도 참전했었노라고 해서 반가움에 더해 놀라움이, 아니 왠지 모를 미안함이 차올라 밝게 아는 척을 하기가 어려웠다. 전쟁에 참전했을 때 할아버지의 나이는 스물한 살이었다 한다. 그 나이에 본 한국은 어땠을지 궁금하여 여쭤보니 전쟁 막바지였고, 근무지는 부산이었다고 한다. 그런데 할아버지는 한국에 대한 기억은 '추위'라고 말씀하셨다. 추위! 영국 청년이 머나먼 한국, 아마도 그 전에는 알지도 못했을 나라에 가서 느꼈을 추위는 암담함이 아니었을까 싶었다.

얼마 전, 딸아이 학교의 학부모 초대 행사에 갔었다. 포피 꽃을 그린 아이들이 각자 자신의 그림을 들고 리멤버런스 데이에 대한 시나 글을 발표하는 것을 보았다. 중간에 기도와 노래가 들어가고, 마지막으로 교장선생님이 작년에 프랑스로 여행을 갔을 때 보았던 전사자들의 묘지에 대한 얘기를 들려주셨다. 그때 묘비를 보고 알 수 있었던 죽은 이들의 나이를 언급하면서 적게는 15살부터였다는 사실을 상기시켰다. 8살에서 11살 사이의 여자 아이들에게 그들의 죽음을 잊어서는 안 되며, 그런 죽음이 더 이상 있게 해서도 안 된다는 얘기를 했다. 참으로 다른 각도에서 그 말들이 내 귀에 들어왔다.

1918년 아래와 같이 씌어진 글에 의해서 시작된 이 날이 무겁지만 뜨겁게 지나가고 있다.

외국에 살면서 절박하게 다가서지 않는 문제들이 있다면 그들의 기념일이다. 한국에 사는 많은 외국인들이 6.25나 광복절, 한글날, 개천절 같은 날에 별다른 감흥이 있을 리 없는 것과 같은 맥락이리라. 그러나 여기서 오래 살다보니 그런 부분도 이해하고 관심을 가져야 한다는 것을 배우고 있다.

17 말,
말들…

고향에 가면 가슴이 쏴아해진다. 아이들이 아주 어릴 때는 아이들이 자면 뭐도 하고 뭐도 해야겠다고 맘을 먹지만 막상 아이들이 잠들면 뭣부터 해야 하나 우왕좌왕 마음이 바빠서 아무것도 하지 못했었다.

마찬가지로, 한국에 간다 생각하면 보고 싶은 사람, 먹고 싶은 것, 가고 싶은 곳을 줄줄이 엮다가 막상 인천공항에 내리면 어느새 모든 것을 잊는다. 기억상실에 걸리는 거다. 떠나기 전에 생각한 대부분의 일들을 완벽하게 기억하지 못한다. 그 다음으로 오는 증상이 이명 현상이다. 영국에서는 신경을 쓰지 않으면 들리지 않는 옆 사람들의 말들이 내 귀를 통해 한꺼번에 머릿속으로 들어온다. 어떤 아이가 "엄마"라고 불러도 돌아보고, "저기요" 하는 사람의 얼굴도 쳐다본다.

그렇게 얼마가 지나면 굶주렸던 한국말의 허기를 가득 채워서 개운

하고 시원해지다가 어느 순간 유리벽에 쾅 하고 부딪힌 것 같은 느낌을 받는다. 어쩌다 마주친 거리의 사람들은 반가운 듯 우호적으로 바라보는 내 표정을 참으로 매몰차게 어이없어 하는 거다. '뭐야', '내가 아는 사람인가', '왜 저래' … 대충 말은 없지만 그런 식으로 반응이 돌아온다. 영국에 살면서 가랑비에 젖듯이 몸에 배어버린 모르는 사람들과 나누는 가벼운 미소가 한마디로 뺨을 맞은 것처럼 처량하게 된다.

한 번은 엘리베이터를 탔는데 가려는 층을 누르려다가 누군가 급하게 엘리베이터로 다가오기에 열림 단추를 누르고 기다려 주었다. 오십 대 초반 정도의 남자였다. 승강기 안으로 들어선 남자는 날 빤히 쳐다보다가 다시 위아래로 훑어보더니 불쑥 "11층" 하는 거였다. 나는 순간 그 남자를 바라보았다. 그 남자는 내가 잘못 들었다고 생각했는지 약간의 짜증을 실어서 "11층" 하고 반복했다. 내가 한국에 와 있다는 실감이 온몸을 확 훑고 지나갔다.

한편 백화점이나 술집, 상점에서 내게 퍼붓는 친절은 꼭 돈을 주고 산 듯한 기분을 들게 한다. 우리 아이들을 보면서 예쁘다고 쳐다보는 상냥함은 왠지 어설프고, 반대로 호기심만 가득하여 완전 난감하고 슬프게 한다. 사용하는 말에서 문화가 배어나온다는데 일단 친해지면 화끈해지는 태도보다 조금쯤 여유롭게 부드러웠으면 좋겠다.

우리 동네 병원에 갔다가 대기실 벽에 손글씨로 써서 붙여놓은 글귀를 보고, 접수대에 앉아 있는 직원을 다시 보게 되었다. 대기실엔 환자들을 위한 잡지와 아이들을 위한 책들, 소소한 장난감이 꽤 많이 놓여 있다. 대부분 대기실에 들어서면 빈자리를 찾으며 사람들과 눈이 마주치는데 처음 보는 사람이라도 살짝 웃는다. 그리고 아이들은 부모 옆에 앉아 있다가 살짝 용기를 내어 장난감 쪽으로 간다.

"Please tidy all the toys away when you have finished playing with them.
… other parents may trip over them if left out."
"아이들이 가지고 놀았던 장난감은 한쪽으로 치워주시겠어요.
다른 엄마 아빠들이 나가는 길을 못 찾으면 안 되니까요."

장난감을 갖고 노는 아이들을 위한 안내가 아니라 아이들의 부모에게 보내는 한마디였다. 경고도 아니고 무례하지도 않으며 부끄럽게 만들지도 않는 다정한 안내문이다. 물론 어떻게 해석을 하느냐에 달렸겠으나 간단한 몇 마디로 이를 보는 사람들을 적당히 어루만져주는 마음씀씀이가 따뜻하게 전해졌다.

18 A3 대로의
조이

오후 뉴스에 안개로 인해 영국 국내선이 대부분 취소되었다는 보도와 함께 혼잡chaos을 보여주는 공항 모습이 TV에 비추어졌다. 성탄절 휴가를 앞두고 가족을 찾아가는 많은 귀성객들이 망연한 표정으로 우왕좌왕하는데 뜬금없이 나는 A3 대로의 조이Joey가 떠올랐다.

내가 사는 동네에는 A3 대로가 있다. 남쪽 끝은 포츠머스Portsmouth란 항구도시, 다른 끝으로 가면 런던London 시내가 나오는 길이다. 나로서는 이런저런 일로 해서 적어도 하루에 한두 번은 달리게 되는 길이다.

한국 사람들이 많이 사는 뉴몰든New Malden 교차로로 들어서려면 입구 근처에서 환하게 웃고 있는 그를 보게 된다. 조이는 2004년 12월 9일에 그 길에서 교통사고로 사망한 청년의 이름이다. 당시 22살, 1982년생이란 걸 사진을 찍으면서 알았다. 사고 이후 2년이란 시간 동안

(2018년 현재까지도) 그의 가족들은 시들지 않게 늘 꽃을 꽂아 놓고, 흔치 않게 사진까지 걸어 놓았다. 이젠 그 청년을 지나치는데 익숙해 있건만 불현듯 그 길에 아들을, 형제를, 친구를 두고 새해를 맞을 사람들이 떠올랐다.

내게도 떠오르는 친구가 하나 있다. 1961년생이고(조이와 나이도 같다), 1983년 겨울에 교통사고로 세상을 떠난 그가 생각난다. 보나. 내 생애에 있어 처음 참석한 장례식이 바로 그의 장례식이었다. 심장병으로 1년을 휴학했던 그를 만난 건 고교 2학년 때였다. 나와 잔잔히 교류하던 그는 대학진학을 포기하고 집에 있으면서 지인의 가게에서 일을 도왔다. 그렇게 지내고 있다는 애기를 들었는데, 얼마 지나지 않은 한겨울에 자동차 사고로 세상을 떠났다는 소식을 전해왔다.

그때 나는 부모님께는 아무런 얘기도 않고 장례식에 갔었고, 인천 서구의 백석 천주교 묘지까지 따라갔다. 참으로 우습게도 그 많던 친구들은 부모님들이 허락하지 않아서 오지 못했다. 지금 생각하면 어린 처녀의 장례식에 가는 것을 께름칙하게 생각했을지도 모른다. 장례식 내내 그리고 장지로 가는 차 안에서 보나의 어머니는 울고 계셨다. 그 모습을 보면서 나는 몹시도 힘이 들었다. 1월의 묘지는 쾌청한 날씨에도 몹시 추웠고, 땅은 얼어서 흙과 횟가루가 섞이지 않을 정도였다. 나는 구두와 바짓단 사이, 즉 스타킹으로 감싸인 발등이 시려서 불이 피워져 있던 곳으로 가까이 가고 싶단 생각을 짧은 장례 예절이 진행되는 내내 했었다. 돌아오는 버스 안에서 그 언 땅에 누워 있게 될 내

친구를 생각하며 나의 치사스러움 때문에 많이 울었다.

오랫동안 잊었던, 물론 작정을 하고 그랬던 건 아니지만 그는 내 생활과 무관하게 멀리 있다. 살아있다 해도 눈에서 멀어지면 마음도 멀어지는데 하물며 세상이 다른 그를 잊었다 해도 내게 무어라 할 사람은 없다. 살아있었다면 그 친구도 중년이 되었을 테고, 삼십 몇 년을 그라면 낭비 없이 잘 살았을 거란 막연한 생각도 했다. 한 사람 안에 우주가 있고, 역사가 있다. 그 내용은 살아있는 사람의 몫이다.

조이의 가족이 그렇게 그를 기억하는 건 어떤 의도일까. 잘은 몰라도 내가 부모가 되고 보니 스물 몇 해 조이로 인해 행복했던 시간들을 잊을 수 없기 때문이 아닐까 하는 마음이 들었다.

19 실명공개
망신제도

'영국이 자존심을 버렸다.' 씁쓸하지만 한마디로 표현한다면 내 기분은 그렇다. 이 나라가 특별히 고품격의 긍지를 지닌 국가라고 생각지는 않지만 그래도 이렇게까지 되어버린 세태의 변화가 좀 허탈하다.

몇 년 전 TV 프로그램 중에서 네임드 앤 셰임드Named and shamed(불명예스런 이름 혹은 부끄러운 이름)란 중간 제목이 붙는 고발 취재물이 있었다. 재미있는 부분도 있지만 좀 입맛이 쓴 내용이 더러 있었다. 내가 본 것으로는 수리공이나 건축업자, 조경업자들과 관계된 에피소드로 세탁기나 보일러 수리, 연못 만들기 등을 하면서 터무니없는 비용을 청구하거나 더러는 아주 간단한 일을 큰일인 양 부풀려 공사를 하면서 이용자를, 아니 고객들을 바보로 만들고 있다는 얘기였다.

프로그램 제작진에서 가상의 집주인을 만들어 놓고 어떤 문제를 전문가를 통해 조작해 놓는다. 광고지를 통해서 서비스 공급자를 부르는데 그 집의 한 장소에 제작진이 숨어서 가상 부부나 가정주부가 그들을 맞이하고, 집안에 들어오는 순간부터 모니터를 한다. 아마도 치밀히 조사를 하여 꽤 많은 전과가 있는 이들을 선별했으리라고 본다. 그들은 문제가 생겨 벌금을 내거나 고소를 당하면 이름을 바꾸고 다시 광고를 낸다고 한다.

아무튼 그들이 한다는 일이라는 것은 대체로 주인이 있을 때는 일하는 척, 아는 척을 하고 안 보이면 무언가를 먹거나 전화를 하고, 심지어 집안의 물건을 슬쩍 하기도 했다. 프로그램의 말미에는 그들에게 취해진, 때론 그들이 취한 다소 미온적 결말이 붙곤 했는데 당사자는 아니지만 뭔가 화가 나고 불쾌하기까지 했다.

물론 이 프로그램에 대해서 많은 사람들이 경악하고, 인권 유린이다 뭐다 말들이 많았다. 모자이크 처리 없이 방영되었기에 그들이 어떤 정신적 타격을 받았는지는 모르겠다. 하지만 그들 중 누구도 부끄러워 죽었다는 사람의 기사는 없었으니 아마도 잘 살고 있을 것이다.

주변 사람들을 약 오르게 몰아가는 사람들이 있다. 작정한 건지 아님 어쩌다 실수한 건지는 몰라도 말이다. 영국의 몇몇 도시에서는 반복적으로 경범죄를 저지르는 사람들, 예를 들어 상점에서 물건을 그냥 들고 나가거나, 쓰레기를 아무데나 심지어 이웃의 정원에 옮겨 놓거나, 표 없이 기차를 타는데 재미를 느끼는 사람, 또는 애완동물의 배설물을 아무데나 방치해 두거나 하는 사람들의 실명을 공개하기 시작했다.

이런 제도가 실제로 표면에 떠오른 건 근래 들어 구미 지역에서 아동 성폭행에 대한 형사적 처벌이 피해자가 입는 상처에 비해 너무 약하단 지적 때문이었다. 그리고 이런 제도가 강력한 법적 제재가 이루어질 수 없는 경범죄자에 대해서 심리적 벌을 가한다는 의미로 점차 퍼져가고 있다고 한다.

그러나 정작 문제점은 그 경범죄자 명단에 올라가는 사람들 중 청소년들의 수가 늘어간다는 것이다. '창피한 줄 알아라' 했는데 마주 오는 대답이 '뭐, 별로' 하는 것도 기가 막히지만 그걸 무슨 무용담처럼 친구들에게 자랑까지 한다는 것이다.

이런 고민들을 영국만 하고 있다고 생각지는 않는다. 요즘 사람들이 자신의 외모나 돈에 대해서는 부끄러움을 느끼지만 자존심이나 명예에 대해서는 그다지 삶의 비중을 두지 않기에, 어른을 보고 배우는 아이들이 그런 쪽으로 흘러가는 것이 아닌가 싶다. 그렇다면 이렇게 사람들의 이성에 기대를 걸어보고 무언가 가슴에 호소를 하고, 그래도 사라지지 않는 아니 더욱 당당하게 변하는 이들에게 그저 내가 걸려들지 않기만을 바라며 하루하루 살아야 하는가 생각해본다. 내 아이들도 꽁꽁 내 옆에 묶어두고서 말이다.

아니다! 절대 아닐 것이다!

그렇다면 차라리 이런 것은 어떨지 싶다. 실명공개 칭찬제도. 이건 더 효과가 없으리란 건 대충 알겠다. 그래도 혹시나 하는 마음에 이런 사람들을 꼽아본다. 삼십 년 동안 꼬박꼬박 표를 사서 기차를 타신 누구누구, 실수로 계산에서 누락된 물건을 들고 다시 상점으로 돌아간 누구누구…

인간은 지금도 진화를 하고 있는 것일 텐데, 부끄러움을 모르는 사람들이 늘어간다면 인간의 진화는 제대로 완성이 되려나 싶다.

20 아동수당 Child benefit

프랑스 하면 아이를 적게 낳는 나라라고 막연히 생각했던 기간이 꽤 길었던 것 같다. 결혼이란 체제를 탐탁히 여기지 않고 자유로이 살면서 철저히 개인적인 삶에 탐닉하고 있다고 보였던 프랑스 부부들이 아이를 낳기 시작할 줄 누가 알았겠는가. 한국은 저출산국으로 돌아서고 말이다.

내가 사는 영국에는 애들을 달고 끌고 다니는 사람들이 대다수이니 다들 잘 낳고 키우고 가르친다고 생각하는 것이 당연한 바이다. 그렇지만 아주 어려 보이는 엄마들을 어렵지 않게 볼 수 있다. 영국은 10대 미혼모가 유럽의 다른 나라에 비해 두서너 배 많다고 한다. 10대 출산모 중 미혼모가 87%라니 아무리 성교육을 하고 있다고는 해도 그저 교육일 뿐인 모양이다.

이곳은 전통적으로 종교적 분위기에서 성장해서인지 낙태에 대해서는 부정적 시각을 갖고 있다. 그리고 일부에선 부모의 동의 없이 피임약을 구입할 수 있는 상황이 더 악화를 불러온다고 말하는 이들도 있다. 또 어떤 사람들은 십대 미혼모들에 대한 정부의 따뜻한 배려가 조금쯤은 무책임한 어린 부모를 양산한다고 말하기도 한다. 생명은 소중하지만 그 생명이 태어나게 하는 것만큼 삶의 질에 대한 생각도 깊이해야 한다.

이 나라는 미혼모에게 수당도 지급하고, 공영주택도 무상 제공하고, 무료의료 서비스를 해주며, 아이에겐 아동수당Child benefit이라는 명목으로 우유값도 준다. 나 역시 큰애는 주당 17.45파운드를, 작은애는 11.70파운드를 나라에서 받았다(2016년도 현재 외동이거나 첫째는 20.70파운드, 둘째거나 그 다음 애들은 13.70파운드로 인상됐다). 엄청난 세금을 가져가는 것에 비하면 애교스럽지만 그나마 잊은 듯 있다가 날아오는 입금내용을 보면 조금 뿌듯한 것도 사실이다.

이제 7월이 되면 만 16살이 되는 아들은 계속해서 승인된 교육훈련 프로그램에서 공부를 하고 있다는 걸 증명하면 만 18세까지 지원을 더받을 수 있다. 이 수당은 출생증명서나 입양증명서로 신청할 수 있고, 그러나 예전보다 법규가 강화되어 외국인은 잠시 체류하는 것으로는 혜택에서 제외된다.

이 나라도 철없는 소녀들이 아이들을 낳는 동안 세금을 부담해야 하는 나이든 사람들은 자신의 아이들을 키우면서 감당해야 할 많은 비용을 무서워하고 있고, 출산을 단지 축복이라고 생각하는 풍조가 점차 사그라들고 있다.

아이를 키우면서 이만하면 되었다, 이 정도면 되었다라고 진심으로 생각하는 부모가 있을까 싶다. 비교적이니 윤리적이니 하는 잣대는 더 줄 수 없는 상황에서 부모들이 숨고 싶어 하는 핑계일 뿐이라고 본다. 먹이고, 입히고, 재우고, 가르치는 것만으로 부모가 될 수는 없다. 기다림 없이 잉태된 아이라 해도 온 우주를 담고 있는 생명, 한 인간에 대한 시작과 성장에 무한책임으로 임하겠다는 마음이 손바닥을 펴면 보이는 손금처럼 보이고 읽어져야 한다.

사회가, 그리고 정부가 구성원들의 삶의 질에 대해서 어느 정도 책임을 나누어야 한다는 생각은 참으로 선진적 사고다. 학생 때 '요람에서 무덤까지'라는 말이 있을 정도로 영국이 사회보장이 잘 되어 있는 나라라고 배웠던 기억이 난다. 나라와 그 구성원은 따로 떨어뜨려 볼 수 없으니 각 개인의 공통적 생각이 사회 전반에 투영된 것이리라. 어느 시점에 풍조가 기본을 거스르려는 도전을 받더라도 최선을 다해 기본을 놓치지 않고 가야 한다고 하는, 조금 답답해 보일 수도 있는 영국의 원칙주의가 개인적으로는 마음에 든다.

21 유쾌한 장례식

한국 뉴스를 보다가 눈에 띈 기사가 있었으니, 영국의 한 장례식을 소개하며 '유쾌한 장례식'이라고 제목을 붙여 놓았는데 어느 쪽에서 본 유쾌함일까 하는 의구심이 들었다. 관에 누워 있는 고인? 아니면 관 앞에 모인 가족이나 문상객들? 아마도 지나던 제3자의 시선이 아닐까 한다.

나는 유쾌한 장례식이란 표현에 동감하지 않는다. 기사를 접한 사람들은 영국이란 나라에 대한 막연한 선입견으로 혹시 그런 일이 꽤 있다고 여길지도 모르고 그렇다 믿고 싶을지도 모르지만 말이다. 하지만 보통의 영국 사람들은 그냥 보통의 방법으로 장례식을 치른다.

지난 달 32살의 젊은 부인 장례식을 다녀왔다. 지병을 앓아온 그녀를 나는 알지 못한다. 성당에서 공지가 나왔고, 알지 못하는 사람들 사이에서 그 부인의 남편과 어머니, 오빠 이렇게 단출하게 가족들만 모여 치르는 장례식이라 모르는 나 같은 사람이라도 가서 고인의 가는 길에 가족들을 위로하고 따뜻하게 보내주자고 했다. 나이도 안타깝고, 자식을 먼저 보내는 어머니의 뒷모습도 안쓰럽고, 길지 않은 시간 동안 아팠었다는 대목이 목구멍에 무언가 낀 듯이 뻑뻑하고 답답하게 했다.

미사가 끝나고 돌아오는 길에 문득 두 개의 장례식이 떠올랐다. 먼저, 병든 노모의 죽음으로 풀어가는 1997년 임권택 감독의 영화 〈축제〉. 노모가 살아온 시간 동안 있었던 많은 일들과 기억들이 장례식에 온 가족의 마음속에 서로 다르게 떠오르고 다가서는 죽음이고 장례였다. 한 사람의 죽음 앞에 모두가 모여서 그 사람과 엮인 각자의 삶을 돌아보는 의식. 울고 웃고, 화내고 비난하고, 사죄하고 용서하고… 참으로 잘 붙인 제목이라고 생각했다. 마지막 장면은 모두가 결혼식 하객들처럼 사진을 찍는 것이었는데 사람들은 축제의 끝인 양 웃고 있었다.

그리고 다른 하나의 장례식. 좀 오래 전 TV에서 골프선수 페인 스튜어트Payne Stewart의 색다른 장례식을 본 적이 있다. 1999년 US 오픈을 우승하고 경비행기 사고로 죽은 그는 아주 재미있는 사람이었던가 보다. 사실 그는 실력도 출중했지만 멋들어진 골프 옷차림에(니코보코 스타일이라든가) 날씬하고 세련된 멋쟁이 골퍼인데, 그의 장례식을 본 순간 진작 그 인물을 알지 못했던가 하는 생각이 들 정도였다. 그는 개인적으로 밴드를 할 정도로 노래도 잘했고, 유머도 풍부해서 사람들 사이에서 인기가 높았던 인물이었다고 한다. 그에 대한 기록영화를 보듯이 조문객들은 그의 생전의 모습을 보고 그가 불렀던 노래를 함께 부르고, 장례식 중간에는 가족들이 나와 그와의 재미있던 일화를 소개하면서 그를 추억하게 했다.

한국을 찾았을 때 봤던 고속도로변의 무덤들이 눈앞을 서성거렸다. 죽음 이후인데도 거기에 머물고 있는 보살펴짐과 버려짐, 부유함과 궁핍함이 잠깐 사이에 읽혀졌다. 누군지 알 수는 없지만 그곳에 누워있는 묘는 마치 그들의 영토인 듯이 보였다. 이제는 이 세상에 없는데….

문득 나는 땅에 묻혀 무덤으로 나의 주검이 남게 되는 걸 해야 하나? 그런 생각을 했다. 내 시간은 이미 끝났으니 말이다. 살면서 이제부터는 떠나는 뒷모습도 생각해두어야 하는 게 아닐까 하는 마음이 들었다.

22 코리언
   브리티시

누군가 우리 아들을 코리언 보이Korean boy라는 호칭으로 불렀다. 아마도 아들은 학교에서 그렇게 통할지도 모른다. 아이가 8살부터 13살까지 다니던 학교에서는 서로를 이름 대신 성familyname으로 불렀는데, 우리 아들은 안Ahn으로 불렸다. 얼핏 들으면 중국 성씨 같기도 하고, 가까운 친구를 빼고는 선생님들도 모두 '안'이라 불렀다.

아들은 수학, 과학 쪽을 잘하는 편인데 이 또한 아주 전형적인 동양 아이의 특징으로 생각했을 수도 있다. 그러나 아이는 양념 불고기보다는 스테이크를 좋아하고, 김치보다는 샐러드를 즐겨먹는다. 엄마와 아빠한테는 꼬박꼬박 한국말로 얘기하려 들지만, 동생에게 불만을 얘기할 때는 낮은 소리로 영어를 쓴다. 한국전쟁에 대해서 알고 있지만 영국적인 시각에서 말하고, 일본에 대해서 퍽 좋은 감정을 갖고 있으며, 한국 드라마에 대해서는 이해 못하는 정서가 많다.

아이는 코리언 브리티시Korean british(한국계 영국인)이다. 부활절 방학 때쯤에 한국에 가서 사람들을 만나면 아이가 왜 학교에 안 가고 부모를 따라 다니는지 궁금해 하면서 혹시 외국에서 왔냐는 질문을 한다. 그렇다고 하면 대뜸 어디에서 왔냐고 묻고, 영국에서 왔다고 하면 열에 일곱, 여덟은 신사의 나라에서 왔다며 흥미로워한다. 더욱이 요즘처럼 많은 사람들이 해외로 여행을, 취업을, 공부를 가는 상황에서 사람들의 질문은 그들의 의식을 그대로 보여주는 경우가 많다.

"영국은 살기가 어떤가요?"

절반 정도의 사람들이 살짝 이런 식으로 묻는다. 나야 속으로 '쉽지는 않지요. 말도 설고 관습도 설고, 여행이 아니고 사는 거니 만만치는 않답니다' 하고 생각하지만, 혹여 말이 길어질까 "그저…" 정도로 넘어간다. 이때 "살기 좋지요?" 이런 식으로 다시 묻는 사람은 대체로 지금 사는 곳에 조금쯤 실망을 하고 있는 사람이다. 역시 속으로는 '터전과 미래가 확실하면 한국만큼 좋은 곳이 없어요'라고 생각하지만 역시 "글쎄요." 정도로 지나간다. 그리고 "좋은 곳에 사시는군요." 하고 단정짓듯이 말하는 이들은 막연한 기대치가 있는 사람들로 가장 말을 아껴야 하는 부류이다. 잘못 말을 섞어 "그럼요." 하면 매국노가 되거나, 아니면 "힘들죠." 하면 내가 영국에서 실패한 사람으로 단정지워지기 십상이다.

영국에 살면서 내가 느낀 몇 가지는 우선 녹지에 대한 감상이다. 개발을 하면 돈이 됨직한 초지가 참으로 무성하다. 나만, 나 한 세대만

살고 딱 그만둘 게 아니란 생각이 확실하게 배어 있음이 아주 좋다. 문화유산에 대해서도 그렇다. 침략이라고 밖에는 할 수 없는 상황에서 다른 나라에서 가져온 유물 등을 정부 차원에서 그리고 부자들의 기부로 보관, 보존 관리하고 있다. 사실 어디에 내다팔아서 돈으로 바꿀 수 있는 보물들이 아니다. 마찬가지로 문화와 문명에 대한 대우도 각별하다. 강제로 총칼로 다가가기보다는 문화로 사람들을 정복하는 것은 한두 사람의 천재로 일시에 되는 것이라기보다는 그러한 토양이 있기에 싹트는 게 아닌가 한다. 나는 우리 아이들이 이러한 문화적 토양 아래에서 잘 성장하기를 바란다. 한국의 정서가 가미된, 격이 다른 코리언 브리티시이기를 바라본다.

그리고 여기에 사는 나는 이렇다. 우리 집 안은 영국 내 한국령이다. 즉 현관까지는 한국이고, 문을 열고나서면 영국이다. 한국 음식을 늘 먹고, 인터넷 뉴스로 한국 소식을 바로 접한다. 어떤 때는 한국 뉴스를 통해서 이곳 소식을 알게 되기도 한다. 마찬가지로 드라마도 보고, 노래도 듣는다. 이건 그저 내겐 습관이 되었다. 겨울엔 짠지를 먹어야 하고, 여름엔 오이지를 먹어야 하는 것과 같다. 이곳에서 꽤 오랫동안 알아온 지인이 내게 도대체 여기에서 그렇게 오래 살고도 한국적인 것에 미련이 많으냐고 묻는다. 하지만 나는 한국에 대해서 기억하고 싶은 것이 너무도 많다.

23 질풍두발의 시기

우리 아이들은 4살을 전후한 나이부터 교복을 입었다. 아이들 넥타이를 매주느라 아침 등교시간마다 분주했던 기억이 새롭다. 학교마다 다르지만 흰 셔츠 혹은 흰 블라우스와 학교에서 정한 색깔의 영국 사람들이 점퍼라 부르는 스웨터를 입고, 재킷을 입는다. 그 색은 대체로 단색으로 검정, 회색, 청색, 녹색 등이다. 학교마다 다른 넥타이를 매고, 소년들은 한국 나이로 10살 정도까지 반바지를 입는다. 물론 여학생들은 스커트를 입는다. 여학교의 경우 구두, 스타킹, 머리끈의 색상이 대충은 정해져 있다. 아들은 이곳 나이로 15세 반, 한국 나이로는 17살인데 대부분 그 나이의 학생들은 짙은 회색 또는 검정색 바지와 학교에서 정한 블레이저blazer 재킷을 입는다.

입학할 때 옷차림에 대한 안내문을 받는데 거기에는 교복과 체육복, 실험실 혹은 미술실에서 입는 옷에 대한 내용이 들어 있다. 아들의 학교는 교내 행사나 콘서트, 종교의식이 있을 때는 개인의 취향대로 준비한 슈트suits를 입는다. 물론 타이tie도 학교 것을 매지 않아도 된다. 셔츠 역시 색이나 무늬가 있어도 상관이 없다. 단지 맞는 사이즈를 입되 단추는 모두 채우라고 명시되어 있다. 그리고 흰 양말은 체육시간에만 신으라고 한다. 구두는 부츠는 안 되고, 난해한 디자인도 물론 안 되며 잘 닦은 검정 구두를 신어야 한다.

그리고 두발은 깨끗하고 차분하고 단정Clean, Neat, Tidy해야 한다. 머리 길이는 센시블Sensible하게, 즉 누가 봐도 불쾌하지 않은 적당한 머리 길이를 유지하라는 얘기인데 참으로 인간적인 문구란 생각이 든다. 염색이나 탈색, 얼굴을 가리는 머리 모양Ostentatious style은 안 된다고 덧붙이고 있다.

머리 모양 하면 영국 친구 케롤라인의 아들에 관한 얘기가 떠오른다. 그녀의 아들은 16살 즈음에 머리를 기르고 수염 또한 길게 기른 적이 있었다. 케롤라인과 남편이 몇 번이나 강약을 조절하며 주의를 주었음에도 아들이 강하게 반발하여 속수무책으로 있는 중에 아마도 학교에서도 비슷한 상황이 벌어진 모양이었다. 지적을 받은 케롤라인의 아들은 A4용지 서너 장에 자신의 외모에 대한 관심과 지적을 멈춰 달라는 편지를 썼던 모양이다. 그런데 아들 편지에 교장선생님이 A4용지 2장 반의 답신을 보내왔다고 한다.

편지에는 외모 지적에 대한 이유를 설명함은 물론이고, 아들의 작문 실력이 무척 좋았으며 논리적이고 인상적이었다는 말과 더불어, 이 모든 관심은 너에 대한 애정으로 알아달라는 내용이었다고 한다. 옆에서 듣는 나조차도 감동적인 얘기였다. 그 뒤 케롤라인의 아들은 바로는 아니고 면도를 하긴 했고, 머리는 포니테일 스타일Ponytail style로 묶고 다니다가 샤워한 뒤 말리기가 번거롭다면서 잘랐다고 했다. 참으로 훈훈한 학교와 학생이다.

우리 아들은 외모에 관심이 별로 없다. 머리를 자를까 하면 "'네" 하고, 그 정도면 괜찮지 않냐는 말에도 "네" 한다. 그저 4주쯤 되면 깎아야 한다고 생각하는 애다. 아들이 언제쯤 자신의 머리 모양 등에 관심을 갖게 될지, 자신을 가꾸는 시기, 겉이든 안이든 자신만의 어떤 스타일을 갖고 싶어 혼란과 투쟁을 할 시간이 올지 사뭇 기대가 된다.

24 신발
수집가

며칠 전 남편은 발에 익어 무척 애용하던 여름 샌들 한 짝을 잃었다. 엄밀히 말하면 도둑맞았다. 모처럼 좋은 날씨에 가든에서 바비큐를 하고는 벗어놓고 들어온 샌들 한 짝을 여우란 녀석이 물고 가버렸다. 올해 들어 벌써 두 번째로 가든을 구석구석 살펴보았지만 다른 한 짝은 어디에도 없었다. 지난번처럼 남편은 남은 한 짝을 버리지 못하고 혹여 돌아오지나 않을까 불가능한 기대를 할 것이다. 내가 보기에는 삶은 밤에서 싹이 나기를 바라는 것과 같지만 상관치 않기로 했다. 고문과 희망은 형제일지도 모른다 생각하며.

내가 사는 동네에는 여우의 출몰이 다반사다. 밤에 운전해서 집으로 돌아오는 길에 여우를 만나기란 지나는 행인을 마주치기보다 쉽다. 근래 들어서는 제법 살이 오른 여우들이 다니고, 특히 집 근처를 배회하는 여우는 옆집 고양이처럼 생김새도 아주 낯이 익다. 이웃들의 얘기를 들어보면 여우의 활약상은 아주 살벌하다. 신발을 물어가는 정도는 다반사이고, 고양이들을 공격하기까지 하는데, 니콜라의 옆집 고양이는 여우한테 앞발을 물려서 거의 장애 고양이가 되었다고 한다. 난 그 고양이는 정신과 치료를 받아야 할 것 같다고 했고, 니콜라도 동감했다.

영국 하면 사람들은 붉은 재킷을 입고 말을 타며 개들을 앞세워 여우 사냥을 하는 장면이 떠올려질 터이지만, 2005년부터 개를 이용한 여우 사냥은 금지되었다. 주로 10월부터 다음해 1, 2월까지 행해지던, 몹시도 고급스러워 보이는 이 야외 스포츠는 잔인하다는 비난을 받으며 1995년 이후 계속적으로 의회에서 이슈가 되어오다가 마침내 백기를 들고 금지되었다. 그러나 조사에 따르면 73%에 이르는 사람들은 여우 사냥에 대해서 찬성을 한다고 한다. 아마도 농부들일 것이다. 그들은 여우 때문에 실제적 피해를 보는 사람들이다.

하여간 많은 집에 한 짝만 남은 신발은 가죽 신발이 대부분이다. 플라스틱이나 고무로 만든 건 그저 물어뜯기만 하고 가버린다. 과연 여우는 그 많은 신발들을 어디에 모아두었을지 궁금하다.

25 이것도
일상

영국이 2025년이 지나면 교회에 다니는 사람들보다 이슬람 신자들의 숫자가 더 많은 나라가 될 것이라고 그저 예측인지 경고인지 얘기들이 분분하다. 어느 날엔가 현관문 안에 던져진 전단지는 영어를 못하면 이 나라에서 살지 말고 떠나라 뭐 그런 내용이었다. 보수 극우 정당의 안내문이었다. 이 나라에서 십 몇 년을 살았지만 우리 현관까지 이런 종이가 들어올 줄은 몰랐다. 우리 집이 외국인이 사는 집이란 정보 때문이었나 해서 쪼르르 달려가서 물어보니 옆집에도 그런 전단지가 들어왔단다.

아들이 동네 가톨릭 학교에 다닐 때, 그러니까 아이가 3살 반에 학교를 시작할 때부터 7살이 될 때까지 한국 아이는 학교에서 우리 아들 단 한 명이었다. 인도 아이는 물론 흑인도 몇 명 없었다. 그런데 요즘 그 학교와 붙어 있는 성당으로 평일 미사를 가면서 보면 운동장에 뛰어노는 아이들의 피부색은 확실히 다양해졌다. 물론 학생의 종교가 입학허가 자격에 해당되기는 해도 일부 학생들은 통학거리 문제 등으로 종교와 관계없이 입학이 가능하기도 하다.

당시 나는 그저 수동적인 외국인 가정으로 보이는 것이 싫어서 둘째를 임신하고 배가 많이 불러 운전이 힘들 때까지 아들 학교로 아이들의 책읽기를 도와주러 다녔었다. 한 시간 남짓 동안 두 개 반의 아이들을 도서실로 오게 하여 한 명씩 5분 정도 책읽기를 도와주고, 다 읽은 책은 다시 골라주었다. 그런데 아이들과 보내는 한 시간 중 제일로 불편한 순간은 내가 영어로 읽어주고 나면 해맑게 "파든pardon?(뭐라구요?)" 하고 되묻는 아이가 있을 때였다. 그때마다 내 발음에 문제가 있나 스스로 의심하며 살짝 부담스러웠다. 그래도 무슨 일이고 남편을 동반하는 외국 여자로 보이기는 싫었다.

몇 년 전부터 이 지역에 한인들도 늘어나고, 실제로 한인들이 많이 사는 뉴몰든New Malden의 학교들에는 한국 아이들도 상당히 많아졌고, 인도나 파키스탄, 아랍 쪽에서 온 아이들도 많아지고 있다. 다민족, 다인종이 뒤섞여 있어서 하교시간에는 여기가 정말 영국인가 싶은 생각이 들기도 한다. 그러니 앞서 말한 종교 문제도 당연한 상태라 하겠다. 이민자나 망명자들은 종교에 대한, 그리고 전통에 대한 가정교육이 철저하고, 종교와 전통은 언어와 더불어 답습되기에 학교에 가는 아이들을 제외하면 어른들은 언어도 꼭 쥐고 있다.

영어를 제1 언어로 쓰지 않는 학생들의 얘기로 가면, 2004년 89%

정도였던 영어를 쓰는 백인 학생의 비율이 올해는 85%로 줄어들었다고 한다. 영어를 전혀 못하는 아이라도 학교에서 6시간 이상을 보내야 하고, 반대로 선생님은 영어가 안 되는 아이들을 상대로 그 시간에 안절부절 못할 것이다. 그 와중에 다른 아이들은 질이 떨어지는 보살핌을 받을 거라는 건 깍쟁이 같은 논리라 해도 사실이다. 특히 살림 형편이 좋은 동네가 아니라면, 더군다나 런던의 도심 저소득층이 몰려 사는 일부 지역에선 영어를 제1 언어로 쓰지 않는 학생이 53.4%나 된다고 하니 그곳은 영국이지만 영어가 '소수 언어'인 셈이다.

BNPBritish National Party(영국 국민당)는 영국에서 8번째 큰 정당이며, 반反이슬람 극우정당이다. 그들의 웹을 보면 백인들이 골목에서 폭행당하고 삶의 터전을 빼앗기고 밀려나간다는 글들도 꽤 있다. 그들은 50년 전의 거리에는 백인들이 주로 많았지만 지금은 무슬림Muslim이 들끓는다고 개탄한다.

한인들이 많이 사는 뉴몰든에 있는 한 초등학교를 방문했을 때 교실 창문에 붙어 있는 안내문을 보았다. 내가 읽지 못하는 글자가 있듯이 내가 아는 글자를 못 읽는 사람들도 있겠구나 싶은 마음이 들었다.

26 제대로
말하기

한국에 가게 되면 서점을 자주 들른다. 누군가와 만나는 약속을 하고 기다리는 시간을 보내기에 서점만큼 좋은 장소가 없기 때문이다. 자투리 시간이랄까 무언가를 하기에는 애매했던 시간이 많았던 여행일수록 돌아오는 가방에는 무거운 책들이 담겨 있곤 했다. 광화문 교보문고는 내겐 이십대 언저리의 추억의 장소였으며, 이제는 없어진 종로서적만큼이나 살가운 곳인데 책도 보고, 유행하는 노래, 액세서리, 소품 등도 볼 수 있어서 자주 간다. 나는 주로 비소설 분야를 훑어보곤 하는데, 한 번은 몇 권의 책을 사고 나서 문득 눈에 띈 다른 책을 집어들었다. '국어능력인증시험 대비'란 무거운 설명이 들어간 〈완전 소중한 국어〉란 책이었다.

편지를 쓰거나 메일을 쓰거나 글을 쓰면서 내가 쓰는 말들이 제대로인지 의구심을 갖게 된 것은 줄거리에 신경을 쓰면서 실제로는 엉터리 한국어를 지어내고 있는 것은 아닌가 하는 생각이 들어서였다. 오래전 직장생활을 할 때도 혹여 의심스러운 표현은 사전을 뒤져보거나 고교생들의 참고서를 뒤지고, 그도 만족스럽지 못하면 교육청 국어담당 장학관에게 전화를 걸어 확인을 한 경험도 있다. 그런 점 때문에 스스로 국어에 대해서는 살짝 자신이 있었지만 이십여 년 시간이 지나다보니 나의 한국어 구사 능력이 불안하게 여겨지고 있는 것도 사실이다.

국어능력인증시험을 보게 되면 1급에서 5급까지 수준이 나누어진 다고 한다. 1급으로 판정되면 창조적 국어사용 능력자로 분류되고, 5급이라면 고등학교 교육과정 수준의 언어사용 능력을 어느 정도 갖춘 상태라는데, 책을 전체적으로 스윽 훑어보고 나니 다소 시험에 대해서 자신이 없어졌다. 한국을 떠나온 사이에 '있읍니다'는 '있습니다'로 바뀌었고 '돍'이 '돌'로, '기찻간'이 '기차간'으로, 계란 '후라이'가 계란 '프라이'로 바뀐 시점에서 예전에 부모님들께서 '돌아보니'를 '도라 보니'로 쓰신 글을 보면서 혼자 웃던 생각이 나서, 내가 쓴 글을 보고 젊은 세대가 웃을지도 모른다 싶으니 찐득한 심정이 되었다.

영국에 살면서 영어를 남의 나라 말이라고 밀쳐둘 수 없게 오래 살았기에 혹시나 영어 문장 아니 영어 단어를 틀리게 쓰고 틀린 줄도 모르고 있는 건 얼마나 될까 정신이 번쩍 들었다. 영국식 영어, 미국식 영어도 있는데 학생 시절 10년 배운 미국식 영어의 잔재가 내 안에 있음을 볼 때 스스로 신기하기도 하다.

한 영국 친구가 가르쳐 준, 알파벳 A부터 Z까지 모두 들어간다는 문장, 재미있고 신기했다.

The quick brown fox jumped over the lazy dogs. (굳이 우리말로 옮기자면 "잽싼 갈색 여우가 굼뜬 개들 위를 펄쩍 뛰어넘어갔다"인데, 들여다보면 알파벳 26자가 다 들어가 있다)

27 곳간과
인심

저녁 준비를 하고 있는데 전화가 왔다. 전화를 받은 남편이 나를
찾는다고 하면서 수화기를 건네주었다. 누구라 하더냐 물었더니 남편
이 "로얄 호스피탈 뭐라던데, …스페셜리스트 예약하려구?" 한다. 그
렇다 쳐도 이 늦은 시간에 무슨 일인가 싶었다. 전화를 받았더니 대뜸
이름을 확인하고는 주소 철자를 부르라고 한다. 페니 박스Penny box(동
전통)를 보내려 한다고 대답한다. 그 통에 동전을 모아서 보내 달라는
것이다.

아니 이게 무슨 경우인가? 동전통을 보내줄 터이니 동전을 채워서
보내라니! 이런 경우 없는 자선 요구라니! 나는 이미 여러 군데 자선단
체를 돕고 있으니 내 처지에는 충분한 것 같고 미안하지만 다른 착한
사람을 찾아보라고 말하고 전화를 끊었다.

연말이 되면 유난히 이런 전화가 많이 온다. 얼마 전 녹음된 경찰

서로부터 온 안내전화가 기억났다. 저녁 무렵 도네이션 박스Donation-box(기부금 통)를 들고 방문하는 사람들을 조심하라는 내용이었다. 함부로 문을 열어 주지도 말며, IDIdentity card(신분증)를 꼭 제시하라고 요구하라는 내용이었다.

서머타임이 해제되고 4시 언저리 컴컴한 문 밖에 서 있는 낯선 방문자는 그리 반갑지 않다. 남을 위해 자선통을 들고 서 있는 사람은 누군가 돈을 넣었을 때 수줍지만 기쁜 표정을 짓고, 자신을 위해 자선통을 들고 서 있는 사람은 돈을 넣었을 때 부끄럽고 힘든 얼굴처럼 보인다. 이곳에서 구걸을 하는 사람들은 때때로 깜짝 놀랍게 젊다. 개도 모시고 다니며, 개 사료를 사줘야 한다는 문구를 들고 다니는데 착한 할머니들은 개가 굶을까 돈을 준다.

요즘 영국의 경제가 나빠지고 있다는 소식은 이제 새로울 것도 없다. 지구상의 모든 나라들이 느끼는 불경기를 영국인들이라고 어떻게 가볍게 넘어가겠는가 말이다. 그렇게 곳간이 부실해지니 인심이 넉넉하지 못해짐은 수순이라 할 수밖에 없다. 그래서 영국 사람들도 자선 기부 금액을 먼저 줄인다고 한다. 가계 살림에서 자선 금액을 줄인다면 여기에 목매고 있을 가난한 나라의 굶주린 입과 병자, 학교들은 더 힘들겠다는 생각이 들었다.

"Too old to fight

Too proud to ask"

싸우기엔 너무 늙었고,

뭘 달라고 하기엔 자존심이 강하고…

구르카 용병 후원기금The Gurkha Welfare Trust 단체의 후원금 광고다. 제2차 세계대전 등에서 활약한 그 유명한 구르카Gurkhas(영연방군 소속의 네팔 용병 집단으로, 세계 최강의 용병으로 일컬어짐) 은퇴 용병들을 후원하자는 내용이다. 지금은 돌아가시고, 또 나이도 구십을 거의 넘은 노인들이며 용병이라서 영국에서 책임져야 할 이유는 공식적으로 없다고 하겠으나 후원을 권하는 글에는 그런 문구가 적혀 있었다. 어떤 이들은 그 용병들을 돕고자 하는 수표를 보낼 것이다. 실제로 도움에 나서는 사람들은 전직 군인일 수 있고, 군인 미망인일 수 있으며, 가깝게는 포클랜드 전쟁 때 구르카 용병들과 전우였던 사람들일 수도 있다.

산다는 것은 누군가에게 빚을 지는 것이고, 또 누군가에게 갚는 것 같다.

28 이런 날도
있더라

어제 저녁부터 비행기가 뜨고 내린다. 오랜만에 비행기구름을 보
니 무척 반갑다. 지난 일주일 동안 아이슬란드 화산재 때문에 공항이
폐쇄됐었다.

딸아이 학교는 이번 주 월요일에 개학했는데, 아직 휴가지에서 돌
아오지 못한 친구들도 있다고 한다. 어쩌면 스페인에 간 사람들은 영
국 군함을 타고 올지도 모른다고들 하는데, 경비는 세금으로 충당한다
고 한다. 그 도움을 안 받고 돈을 내는 것이 조금 아깝다는 마음이 슬
쩍 들기도 하지만 바로 당사자가 나였을 수도 있다는 생각이 드니 '할
수 없지 뭐' 그런 기분으로 바꾸어 본다.

소문들은 흉흉해서 옆의 화산이 또 터지면 6개월은 각오해야 한다
는 둥, 올 여름 휴가는 비행기는 포기하고 페리를 예약하라는 애기들
이 나오는가 하면, 저가 항공사들은 공항 폐쇄로 할 수 없이 출발지에

발이 묶였던 사람들의 체제비용에 대한 처리와 패키지 여행상품을 제공한 여행사들의 사후 처리가 겹쳐 말도 못하게 복잡하게 얽혀 있다는 둥 말 그대로 난리다. 고등과정 졸업시험이 사실상 시작되는 시기인데 이런 천재지변으로 아직 영국에 돌아오지 못한 수험생들이 있어서 날짜가 옮겨지게 되었다고도 한다. 개학이 되었는데도 한국에서 들어오지 못한 유학생들은 5월에나 좌석이 된다고 하는 경우도 있어서 이 또한 내 문제는 아니건만 "이를 어쩌냐?" 하는 소리가 절로 나온다.

나는 하늘에 비행기구름이 생기는 걸 리치몬드 공원에 있는 이사벨라 가든의 햇살 좋은 풀밭에 누워서 보았다. 영상 14~15℃ 기온이지만 햇살이 없는 곳은 다소 쌀쌀하다. 그래도 풀들이 적당히 말라 있어서 그리 차갑게 느껴지지는 않았다.

오늘 R부인을 만났다. 한 번 만나야 되는데, 전화통화 때마다 서로 되뇌다가 며칠 전 이사벨라 가든에서 피크닉을 하기로 했다. 그래서 나는 주먹밥과 과일, 보온병에 보리차를 담고, R부인은 머핀과 올리브, 말린 토마토를 들고 공원에서 만났다.

청둥오리 커플이 시도 때도 없이 지나가서 새를 무서워하는 나는 가끔씩 벌떡벌떡 일어나 소리를 지르고, 누가 어디에선가 계속 보았다면 정말 웃겼을 것 같은 오후 한나절을 보냈다. 들리지는 않는데 저 멀리서는 구름을 만들며 비행기가 지나가고, 역시 소리 없이 바람이 연두색으로 돋아나는 잎으로 덮여가는 나뭇가지를 흔들고, 폭신한 풀밭을 소리 없이 지나는 오리와 다람쥐들을 보고, 까마귀는 날아다닐 때 발을 가슴에 저렇게 붙이는구나 하면서 까마귀의 가슴과 배를 구경했다. 3주 넘게 떨어지지 않고 내 모든 일에 태클을 걸던 감기 때문에 꿉꿉한 이불 같던 내 몸이 햇볕에 말려지는 듯했다.

세상에 걱정이 없는 사람이 어디 있으랴! 태어날 때 공평하게 받고 나오는 기쁨과 걱정이 평생 채로 거른 듯 골고루 인생 전반에 나누어 겪게 된다면 기억할 기쁨도, 극복해 다행이다 싶은 걱정도 없을지 모른다.

R부인과 같이 누웠다 앉았다, 얘기를 하다가 듣다가 하면서 나는 내가 무슨 생각을 갖고 있는지 알게 된다. 가두어 두었던 생각들을 천천히 꺼내도록 늘 도와주는 R부인께 새삼 감사함이 밀려온다. 내가 미뤄 두었던 행복을 일깨워주는 그 분이 고맙다.

29 나는
중산층인가?

영국에서 중산층이라 하면 소득이 연봉 2만6천 파운드 정도
되는 안정적인 직장과 본인 소유의 집, 자녀를 대학에 보내며, 최소 1
년에 두 번 이상 제대로 된 가족여행을 가고, 은퇴 뒤에 괜찮은 노년을
보낼 준비가 되어있는 사람들을 말한다. 그리고 영국 정부에서는 그런
계층이 성인의 88%를 차지한다는 통계를 내놓았다.

그러니까 부부의 경우 두 사람이 버는 것으로 해서 1년에 6만 파운
드(한화로 약 1억원) 정도의 수입이 있어야 한다는 얘기다. 기준이니 통
계니 그런 얘기를 듣고 스스로 나를 돌아보니 노년 준비에 관한 한 참
으로 막막하다. 돈을 버는 기간을 생각하면 이십대 중후반부터 오십대
말까지 약 30년이다. 그리고 평균수명을 생각하면 다시 수입이 없이
그만큼의 기간을 산다는 얘기다. 그러니 편안한 노년을 보내려면 숨만
쉬면서 돈을 모아두어야 한다는 얘기다.

우리 집은 남편 혼자서 버는데 아이들이 커갈수록 나는 잉여 같다는 생각이 든다. 주부인 나의 가사노동의 질은 점점 떨어지는데다 근무태도도 무지 이기적이고, 근무자가 자주 앓아눕는다. 어떤 이가 내게 해준 말대로 맘 내키는 대로 생각 없이 살다가는 극빈 장수할까 겁이 난다. 어느 잡지에서 본인이 중산층이라고 스스로를 소개한 사람의 얘기를 읽었다.

내용을 간략히 소개하면, "부모님은 두 분 다 교사로, 투자한 주식이 있고, 개인의료보험이 있으며, 주택융자금이 없는 집을 소유하고 있다. 나는 아주 적절하게 좋은 교육을 받았고(아마도 시험을 보고 들어가는 좋은 공립학교인 듯하다), 유럽 대륙 등으로 1년에 두 번 이상 휴가여행을 갔으며(짐작컨대 스키 여행이나 유적답사 여행 정도인 듯), 대학에 진학했다. 나는 곧 법정변호인이 될 것이며, 나는 중산층이다"라는 글이었다.

중산층에 대한 정의는 사전적으로 상류층과 노동자층의 중간이라고 했지만 수입만이 아닌 당사자의 배경과 교육 정도가 더 많은 의미를 갖는다는 대목이 있었는데, 이 점이 중산층에 대한 영국 사람들의 기준을 더 잘 설명해준다고 하겠다.

아마도 진정한 중산층은 자신의 이익과는 무관한 윤리적 기부도 어느 정도 하고 있고, 사회적 이슈에 대해 의견을 내놓을 수 있는 통로를 알고 또 이용하는 사람일 것이다. 뿐만 아니라 거주 지역에 대한 역사를 알고 있으며, 종교적인 면이 아니라 해도 자녀에 대한 도덕교육을 생활 안에서 착실하게 실천하고 있는 사람이 아닐까 한다.

30 그래도 들어주는 사람이 있겠지

내가 손가방에 넣고 다니는 파우치 안에는 지난해 선물로 받은 작은 손거울이 있다. 내 얼굴만 간신히 그것도 코와 입 주변만 볼 수 있는 작은 거울인데 손바닥에 쏙 들어와서 퍽이나 소중히 여기고 있다. 나는 이처럼 작은 선물이 참 좋다.

누굴 두 번쯤 만나서 그녀가 가톨릭 신자면 보통은 퀼트로 만든 묵주 주머니를 준다. 만들 때는 다소 고민을 하지만 만드는 시간들이 좋고, 받는 사람에게 부담이 적으면서 좋아라 하는 사람들의 태도를 볼 때 너무 기쁘다.

전에는 손수건을 선물하곤 했다. 여자에겐 여자라서, 남자에겐 또 남자라서 손수건이 특별한 선물이라 생각했다. 어찌 생각하면 이별이라 생각하고 슬프게 연상할 수 있으나 손수건은 애틋하고 영원하단 느낌이 든다. 얼굴을 가리기도 하고, 깔개도 되어주고, 무릎을 덮어 주고, 머리를 감싸주기도 하고, 안경도 닦고, 냅킨으로도 쓰고, 그리고 무엇보다 눈물을 닦아 준다. 휴지로 닦아 버려지는 눈물이 난 참으로 아깝다. 눈물을 닦은 휴지는 추하지만 눈물을 담은 손수건은 애틋하다. 손등으로 스윽 닦는 땀에는 투지가 보이지만 손수건으로 찍어내는 땀에는 절제가 있는 것 같다.

선물은 주머니 사정보다는 마음에 따라 좌우된다. 좋은 사람에게는 좋은 것을 주려 하기에, 그래서 액수 문제는 부담이 아니라 보이고 싶은 사랑의 최대치 허영이 들어간다. 물론 좋게 보이고 싶은 경우도 같지만, 마음만 받겠다는 말과 마음은 더한 걸 주고 싶었단 말처럼 때때로 공허하게 들린다.

비싸고 고급지고, 그런 사정은 서로가 잘 안다. 어느 정도의 진심이 그 안에 있는지를 말이다. 사랑하면 관심이 생기고, 관심은 사소한 관찰부터 과감한 조사 그리고 노력과 실행이 따른다. 여기에 "원래 내 성격은 살갑지 못해서"란 말도, "여력이 안 되서"라는 말도 핑계다. 진심은 그런 말을 필요치 않게 한다. 그런 말을 들으면 내가 그 사람에게 중요치 않다는 생각이 든다.

물론 아닌 사람도 있다. 그런 믿음은 오랫동안 함께하며 몸에, 마음에 알고 있기에 표현이 적어도 믿어지는 그런 사람이 절절히 좋다. 누군가를 돕는 것도 그렇다. 시간이 없어도, 돈이 남만큼 없어도 하려면 할 수 있다. 누가 더 특별해서 자신의 시간을 나누거나, 무엇 하나 덕 보는 게 없는 데도 주머니를 터는 건 아니다.

내가 이곳에서 만나는 사람들은 대부분 나보다는 형편이 좋다. 속사정을 촘촘히 알지는 못해도 그들은 대체로 자녀양육에 최선을 다할 만큼의 여유와 이웃의 일들에 사람도리를 할 만큼의 넉넉한 마음을 가지고들 있다. 그런 마음은 겉으로 보여지는 것은 아니다. 아마도 성격대로 표현이 따라갈 것이라고 생각한다. 대부분 가까운 사람들에게는 친절하고 관대하다. 주고받을 수 있으니까.

이곳에 살면서 내가 느낀 좋은 풍습은 영국 사람들이 모르는 사람들을 돕는 것에 용기가 있다는 것이었다. 집으로 거의 일주일에 한 개 정도의 기부를 요청하는 비닐 백이 들어온다. 하루에 보통 한 번은 기부를 하라는 전화가 온다. 상점을 가도 그 상점에서 후원하는 자선단체 기부금 통이 있다. 거리를 지나다보면 어느 거리에나 사람들이 내놓은 물건들을 자원봉사자들이 정리해서 싼 값에 다시 팔아 기금을 마련하는 상점들이 있다. 역시 자선 단체들의 기금마련 행사, 전시회, 음악회, 펀 페어Fun fair(모금을 위해 벌이는 축제)도 수시로 있다. 텔레비전을 보면 암환자를 돕는 단체, 아프리카 표범을 입양하듯이 해서 지원하라는 환경단체, 제3 세계의 굶어 죽어가는 아이들은 살리자는 광고, 매일매일 뭔가를 돕자는 걸 일 삼아 생각해내고 단체를 만들어내는 사람들을 정부 차원에서 양성이라도 하는 것처럼 소개한다.

실제로 그런 취지의 전화를 받고 통화하게 되는 경우에, 전화를 거는 그들 역시 자원봉사를 하는 사람이기에 나는 되도록 성의껏 답해주려고 한다. 그리고 결국에는 내가 이미 다른 단체를 후원하고 있어서 더 늘리기에 곤란하다 하면 대체로 상냥히 통화가 끝난다. 어느 모임에선가 후원을 하고 있는 사람에게 더 자주 전화가 오는 것은 아닌가 싶다는 내 말에 지갑을 조금이라도 여는 사람들이 더 열 가능성이 높기 때문에 접근 1순위가 될 거라는 영국 친구의 말이 살짝 공감되기도 했다.

겨울이 되어간다. 착한 사람들은 그들끼리 모여서 더 착한 일을 하려고 할 것이다. 그리고 난 지금보다 나쁜 사람이 되지 않으려고 애쓸 것이다. 애들도 있고, 아직도 살면서 만날 날들이 많으니까.

31 어디서
      왔니?

지난 목요일, 드디어 반백이 되는 생일날에 동네 성당 청소를 갔다. 두어 달에 한 번 정도 순서가 돌아오는 자원봉사인데 다녀와서는 보통 근육통에 시달린다. 500좌석이 있는 제법 큰 성당의 청소는 그리 만만한 일은 아니다. 부속공간들도 좀 있고, 모든 의자를 닦고 바닥을 청소하는 일은 나와 L부인 둘이서 하기에는 한 시간 반이 꽉 차게 걸린다. 중얼중얼 묵주기도를 하다 보면 보통 몇 번 성모송을 했나 잊기가 기본이고, 중간에 허리를 펴고 쉬자니 왠지 쉬면 안 될 것 같은 가책이 들게 하는 일이다. 청소를 하고 있는데 그 날 미사에서 복사를 하신 어르신이 "헬로hello" 하며, 내게 느닷없이 어디에서 왔느냐고 묻는다.

그들의 눈에는 그저 내가 중국 사람인지 일본 사람인지 혹여 한국 사람인지가 궁금해서 묻는 것일 수 있지만, 그런 질문을 받으면 영 께름칙하다. 자주 가는 주유소의 인도 청년은 언젠가 나름 용기를 내서 내게 같은 질문을 했었다. 내가 피식 웃으며 "홈Home" 했더니 내가 영어를 몰라서, 아니 말을 못 알아들어서 그러나 싶어서 그랬는지 다시 어디서 왔느냐고 물었다. 그래서 집에서 왔는데 네가 왜 그게 궁금하냐고 했더니, 저도 민망했는지 일본 사람이냐 한국 사람이냐 다시 묻는다. 그래서 "코리아, 오리지널리Korea, originally" 해줬다. 그 다음부터는 괜스레 친한 척 말을 걸어와서 주유소 가는 일을 남편한테 미루고 있다.

그 전 얘기로 돌아가서, 성당 청소를 하면서 그런 질문을 받고 잠시 망설였다. 할아버지한테는 도전적으로 "홈home" 어쩌구 하는 농담을 할 수는 없었다. 그래서 한국에서 왔다고 말하고, 듣고 싶으신 답이시냐고 물었다. 그런데 정작 할아버지의 답이 걸작이다.

"오우, 굿!Oh, Good!"

무슨 뜻이신지… 자원봉사자가 아닌 청소부로 본 건지(동양인이니까), 아니면 착한 사마리아인이 아니라 착한 한국인으로 본 건지… 암튼 나는 스스로 이 나라에서는 외국인이라는, 이상스런 위축감이 있는 모양이다.

도산 안창호 선생의 아들인 배우 필립 안Philip Ahn은 배우생활의 대부분을 중국 사람으로, 그것도 중국인 노동자 역할로 보냈다고 한다. 동양 얼굴이 지적이고 영향력 있는 역할로 영화나 드라마에서 나오기 시작한 건 그리 오래되지 않는다. 흑인 의사나 변호사가 주인공으로 나오기 시작한 것도 마찬가지이다.

그렇게 생각하면 6년 전, 동네 자선단체에서 기획한 연극 공연 팸플 릿을 한인촌 기차역 앞에서 나누어 주는데 받는 사람들이 중국요리 메뉴 전단지로 여기는 것 같아 무척 자존심 상했던 일이 떠오른다.

내가 이 나라에서 몇 번 더 생일을 맞게 될지 나는 모른다. 나야 본 향本鄕, 그러니까 고향이 따로 있어서 말로라도 "에잇!" 하고 이 나라를 떠나버린다 말하기도 쉽지만 여기서 태어난, 여기가 조국이 되는 우리 아이들은 어떨지 기분이 시큼해진다.

32 듣기, 말하기,
읽기, 쓰기

올해 들어 새해 첫날 세운 계획이 영어 공부였고, 그래서 영어 공부를 일주일에 두 번씩 다니고 있다. 둘째를 임신하면서 때려치운 공부를 십 몇 년 만에 다시 하려니 고민이 이만저만 아니었다. 사실 영국에서 얼마나 살았느냐는 질문에 망설이며 답을 하기 시작한 지는 퍽 오래다.

외국에 나가서 공부하기 위해서거나 일하기 위해서가 아니면 그 나라 말과 글을 체계 있게 배운다는 것은 보통 결심으로는 힘겹다. 정말 독하거나, 딱히 할 일이 없지 않으면 공부로 시간을 보내기가 무척 어렵다. 엄마로, 아내로 이십여 년을 보낸 중년의 나이인 나 같은 사람에게는 냉동고에 들어있는 식재료만으로 일주일 동안 장을 보지 않고 식단짜기가 더 쉽다.

내가 다니는 영어 공부 반에는 6명 정도의 학생이 있다. 원래는 7명이라는데 두 명씩 뭔가를 할 때 짝이 맞는 걸 보면 수업에 1명씩 누군가 빠지는 모양이다. 모두의 국적이 다르다. 나는 부끄럽게도 영어를 배우는 영국인이고, 스페인과 인도네시아인이 각 1명, 그리고 각기 다른 동유럽에서 온 여인들 3명이다.

대화를 하려면 문제는 어휘력인데 그나마 들어본 가락으로 모르는 단어는 거의 없지만 전치사가 수시로 자신이 없어서 우물거릴 때가 있다. 강사가 간혹 정정해주면 비굴한 웃음이 나오고, 집에 돌아와서 무지 창피하다. 아, 진작에 좀 더 신경 쓸 걸 하는 기분이 들지만 달리 뭘 어찌 준비하지 못하고 그냥 다음 수업에 간다.

지독히 친절한 나의 이웃들은 내게 영어를 잘한다고 말한다. 물론 절대 믿지도 않고, 믿어서도 안 되는 일이지만. 어떤 때는 자기들끼리 있을 때 내가 잘못 쓰는 관용구에 대한 얘기를 하며 몇 분 동안 웃을지도 모른다는 생각이 들기도 한다.

예전에 딸아이가 다니던 학교의 학부모들은 수시로 모임을 가졌다. 티 모임, 저녁 식사, 학교에서 기금을 모으는 행사, 연말 파티, 심지어 아빠들은 골프 모임도 있었다. 당연히 나의 초라한 영어 실력은 때때로 의욕에 부합하지 못했다. 열심히 따라다니며 놀았지만 그들의 배려와 나의 노력은 겨우겨우 합의를 보는 수준이었다. 그나마 그랬던 일들이 영국인들과의 만남을 피하지 않게 해주었던 효과는 있지만 말이다.

이제 딸아이가 일 년 반이 지나면 대학에 간다. 아이가 대학을 가는 첫해는 나도 아이도 지독스런 적응기간을 거쳐야 할 게 분명하다. 난 여기서 살아갈 것이고, 그렇다면 여기서 살아갈 방도, 즉 이미 한국적인 것은 충분하니 영국적인 것을 누려봐야 할 것 같다는 얘기다. 그러기 위해 미뤄두었던 숙제를 이제야 꺼내본다. 일단은 천천히 걸음을 떼어본다.

런던 해머스미스Hammersmith 근처의 저렴한 숙소 앞, 출입문 한 쪽에 10개 나라말로 적혀 있는 안내문을 보고 놀랐다. 그저 문을 열 때 잡아 당겨서 열라는 얘기였다. 이 아파트에 사는 10개 나라에서 온 사람들은 번번이 문을 부술 듯이 밀어댔는가 보다. 이곳에 살던 10개 나라 사람들은 '풀Pull(당기시오)'이란 단어도 이해하고 영어를 멋지게 구사하며 이 건물을 떠났기를…

33 평균에 대하여

영국 여자들의 평균 허리 사이즈가 33. 5인치(약 85cm)라는 기사를 읽었다. '아니, 이럴 수가?'와 '그런가?', '그랬구나!'의 중간 정도의 느낌이 왔다. 30이 넘는 치수는 가슴이나 엉덩이에 해당한다고 생각하며 잘난 척 하던 시절이 있었다. 그리고 33인치가 넘는 허리 사이즈의 여자들은 영국 여자 평균 신장인 164cm 정도의 성인 여자를 말하는 것이니까, 나는 그들과 비교할 수 없다. 평균에 못 미친다는 것은 곧 부족함을 말한다. 그러나 생각하기에 따라서 그 부족함이 좋은 것일 수도 있다고 생각하기로 했다.

평균적인 영국 사람들의 하루를 여러 조사로 분석해서 적어놓은 글 A typical day in the life of the average British people을 읽었다. 한마디로 평균적인 영국 사람의 하루에 대한 얘기이다.

07:12 - 대체로 보통의 영국인들이 잠자리에서 일어나는 시각. 알람은 6시 45분 정도로 해두지만 침대에서 꼼지락거리는 시간이 20여 분 걸린다. 평균 수면시간 7시간.

08:14 - 집을 떠나 직장으로 향하는 시각. 출근하는데 걸리는 시간은 23분 54초. 런던에 직장이 있는 사람은 37분 48초 정도. 걸어서 가는 사람보다는 차나 대중 교통수단을 이용하는 경우가 많지만, 실제로 영국인들은 장거리 걷는 것을 그리 두려워하지 않는 것처럼 보인다. 직장과 집의 거리가 어느 정도 계산이 나온다. 40여분 통근시간이 걸리는 거리에서 산다는 얘기도 된다.

08:38 - 직장에 도착하는 시간대. 그러나 건설 일을 하는 사람들의 경우에는 놀라울 정도로 일찍 시작하고 놀랍도록 일찍 끝낸다. 집을 고치거나 손보는 일을 하는 사람들은 정말 꼭두새벽에 온다. 그리고 해가 지기 훨씬 전에 본인의 일과를 마치고 총총히 사라진다.

09:23 - 아침 업무 의욕morning energy level이 최고조의 시간대로 분류하고 있다. 출근과 함께 업무 의욕이 넘치는 시간대이다.

11:37 - 티타임Tea Time(사람들은 영국에서 이 시간을 없애면 혁명이 일어날 거라고 말한다). 이 시간대는 점심을 먹기 전까지 떨어진 혈당 수위를 올려주는 시간이다. 쿠키가 절대로 빠지면 안 된다. 유치원생들도 반드시 챙겨줘야 한다. 뭔가를 고치러 오는 사람한테도 달콤함과 농밀함이 진한 쿠키를 접대하는 건 예의다.

12:45 - 전통적 점심시간이 1시라는 생각을 버려라. 영국인들은 점

심시간이 15분이면 족하다고 생각한다. 사실 별로 먹는 것이 없다. 이곳에 살면서 느끼는 바이지만 영국인들은 두 끼를 먹는다고 본다. 아침과 저녁, 그리고 두 번의 차를 마시고.

2PM – 이 시간대를 영국인들은 특별히 조심해야 하는 시간으로 간주한다. 몸도 마음도 제일로 혼란스러운 시간대이다. 실제로 자동차 사고도 오후 2시부터 4시 사이에 가장 많이 일어난다는 통계가 있다.

14:16 – 커피 브레이크Coffee break. 영국인들이 차만큼 커피를 마시게 된 배경에는 미국 드라마가 한몫했다고 나는 생각한다. 컵케이크보다 도넛이 거리에 깔리고, 티Tea 광고보다는 조지 클루니가 선전하는 커피 광고가 더 많이 나오는 실정이니 말이다. 에너지 레벨이 떨어지고 신진대사 활동이 내리막으로 가는 이 시간에는 카페인이 큰 역할을 한다.

17:22 – 홈 타임Home Time. 일에서 벗어나 집으로 가는 시간이다. 일터에서 평균적으로 각 개인은 26개의 메일을 보내고, 32개의 메일을 받으며, 20여 통의 전화를 걸고, 21통의 전화를 받는다는 통계가 있다. 회의 혹은 수다는 별개로.

19:47 – 온 가족이 식탁에 모여 앉는 시간. 15년 전에는 오후 5시 30분쯤 저녁식사를 했다는데 일하는 시간이 늘어난 요즘에는 가족이 모이는 시간도 바뀌었다.

20:05 – 이 시간대에는 TV 시청이나 전화 통화, 혹은 온라인 쇼핑을 한다. 같은 시간대에 아마존이나 e-bay에 접속하는 사람이 가장

많다는 조사에서 추측해본다.

23:41 – 잠자리에 드는 시간. 이는 다이어트 식품을 파는 캠브리지 웨이트 플랜Cambridge weight plan 회사에서 3,000명을 대상으로 알아본 평균 수치라고 한다. 2008년 이전보다 50여분 늦어진 시간이다. 힘겨워진 살림살이 걱정이 늘어난 때문인가.

그리고 영국인 평균 연봉은 26,500파운드. 1년 365일 중 평균적으로 일하는 날은 252일. 한 주일에 남자는 보통 39시간을 일하고, 여자는 36시간 일하는 것으로 나와 있다(주부이자 full-time mother가 24시간 일하는 건 안 넣은 듯하다).

영국인 평균 신장은 남자 175.3cm, 여자는 164.0cm. 몸무게는 남자 83Kg, 여자 70Kg. 한 가정당 평균 자녀수는 1.96명. 결혼연령은 남자 30.8세, 여자는 28.8세.

여기에 평균적으로 마트에서 장보는 기본 아이템을 알아보니 주요한 5가지는 시리얼(아침식사용), 우유(저지방), 햄(다양하게), 베이컨(영국이 가장 맛있으니까), 그리고 초콜릿이고, 건강식품에 든다고 할 수 있는 야채나 과일은 중요 품목 5위 안에 들어가지 않았다. 역시 영국인들이 초콜릿을 포기하지 못하는 걸 알 수 있다. 영화에서 통통한 브리짓 존스Bridget Jones가 사랑스런 표정으로 음미하던 초콜릿이 떠오른다.

34 변덕과
진심

수국水菊. 문득 좋아하는 꽃이 생겼다. 목련강綱에 장미목目에 수국
과科. 어디에도 목련 같은, 장미 같은 분위기는 없는데 말이다. 더욱이
꽃말이 변덕과 진심이라고 하니 더욱 더 호기심이 당겨졌다.

짙은 보라색 수국은 경남 진해의 해군사관학교 성당으로 올라가는
길에서, 짙은 핑크색 수국은 청소년부 신앙학교를 했던 에일즈포드
Aylesford 수도원 작은 채플 앞의 가든에서 사진 찍은 적이 있다.

콘월Cornwall(영국 잉글랜드 남서부에 있는 주)에 다녀오는 길에 거의 집
집마다 앞정원에 다투어 심어져 있는 수국을 꽤 많이 보았다. 수국이
좋아진 이유는 사람이 좋았기 때문이고, 그 사람이 수국을 좋아하기
때문이었다.

그 전에는 자잘한 꽃을 좋아했다. 그렇게 따지면 나는 변절한 셈
이다. 그러나 그 마음도 내 진심이다. 사람은 변한다. 절대로 변하지

않는 사람이 변하기도 하는 사람보다 더 무서운 사람이라고 나는 믿는다.

변덕쟁이가 귀여울 수 있는 것은 어느 정도 그 범위가 호기심과 관심의 영역에 있고, 타인에게 폐가 되지 않는 선까지다. 변덕이 수시로 그리고 인내심을 요구하는 상황까지 간다면 악이 되겠지만.

수국은 색이 변한다. 자주색으로, 푸른색으로, 연한 홍색으로. 사랑이 마치 동경에서 집착으로, 어느 순간 연민으로 다른 옷을 갈아입듯이 말이다.

다시 한 번 아~ 하게 만든 정보가 있었다. 수국을 예전에는 말려서 해열제로 썼다고 한다. 해열제라서 열기를, 집착을 가라앉힌다. 그것 또한 신기하다. 그리고 수국은 생식 능력이 없는 중성꽃이라고 한다. 암술과 수술이 없어서 뿌리로 퍼져 가는 식물이라고 한다.

습관처럼 찾아보니 영국 사람들이 좋아하고 가장 많이 팔리는 꽃은 의외로 거베라 데이지Gerbera daisy이다. 좀 굵은 초록 빨대 같은 줄기에, 아이들이 꽃이라 하면 슥슥 그려낼 것 같은 모양을 한 꽃. 그리고 2등이 백합Lily, 3등이 튤립, 4등이 아이리스Iris, 5등이 장미Rose, 6등이 글라디올러스, 7등이 금어초Snapdragon, 8등이 도라지꽃Lisianthus, 9등이 양난Orchid, 10등이 미나리아재비꽃Larkspur, 그리고 몇 등 건너서 13등에 카네이션이 있었다.

영국 사람들의 꽃 취향은 솔로로 멋진 꽃보다는 무리를 지어 있을 때 푸근한 꽃인가 싶다. 여자 아기 이름으로 꽃 이름을 쓸 때 역시 1등은 데이지Daisy가, 다음은 아이리스, 재스민Jasmine, 백합, 장미, 바이올렛Violet 순이었다.

35 지금이
난세든 말든

한국에서 한 달 남짓 지내며 만난 사람들은 내게 몇 가지를 줄 기차게 물었다.

"비가 많이 오죠?"

"안개가 많이 끼죠?"

"영국이 EU에서 정말 나갈까요?"

첫 질문에 대해서는 명쾌하게 대답한다.

"비가 겨울에 원 없이 오죠. 그런데 한국 날씨가 아열대로 바뀐 것처럼 영국도 여름에 비가 오네요."

두 번째 질문은 다소 어정쩡하다.

"빅토리아 시대에 꽤 지독하게 안개가 꼈다고 해요. 그런데 그 시절에 살아보지 않아서 잘 모르겠는데요. 어느 날 안개가 끼면 그저 아 오늘은 안개가 꼈구나 한답니다."

브렉시트Brexit(영국의 유럽연합EU 탈퇴)에 대한 질문들도 이어졌다. 나는 영국에 돌아오고 이틀 뒤에 동네 도서관에 준비된 투표소Poll station에서 투표를 했다. 사실 투표를 앞두고 'IN(EU에 그대로 남아 있자는 의견)' 하자던 국회의원이 살해당하고 여론이 남는 쪽으로 움직여서 그대로 가지 않을까 했다. 워낙 변화를 원치 않는 사람들이고, 정치와는 무관하게 사는 사람들이라고 생각했는데 예상을 벗어나 투표율도 높았다. 나름 이슈도 그럴 듯했다. 대학 등록금을 줄인다, 일자리를 내국인한테 배려한다, 영국의 유로분담금을 국민 의료보험에 쓴다 해서 많은 사람들이 기대를 했을 것이다.

마침내 'LEAVE(EU에서 탈퇴하자는 의견)'라고 결과가 나왔다. 파운드화가 떨어져서 한국의 원화로 월급을 받는 사람들은 희희하고(그러나 그런 회사들은 거의 없다), 또 한국서 등록금을 보내는 유학생 부모들도 반가워 낙낙했을 것이다. 그러나 우리 집 아이들은 완전 분노다. 딸아이는 투표 이후 무지 예민해져 있고, 아들은 본인은 투표도 안 한 주제에 펄펄 뛴다. 이후에 그 여파로 취소된 대학생들의 인턴 사례 중에 아들의 자리도 있었다.

사실 이슈에 좀 더 민감할 젊은이들의 투표 참여율이 아주 저조했었다. 그러고는 화를 낸다. 무지한 어른들 때문에 자기들이 괴로워진다고 아우성이었고, EU 탈퇴를 원했고 주도하던 사람들은 책임에서 도망질 중이다. 연일 뉴스에서 그들에게 날카로운 질책을 해대고, 스코틀랜드는 다시금 독립을 하겠다고 들고 나올 것은 자명하다.

영국이 난세에 빠져 있다고 한다. 그러나 내겐 그저 하루가 하루다. 같이 고민할 용의는 있으나 어찌할 방법은 따로 없으니까. 국민들은 어떤 결정이 나온다 해도 이를 잘 해보겠다는 사람들의 의지를 바라보며, 좋은 결과가 나오기를 기다릴 수밖에 없다는 걸 알게 된 나이가 되었다. 내가.

36 피터|Peter 이야기

내가 1994년에 지금 살고 있는 동네로 이사 와서 알게 된 피터 Peter는 지금 18개월 된 딸애의 아빠가 되었다. 어느새 어린 아이가 아빠가 되다니! 절친인 1991년생 우리 아들의 생일이 얼마 전에 지났으니, 그의 나이도 25살쯤 됐다. 두 아이는 생후 33개월에 스마트 팬츠 Smarty pants(영국식 유머를 담은 속어로 좀 똑똑하고 멋진 사람을 지칭할 때 쓰는 표현)란 우스꽝스런 이름의 어린이집 Playgroup에서 만나 같은 학교를 7년 다녔고, 이후 우리 아들이 준비학교와 기숙학교를 다닐 때에도 서로 시간될 때마다 만나고, 대학에 다닐 때도 방학이 되면 서로의 집으로 다니며 놀던 아이였다.

피터의 엄마 엘사는 아프리카 수단 사람이고, 남편 마이크가 그 나라에서 일할 때 만나 결혼하고 가톨릭 신자가 되었는데 사람들을 잘 챙기고, 영국의 교육과정도 이수한 개념 있는 엄마다. 백인 남편과 흑인 아내. 아들 피터는 훤칠하고 다정하며 예의가 바르다.

피터의 아기를 낳은 마리아는 피터와 동네 친구인데 간호대학 학생으로, 지금은 출산으로 잠시 휴학 중이다. 피터는 기계공학을 공부하고 뉴캐슬에서 일하고 있다.

그동안 마리아와 동거 중이란 얘기, 마리아가 임신을 해서 아기를 낳을 거란 얘기를 들으면서 엘사한테 부럽다는 말과 우리 아기 같기만 하던 피터가 남자였구나 하면서 놀리기도 했는데, 지난 주일에 엘사를 만나 이런저런 얘기를 하다가 문득 우리 아이들 생각이 차올랐다.

피터와 마리아는 결혼을 하지 않고 있다. 물론 아기도 세례를 받지 않았다. 나는 둘이 당연히 결혼할 거라고 생각했는데 그런 내 생각을 말했다가 아들의 핀잔을 들었다. 그것은 당사자인 피터와 마리아가 결정할 일인데 이웃집 아줌마가 왜 그런 결정을 내려주느냐고 말이다. 물론 안다. 그래도 난 왠지 그런 결말을 감히 원한다.

여기서 나고 자란 우리 아이들이 자녀를 가질지, 결혼은 할지, 아니 누군가와 함께 살기는 할지… 뭐든 내려놓지 못하는 나는 여러 생각이 든다. 그러니 대책 없이 그저 엘사가 부럽기만 하다.

그런데 엘사가 살짝 내게 하는 말이 손녀가 자기한테는 오지를 않는다는 것이다. 백인 할아버지인 마이크나 고모 조안나한테는 잘도 가는데 자기한테는 안 온다고 한다. 이건 또 뭔가 싶다.

CHAPTER 2

하우스 룰

01 영어
클래스에서

좀 오래된 얘기다. 작은 애가 태어나기도 전이니까. 나는 영어를 배우러, 아니 배운다기보다 왠지 그래야 할 것 같아서 영어 클래스를 신청해서 다닌 적이 있다. 한국 부인이 나 말고 한 명 더 있고, 일본 부인이 한 명, 동유럽 어느 나라에서 온 오페어au pair(그 나라말을 배우고자 숙식을 제공받는 조건으로 그 집의 가사일을 돕고 일정 기간 머무는 외국인을 말한다. 10대 후반이나 20대 초반의 여성이 대부분인데 청소나 다림질, 아이들의 등하교를 돕는다)가 두 명 있었다.

전직 간호사 출신의 영어강사는 소송대리인을 남편으로 둔 전형적인 영국 중산층 가정의 부인이었다. 지극히 영국적인 생김새라고나 할까, 자그마한 체구에 다소 냉정해 보이는 표정은 쉽게 친해지기 어려운 인상이었다. 게다가 천성인지는 모르지만 개인적인 얘기는 별로 하지 않았기에 수업시간은 작정하고 열심히 집중하지 않으면 대체로 지루했다. 그렇게 몇 달을 그럭저럭 지냈다.

당시 나는 3살 남짓이던 아들을 차일드 케어룸Child care room에 두고 가야 하는 문제로 가끔 늦을 수밖에 없었다. 그 날은 아마 다른 부인들이 더 늦게 오는 바람에 아이 키우는 얘기가 나온 것 같다. 오십대 중반의 강사는 남매를 두고 있는데, 특히 딸에 대한 긍지를 가진 것처럼 보였다. 연극을 한다는 스무살 넘은 딸 얘기를 하면서 무척 행복한 표정을 지었다. 아주 어릴 때부터 엄마와 맞섰었다면서도 떠오르는 딸과의 추억을 혼자서 음미하며 즐거운 표정을 감출 줄 몰랐다.

그녀는 자신의 얘기에 취해서였는지 그 자리의 엄마들, 그러니까 우리에게 아이들이 처음 말을 시작할 때를 물었다. 한 부인이 "엄마"나 "맘마"였던 것 같다고 말하고, 다른 사람들도 그 비슷한 얘기를 했다. 그러자 그녀는 '역시 너희는 그 정도이지' 하는 느낌의 얼굴로 사뭇 의기양양하게 자신의 딸은 "모어 모어more more", 그러니까 '더 더, 많이 많이'라고 했다면서 즐거워했다. 그녀의 딸은 소유욕이 강하고 자신의 의사 표현이 특별했었나 보다. 일본 부인이 조금 과장되게 반응해 주었고, 나는 강사의 태도가 의외로 귀여워서 웃었던 것 같다.

이처럼 아이를 키우면서 부모는, 특히 엄마는 곧잘 거짓말쟁이가 된다. 때론 얼토당토않은 것을 마음속에 담고 우기기도 하면서 말이다.

우리 집 8살 딸아이는 요즘 궁금한 것이 너무 많다. 끝없이 묻고 또 묻는다. 내 대답을 듣고는 혼자 즐거워하다가 겨우 몇 시간, 적어도 며칠이 지나면 똑 같은 걸 되묻곤 한다.

"옛날에 내가 어릴 때(특히 그 '어릴 때'란 말을 하면서 좋아했다) 어떻게 하고 잤어?"

내 대답은 처음 물을 때는 "예쁘게 잤지", 또 물으면 "손가락을 빨다가 엄마가 몰래 손가락을 빼도 입을 오므리고 요렇게 하고 잤지" 하고 말하면 딸애는 내 입 모양을 보고 따라 하면서 즐거워한다. 그리고 또 묻는다.

"그리고 또 어떻게 잤는데?"

"자주 깼어, 아주 자주! 오빠는 밤새 잘 잤는데…"

"그래서 미웠어?"

그 때는 자주 깨는 딸아이가 힘들기도 했겠지만 차마 아이한테 진실을 말할 수는 없다.

"그래도 예뻤지."

그런 딸아이는 태어나기 전에 산전수전을 겪었다.

나는 삼십 중반을 넘어 둘째를 임신했다. 내가 살고 있는 지역은 산모가 서른 살을 넘겨 임신하면 더블테스트Double test란 피 검사를 의무적으로 받아야 했는데, 노산에 따른 기형아 출산을 대비하기 위한 검사이다.

임신 10주를 전후하여 GP라고 하는 1차 진료기관인 동네병원에서 채혈을 하면 결과에 따라 개별적으로 알려준다. 특히 다운증후군 가능성이 높게 나오는 경우 임신을 지속할 것인지의 여부를 묻는다.

처음에 검사 결과에 관한 편지를 받았을 때 120대 1이란 수치가 무엇을 의미하는지 잘 몰랐다. 의사를 만나고, 양수 검사를 하자는 얘기를 듣고 느꼈던 불안감은 시간이 가고 날짜가 지날수록 극심해졌다. 양수 검사는 시술을 하고 20주가 지나야 결과를 알 수 있었는데, 기다리는 동안 거의 미칠 지경이었다. 실제로 다운증후군 아이를 결혼 전 가까이에서 보았고, 그 가족이 겪는 엄청난 혼란을 알기에 더욱 힘겨웠다.

20주가 채 되기도 전에 아이의 태동이 시작되자, 이를 느끼며 공포에 가까운 절망감이 수시로 날 흔들었다. 그런 어려운 시간을 보내며 22주 만에 받아본 결과는 정상이었다. 하지만 그 몇 주 간의 소동 중에 밤낮으로 괴로웠던 시간들로 해서 만약의 경우에 대한 두려움은 그대로 남아 있었다.

임신 중에 나는 참으로 많은 책을 보았고, 잠시라도 다른 생각을 하지 않으려고 다큐 비디오 감상, 십자수, 셰도우 박스shadow box 만들기, 갤러리 투어, 음악회 순례로 바쁜 날을 보냈다. 아마도 딸아이가 눈물이 많고, 궁금한 것이 많은 이유가 이 때문이 아닐까 싶다.

딸은 3.175kg에 49cm, 목소리가 큰 아기로 예정일에서 1시간쯤 늦게 태어났다. 병원이 무서웠던 겁쟁이 엄마는 아기를 낳고 15시간 만에 퇴원해서 집으로 돌아왔다. 지금 생각하면 어떻게 그럴 수 있었을까 싶다.

내가 그렇게 애를 쓰고 저를 낳았는데, 딸아이의 첫마디는 "아빠"였다. 남편은 그 사실에 무척 감동하고 있다.

아무튼 우리 딸은 보통이 아니다. 엄마는 이미 접수하고, 아빠까지 손에 꽉 쥐고 있는 특별한 아이. 그렇다 해도 엄마는 어떤 상황에서도 아이만 바라본다.

02 엘리 아빠
콜린

여름 학기가 시작되면서 딸아이 학교에 전학 온 엘리Elly는 곱슬거리는 붉은색 긴 머리를 양쪽으로 땋고 다니는, 주근깨가 콧잔등에 송송한 귀여운 아이다. 이전 학교의 다소 강압적이고 경쟁적인 분위기에 밀려 의기소침하게 다녔기에 전학을 감행하게 되었다는 얘기를 엄마들과의 첫 커피 모닝coffee morning에서 거침없이 하는 제니스Janice의 딸이기도 하다.

학교에 딸아이를 데리러 간 어느 날, 제니스가 내게 다가왔다. 엘리가 우리 딸 얘기를 많이 한다면서 두꺼운 다이어리를 꺼냈다. 다음 주 목요일 오후에 우리 딸을 데려가 같이 놀게 하고 싶다고 한다. 열흘도 더 남은 시간임에도 조심스레 말을 꺼내는 그녀의 표정이 너무 신선했다. 목요일은 아이의 레슨이 있는 날이긴 하지만 레슨 시간을 바꾸어 보겠다고 하자, 그럴 것 없다며 다이어리를 다시 뒤적인다. 청을 거절

하기가 마음이 좀 편치 않아서, 아이들을 모처럼 놀게 하는 것이 좋겠다고 하는 내 말에 그래도 괜찮겠냐고 몇 번이나 되묻더니 고맙다고 한다.

그 날 이후 나와 더 친하게 된 제니스는 우리 딸의 생일이 언제냐고 묻더니, 자기 딸과 함께 파티를 하고 싶다고 했다. 엘리의 생일이 8월인데 휴가철이고 대부분 여행을 떠나고 없어서 늘 생일을 당겨 했다면서 모든 예약을 자기가 하겠다고 한다. 이번엔 내가 괜찮겠냐고 몇 번을 물었다.

파티를 앞두고 제니스가 계단에서 넘어져 일을 쉬게 되자, 아침엔 엘리의 아빠가 아이를 데려다주고, 하교는 외할머니가 도와주는 일이 생겼다. 그렇게 해서 엘리의 아빠 콜린Collin과도 인사를 나누게 된 것이다. 콜린이 군의관이었다는 말을 들어서 처음엔 다부지고 절도 있어 보였는데, 얘기를 나누면서 오히려 수줍어하는 듯한 태도가 엘리와 많이 닮아서 친근하게 느껴지기도 했다.

두 아이의 생일 파티는 수영장에서 열었다. 열댓 명의 8살짜리 소녀들은 수영장의 핼퍼helper들이 괴로워할 정도로 신나게 놀았다. 콜린은 물속으로 들어가 아이들과 놀아주고, 우리 남편은 제니스와 커피를 마시며 얘기를 나누고, 나는 맨발로 수영장 주변에서 사진을 찍었다.

수영복 차림의 딸아이 친구 아빠와 편치만은 않은 상황에서, 막연히 서양 아빠들은 그럴 거라는 자상한 모습을 콜린을 통해 마주하면서 남편이 그저 아이들 파티에 꼬박꼬박 와주는 것만으로도 고맙다 느꼈던 내 자신이 소박하게 느껴질 정도였다.

콜린은 나중에 파키스탄에 지진이 났을 때 가족휴가를 접고 2주간 의료봉사를 떠났다. 제니스는 남편이 빠진 자리에 친정엄마를 대신 모시고 두 아이와 예약된 휴가를 떠나면서 자신은 무척 관대한 아내라고 웃으며 말했다. 휴가는 반드시 필요한 것인데, 휴가 동안 일을 하는 남편은 돌아와서 힘들 거라고 제니스는 덧붙였다. 그녀의 말투는 아내라기보다는 직장 동료 같았다.

그들 부부에게는 8살, 4살의 남매가 있고, 남편도 그녀도 일을 한다. 그들은 아이를 학교에 보내고 데려오는 일부터 먹이고 돌보는 일을 상황에 맞추어 서로 나누어 한다. 서로에 대한 협조와 배려가 없다면 늘 좋을 수가 없고, 이번 경우의 일도 결국 좋은 의도라 하더라도 서로에 대한 이해가 앞서야 한다는 걸 말하는 것 같았다.

언젠가 제니스가 내게 콜린의 전역 얘기를 한 적 있다. 걸프전 때 남편과 며칠간 연락이 두절된 적이 있어 불안하고 마음속으로는 전역을 원했지만 군의관 일에 긍지를 느끼는 남편에게 강력하게 요구할 수 없었다고 한다. 그 후 전역하고 병원에서 일하게 되어 마음이 편하다고 하면서도 제니스는 그때 남편의 생사를 모르던 공포의 날들을 여전히 잊지 못한다고 했다.

가족이라는 관계에서 부부는 공동체의 각 주체이며, 각자의 생각과 공간을 허락한다는 것이 참으로 부러웠다. 부부가 서로 자신의 생각을 얘기하고 들어주고, 옳다고 여겨지는 것은 받아들여주고, 개별적 공간을 인정하고, 특히 각자가 가치관에 따라 행하는 선행을 이해하고 지원할 수 있는 믿음이 있다는 것!

이들 부부의 삶은 내게 참으로 여러 가지를 생각하게 했다.

03 아들의 기도

나는 아이들의 물건을 잘 버리지 못한다. 학교에서 무수히 만들어 오는 공작품과 공책, 시험지, 귀퉁이에 조금이라도 얼굴이 나온 사진이나 몇 년째 쳐다보지도 않는 아들의 레고 조각까지도 집이 작다고 구시렁대면서도 쌓아놓고, 얹어놓고, 기어코 어딘가에 쑤셔 넣는다. 남편은 이런 내가 거의 병적인 수준이라고도 한다. 임신 초음파사진은 기본이고 떨어진 배꼽, 베개에 묻은 아이들의 머리카락, 아이들의 빠진 이빨, 배냇저고리까지 이루 셀 수 없을 만큼 다양하게 가지고 있다. 아이가 수시로 보내온 쪽지편지도 서랍 여기저기에서 나온다. 아이들이 만든 그 무엇에도 나는 가슴이 뻐근하고 설렌다.

아들이 학교 기숙사로 간 이후 난 아들의 방을 조금씩 나누어 정리한다. 긴 방학을 지내고 가거나 짧은 주말을 지내고 가더라도 거의 비슷한 수준으로 방을 어지럽히는데, 난 야금야금 아이의 물건을 정리하며 너무 재미있어 한다.

한 번은 큰 단안을 내려 이전학교까지의 시험지를 버리기로 했다. 아이의 글씨는 지독한 악필인데 시험지의 아들 필체를 요행히 알아보고 점수를 주는 선생님들이 대단해 보일 정도이다. 그래도 그 시험지 한 장 한 장만큼 아이가 자라고 여물어 갔으리란 생각을 하다가 문득 눈에 띄는 공책 한 권을 펼쳤다.

아이가 일곱 살쯤, 학년으로 치면 영국학교 3학년이었던가 보다. 당시 아이를 담당했던 선생님의 얼굴도 이름도 떠오른다. 무슨 발표회 때 쓴 기도문인 모양이다. 가톨릭 학교를 다녀서 부모들을 불러 공개수업을 할라치면 기도로 시작해서 기도로 끝난다. 아마도 아들이 그 마지막 기도를 썼나 보다.

Dear Father God

Sometimes we get cross and angry.

Especially when things go wrong

Help us to be a bit more patient with our friends,

Families, and little sister. Amen

하느님 아버지께

우리는 가끔 마음이 상하고 화가 나기도 합니다.

특히 마음대로 일이 되지 않을 때 말입니다.

그럴 때 우리를 도와주세요.

가족이란 말 속에는 여동생이 포함되어 있다. 그런데 여동생에 대한 질투심이 얼마나 스트레스였기에 새삼 언급했을까. 아들은 동생이 태어나고 모두의 우려처럼 심하지는 않았지만 느닷없는 행동을 꽤 했다. 기저귀를 일찍 떼고 한 돌 반 이후로 이불을 적신 적이 없던 아이였다. 그런데 산후조리를 도와준 언니가 돌아가자마자 3일을 연속으로 오줌을 싸기도 하고, 아기사진을 찍으려 하면 어느 틈에 와서 동생을 울렸다. 배가 아프다고 해서 두 번 정도 응급실도 갔고, 실수인 척하며 옷이나 이불 등을 아기 얼굴에 던져서 야단을 친 적도 많았다. 생각해보니 화려한 전과들이다.

아들과 나는 모자지간이라기보다는 나의 타국생활의, 또 결혼생활의 전우관계라 할 수 있다. 늘 끼고 살았던 아이, 주변 이웃들이 아들을 안으면 내가 사용하는 향수 냄새가 아이한테서 난다고 했던 아이, 속눈썹으로 하는 버터플라이 키스를 좋아했던 아이, 그 아이가 저도 속으로 슬펐구나 하는 마음이 들어 목구멍으로 무언가 뜨겁게 넘어간다.

동생에게 나누어진 관심에 아이가 대처한 8년 남짓의 횡포 같던 그 행동들은 어느새 잊혀지고, 아이가 그동안 이렇게 기도해 왔다고만 믿고 싶다. 나쁜 일에서 구해 달라는 기도, 무엇을 원한다는 기도는 화살처럼 박히겠지만 견뎌낼 수 있는 힘을 달라는 기도, 남을 위해 도와달라는 기도는 이슬비처럼 젖는다.

이제는 올려다보게 커져 버린 아들이 요즘엔 어떤 기도를 하는지 알고 싶다. 어디를 찾아야 아이의 마음속의 기도를 알아낼 수 있을지, 늘 내 시선을 좇던 아이의 눈길을 이제 내가 잡아보려고 좇고 있다.

04 연꽃이름 이야기

〈인디아나 존스〉란 영화가 있다. 〈스타워즈〉에서는 평범하고 무난해 보이던 해리슨 포드Harrison Ford가 박력과 번득이는 기지로 사건을 해결하며 멋지게 변신하는 영화 말이다. 십계명의 석판이 들어 있던 성궤를 찾는 1편부터 엽기적 음식들로 기겁하게 하던 2편을 넘어 역사 속의 인물인 히틀러까지 카메오로 등장시킨 3편까지, 여러 번 봐도 참으로 잘 만든 오락영화다.

아마 〈인디아나 존스〉 3편에서였던 것 같다. 007 시리즈의 영원한 본드 숀 코네리Sean Connery가 허술한 머리숱을 드러내고 나왔던 부자 상봉의 장면이 인상 깊게 떠오른다. 영화 중간 즈음 등장한 아버지 역의 숀 코네리가 '주니어'라고 부르자 인디아나는 아버지한테 으르렁거리듯이 "나를 주니어라 부르지 좀 말아요!Don't call me junior!"라고 쏘아붙인다. 그리고 영화가 끝나갈 무렵 살아남은 일행이 말을 타고 달려가는 장면이 있는데, 거기서 이름에 대한 얘기가 다시 나온다. 가까운 친구들이 애칭으로 부르던 '인디아나'는 존스 박사가 키우던 개의 이름이었다는 말에 기막혀 조소를 금치 못하는 친구에게 우리의 주인공은 그 개를 진정 사랑했다고 이를 악물면서 대답한다.

서양에선 무슨 주니어, 시니어 하면서 아버지의 이름을, 심지어 할아버지와 손자가 같은 이름으로 짓는 걸 심심찮게 본다. 에릭 시걸 Erich Sega의 〈러브 스토리〉에서도 주인공인 올리버는 심지어 배리트 3세였다.

우리 아이들은 태어나서 꽤 여러 날을 보내야 한국에서 이름이 도착했다. 그래서 병원의 다른 아기들이 본인의 이름이 적힌 띠를 발목에 차고 있을 때 우리 아이들은 둘 다 내 이름 뒤에 '-'s baby' 그러니까 '아무개의 아기'라는 인식띠를 차고 있어야 했다. 그리고 며칠 후 가족 중 최고 어른이신 시어머님이 아이의 출산 소식을 듣고 한국에서 부랴부랴 이름을 지어서 보내오셨다. 늘 두 가지 이름 중에서 별반 다를 게 없는 선택이었지만 조금 더 권하는 쪽으로 정해 큰아이와 작은아이를 부르게 되었다. 그런데 우리 아이들과 비슷한 이름이 한국에 가면 너무도 많은 흔한 이름이지만, 여기서는 어려운 발음이라 아이들 친구들은 줄여서 애칭을 만들어 부른다.

아들은 '성준'이라는 이름에 대해 별로 까다롭게 굴지 않지만 딸은 '지영'이라는 자신의 이름에 다소 불만이고 서구식 이름에 대해 관심이 많다. 한 번에 제대로 불러주는 사람이 없으니 존재감이 줄어든다는 생각을 하는지 잊을 만하면 한 번씩 투정이다.

딸과 미국 뉴욕을 여행할 때, 자유의 여신상을 보러 가는 배 안에서 여러 명의 한국인 관광객을 만났다. 딸의 한국어 이름을 듣고는 모두가 한국에서 왔느냐고 물어왔다. 영국에서 왔고 그곳에서 태어나 자랐다고 하자, 거의 신기해하는 수준이었다. 더구나 일행 중에도 딸아이와 같은 이름이 있었다. 투어 팀 중에 미국의 교민 가정이 있었는데 아이들 모두 서구식 이름을 가지고 있었다. 딸이 그 집 아이들의 이름을 부르는데 똑같이 생긴 한국인들끼리 서구식 이름을 부르니 조금 이상하게 느껴졌다. 실제로 여러 가지 이유로 잠시 런던에 와서 살다가는 몇몇 한국인 가정의 부모들은 아이들에게 서구식 이름을 붙이고 학교 등에서 사용케 하는 경우를 보았다.

영국에도 인기 있는 이름이 있다. 매년 새로 태어난 아이들의 이름 중에서 2004년에는 남자는 잭Jack, 여자는 엘리Ellie가 가장 인기였다고 한다. 영국 사람들도 이름을 짓는데 별자리를 따지기도 하지만, 어느 직종의 사람이 연상되는 이름도 많다. 내 경우에 마틴이란 이름의 이중유리창 업자를 3명 만났고, 폴이란 배관공을 2번, 마가렛이란 이름의 선생님을 3번 만났었다.

작명에 관한 책도 꽤 많다. 그러나 아이의 이름은 대체로 부모들이 짓는다. 딸아이의 가장 친한 친구인 밀리Millie의 부모님은 건축가인데, 유명한 건축가 밀리센트Millicent의 이름을 따서 딸의 이름을 지었다 한다. 축구선수 데이비드 베컴David Beckham이 자신의 아들을 브루클린에서 잉태했다고 브루클린이라고 지었다는 것보다는 더 의미 있다는 생각이 든다.

좋은 이름은 무엇일까? 좋은 이름이 훌륭한 사람을 만들 수 있을까? 무슨 주문처럼 부르고 또 부르면 그 이름을 지을 때 꿈꾼 청사진처럼 그렇게 살게 될까?

나는 부모님이 이리저리 마음을 써서 지어주신 이름이 살아오는 동안 나도 모르게 부끄러운 자리에서 오르내리지는 않았는지 걱정이 된다.

며칠 전, 딸아이의 이름 '지영池英'을 한글과 한자로 쓰고 그 뜻을 영어로 풀이해서 학교에 보냈다. 무슨 과제였던 것 같은데, 그렇게 하는 과정에서 새삼 의미가 있는 이름이구나 생각했다. 연못池에 핀 꽃봉오리英이니 연꽃이다. 불교신자이신 시어머님이 지어 보내주셔서 다분히 불교적 냄새가 나는 듯도 하지만, 기독교의 백합꽃이 상징하듯이 청정함, 더러움에 물들지 않는 맑음을 의미한다는 생각이 들었다. 이렇게 자신의 이름의 뜻과 배경을 적어간 아이는 학교에서 굿마크Good mark(참 잘했어요)를 받아왔다. 물론 꽃 이름이란 건 좋지만 본인이 탐탁해 하는 꽃이 아니라서 기대만큼 얼굴이 밝진 않았다.

05 나이가 들어서,
멀리 살아서

한국에 계신 시어머님과 전화통화를 자주 한다. 팔순이 넘은 연세에도 여전히 소녀 감성을 간직하고 계신 분이다. 삼십여 년 전 돌아가신 시아버님의 일기장과 그림들을 각별히 귀히 보관하시고, 시아버님의 구두를 현관에 여전히 놔두고 계시다. 우리가 막 결혼했을 때 시누이와 한 차례 영국을 다녀가셨는데, 늘 우리가 어떻게 사나 걱정하고 궁금해 하시면서도 "다섯 시간만 비행기를 타도 가볼 텐데" 하시며 장거리 여행의 엄두를 못 내는 노인이다.

내가 전화를 드릴 때마다 먼저 며느리인 나와 아이들의 안부를 물어오셔서 늘 송구하고, 당신은 언제나 한결같이 잘 지낸다고 걱정 말라는 분이다. 그런 어머님과 나의 대화 주제는 언제나 식구들의 사소한 일들인데, 친척들의 경조사 역시 꼭 알려주신다. 우리가 멀리 살아서 해야 할 인사를 놓칠까 염려하시는 덕분에 우리 부부는 도리를 다하는 친족으로 인정받고 있다.

통화할 때마다 어머님께선 전화요금을 걱정하시며 당신의 반가운 마음을 큰소리로 전해 주신다(한국에 전화를 걸면 대부분의 사람들이 '어디'란 얘기만 하면 일제히 목소리를 키운다). 그런 어머님의 마음이 너무도 내겐 잘 보인다. 나 역시 내친 김에 어머님 친구분들의 안부까지 여쭈어 보면, 조금 전만 해도 전화요금을 걱정하시던 분이 동네 어른들의 건강 상태며 그 댁의 경조사에다, 덧붙여 요즘 보는 드라마 줄거리까지 소소히 전해주신다. 그럴 때마다 멀리 살고 있다는 생각이 들지 않다가도 웃으며 전화기를 내려놓고 나서는 어머님이 외로워하시는 것 같아서 짠한 마음이 든다.

외국에 멀리 떨어져 사는 사람들 대부분은 느닷없는 형제들의 전화를 받을 때마다 불안함을 느낀다. 나도 한때 친정 부모님이 건강이 나빠지셨다는 얘기를 들은 후엔 혹여 항공편이 없는 날에 가야 할 일이 생기면 어쩌나 하는 불안감을 느낀 적이 한두 번이 아니다. 요즘엔 매일 한국으로 가는 비행기가 있어서 그런 걱정은 접었다.

내가 평소 다니는 동네 영국 성당의 아침 미사에는 노인들이 많이 온다. 이른 시간 미사를 오면서도 단정하게 차려 입으시고, 걸어서 혹은 직접 차를 몰고 오시는 분들을 뵐 때마다 한국에 계신 부모님들을 떠올리며 이 분들만큼만 정정하시길 빌곤 한다.

그 분들에게서는 살아온 연륜만큼이나 배려와 존중의 마음이 묻어 나온다. 할머니들은 눈이 마주치면 살짝 웃어주시고, 할아버지들은 등을 꼿꼿이 펴시며 젊은 아낙인 내가 들어가도록 문을 잡고 계시기도 한다. 그런데 이 분들의 얼굴이 성당 벽보판에 부고 사진으로 올라오는 경우가 늘어간다. 한동안 뵙지 못했던 노인께서 돌아가셨단 걸 알게 되면 성함도 모르고 가벼운 인사를 나눈 것이 고작이긴 하지만 마음이 그렇게 안 좋을 수가 없다. 부고 안내에는 그 분들이 언제 태어났고, 누구의 아내이고, 누구의 남편이며, 누구의 부모라고 짧게 쓰여 있지만 나는 그 짧은 글을 보면서 다복하셨구나, 행복하셨구나 하는 마음이 된다.

06 모두의 두 번째 절친 Second best friend

딸아이는 이제 8살이 되었다. 3살 반부터 4년 정도 다닌 학교를 졸업하고, 이제 11살까지 다닐 학교를 정해야 했다. 그동안 아이가 태어나 최고로 친했던 친구와 헤어져 서로 다른 학교로 가게 되어 이를 설득하느라 애를 먹었다.

딸은 나이에 비해 상당히 논리가 정연해서 구슬리거나 윽박지른다고 설득이 되는 아이가 아니다. 그래서 아이가 맘에 들어 하지 않을 몇 가지 일들을 엮었고, 좋아할 사항들을 만들었다. 네가 가려는 학교는 집에서 거리가 멀다거나 너무 단짝 밀리Millie랑만 놀면 다른 친구가 영원히 없을 수도 있다(이 부분은 좀 실패였다), 엄마가 권하는 학교는 교복이 예쁘다, 학교가 집과 가깝다 등을 강조했다.

조금 구차했지만 그 외에도 몇 가지 얘기를 수시로 하고, 시험 보러 가기 전에 그 학교를 미리 방문하기도 했다. 그렇게 한 것이 주효했는지 아이는 우리 부부의 회유를 받아들였다. 물론 딸은 그 뒤에도 수틀리는 일이 있으면 학교 얘기를 꺼내서 우리 부부를 난처하게 했지만 말이다. 마찬가지로 딸의 친구인 밀리 가족도 비슷한 상황이 벌어졌고, 양쪽 부모들이 모여 차를 마시며 학교에 대해서 '회의'를 한 적도 있다.

새로 가게 된 학교에서 딸아이는 한동안 '뉴 걸New girl(전학생)'이란 호칭으로 불릴 것이다. 나는 전학을 가본 적이 없어서 그 심정을 정확히 알 도리가 없으나 대충 절반쯤은 불안하고 절반쯤은 기대가 되는 상황일 것 같다. 어찌 보면 아이의 자아가 성장했다는 걸 보여주는 것이겠지만, 딸은 호기심보다는 새 환경에 대한 두려움이 많은 것 같았다.

이러한 변화는 나 자신에게도 새로운 엄마들과 처음부터 시작해야 하는 아찔한 시간이 온다는 걸 의미했다. 학교 정문 앞에서 아이를 기다리며 마주치는 다른 엄마들과 눈인사로 시작해서 아이에 관한 이런저런 사소한 정보를 나누고, 내 얘기를 해야 하는 것이다. 시선을 어디로 둬야 하나, 신경을 안 쓰는 척하면서도 자연스레 자리를 지킨다는 것이 그리 긴 시간이 아니더라도 한마디로 난처하다.

입학이 결정되고, 딸아이는 새 학교로부터 편지를 한 통 받았다. 거기에는 앞으로 아이와 함께 공부할 15명의 소녀들 이름이 적혀 있었다. 좀 더 정확히 표현하면 그 소녀들이 각자 자신의 이름과 한마디씩 인사말을 적었고, 그 중 몇 명은 그림까지 그려서 어서 만나보고 싶다는 따뜻한 환영의 사인까지 보내왔다. 그 날 이후 계속 냉장고 문짝에 붙어 있는 그 편지는 아이만큼 내게도 소중한 것이 되었다.

첫날, 딸을 데리러 학교에 가면서 나는 아이가 어떻게 하루를 보냈을까 걱정이 되었다. 반별로 교사를 따라 아이들이 나오고, 유독 작은 딸아이는 반 아이들 가운데 파묻혀 나왔다. 아이의 얼굴은 서먹하지만 즐거워 보였고, 아이를 만난 몇몇 엄마들이 내게 다가와 인사를 건넸다. 그 중 발레 학교에 다닌다는 두 아이가 엄마 손을 이끌고 나와 딸에게 다가와 다정스레 인사하며 다음 주에 자기 집에 놀러 오라고 초대했다. 좋은 시작 같아서 나는 고맙다는 말이 절로 나왔다. 눈이 마주치기라도 하면 모르는 사람에게도 생긋 웃는 소녀들을 보니 그동안 마음을 짓누르고 있던 수만 가지 걱정이 모두 달아났다.

학교에서 딸아이는 이내 '파퓰러 걸popular girl(인기소녀)'이 되었다. 그러나 이미 다른 소녀들은 4년을 함께 지낸 친구들과 깊은 유대를 갖고 있었고, 우리 아이는 여전히 단짝이란 의미의 베스트 프렌드에 목말라 한다.

학교에 아이를 데려가는 길은 물론 다시 데려오는 자동차 안에서 노심초사가 전공인 엄마는 늘 묻는다.

"오늘은 누구랑 놀았니?"

"누가 네 베스트 프렌드니?"

이런 엄마의 괜한 걱정을 잠재우려는 듯 아이는 명쾌하게 대답한다.

"나는 우리 반 애들 모두의 '세컨드 베스트 프렌드second best friend(두 번째 절친)'야."

07 나는 어떤 엄마일까?

아프리카 튀니지의 수도 튀니스는 그저 부서진 로마의 유적이 몇 개 남아 있을 뿐이었다. 서구에서 온 옛 문명에 언제라도 감동할 준비가 되어 있는 친절한 노인 관광객들에게도 카르타고의 전설은 별다른 감흥을 주지 못하고 있었다. 우리 가족 역시 모자이크박물관Bardo Museum(카르타고와 로마, 그리스 등 고대 유물을 주로 전시하는 튀니지의 박물관. 특히 카르타고 시대에 제작된 모자이크 석관을 비롯해 로마시대에 제작된 멧돼지 사냥 그림이 새겨진 모자이크, 여러 신들이 묘사된 바닥재 모자이크 등 다양한 고대의 모자이크 장식품들이 많이 전시돼 있다)에서부터 감동을 포기하고 재래시장 구경에 나섰다. 규모는 이전에 가본 이집트 카이로의 시장보다 작았고, 골목도 두 사람이 겨우 지나다닐 정도로 좁았다.

그 좁은 시장 골목을 헤매면서 우리는 수없이 "곤니치와こんにちは" 일본어 인사를 들었다. 처음엔 일본 사람이 아니라고 수줍게 웃다가

나중에는 외면을 하게 되었고, 급기야 그렇게 말을 붙이는 상인을 노려보기도 했다. 왜 그렇게까지 반응했는지 모르겠다. 그들은 우리를 '꽤 사나운 일본 가족'이라고 생각했을 것이다.

관광지의 기념품이란 게 늘 그렇지만, 그곳에 걸려 있는 물건들은 십중팔구 내가 값을 치르고 집에 가져오는 순간부터 그저 그렇게 보일 것이다. 더군다나 토속품이 진열된 사이사이 포켓몬 디자인이나 조악한 모조품을 보게 되면 께름칙한 기분이 들었다. 아무튼 일단 한 번만 들어와서 보라는 상인들의 실랑이를 피해 골목을 돌아보다가 반듯하고 규모가 커 보이는 골동품가게로 들어서게 되었다.

튀니지는 과거 프랑스 식민지였기에 혹여 20세기 초반의 물건이 실수로 남아 있다가 내게 나타나지 않을까 하는 바람이 살짝 들었었다. 내가 앤티크를 별스럽게 좋아하는 건 아니지만 간혹 독특하고 재미있는 물건들을 구경하는 것은 좋아한다. 골동품이란 어떤 한 사람의 취향과 맞아야 무엇이 썬 양 빠져드는 것이기에 슈퍼에서 물건을 사듯이 되는 건 아니다. 한참 구경을 하고 이대로 나가면 안 될 것 같다는 느낌이 드는 순간 주인이 다가왔다.

프랑스계 교사들이 있는 가톨릭 학교를 다녔다는 주인장은 4대째 가게를 하고 있다며 아버지에 할아버지, 그리고 증조할아버지의 사진까지 보여주는 상냥하고 명랑한 인물이었다. 그의 사무실로 들어가 가게에서 가장 비싸다는 카펫을 눈요기하고, 마침내 몇 개의 소품을 골랐다. 그 중의 하나가 수태고지 이콘icon(성화聖畫)이었다. 가브리엘 천사가 성모님께 예수님의 잉태를 알리는 모습이 들어 있는 성물이다. 누가 그린 것인지는 모르겠으나 뒷면이 나무판으로 되어 있고, 오래된 것처럼 보이는 데다 상태도 좋았다. 언제든 한 개 장만하고 싶던 차에 덜컥 사고 말았다.

지금껏 내가 본 수태고지 그림의 성모님과는 표정과 태도가 사뭇 다르다. 천사의 아룀을 겸허히 받아들이거나, 두려워 몸을 사리거나, 놀라서 고개를 숙이거나 돌리는 등 화가의 생각이나 그림을 요청한 귀족과 부호의 의견이 가미되어 해석도 느낌도 다르다. 그러나 마리아께서도 하느님의 아들 예수의 인간어머니가 된다는 것이 그리 간단하진 않았으리라. 믿음이 강한 부모 밑에서 성장했고 본인의 믿음 또한 강하셨지만 어린 동정녀는 좋은 어머니가 된다는 것에 두려움이 적지 않았을 것이다.

나는 동정녀 마리아의 거의 두 배 나이에 엄마가 되었다. 처음엔 동물의 어미처럼 먹이고 재우는데 온몸을 바쳤다. 그때는 그것만이 오로지 최고의 목표였다. 그러나 아이들은 점점 더 많은 걸 바라고, 그에 비례해서 나 역시 많을 걸 바라게 되었다. 그렇게 되면 각자 생각한다. 돌아오는 것이 해준 것보다 적다 싶을 때 겨우 이 정도의 바람도 들어주지 않는 아이들이, 그리고 어머니가 서로서로 야속하고 섭섭하게 된다는 말이다.

내 주변엔 참으로 좋은 엄마들이 많다. 어떻게 그런 생각을 해냈을까, 어떻게 그런 일을 해냈을까 싶은 이들이 있다. 지금은 한국으로 돌아갔지만 한 부인을 이야기하고 싶다. 영국에 온 처음부터 그녀의 모습은 단연 돋보였다. 건강하고 부지런하고 성격도 좋았다. 오죽하면 친정 쪽으로 우리 애들과 나이가 맞는 이가 있으면 사돈을 맺고 싶다고 농담처럼 말했지만 한편으론 진심이기도 했다.

하지만 그녀는, 사춘기에 접어들면서 너무도 말씨와 행동이 변해버린 딸의 행동에 충격을 받은 듯했다. 이런 저런 화제나 행동에서 그런 고민이 엿보였다. 언젠가 그 집을 방문했을 때 그녀는 딸의 아기였을 때 사진을 꺼내놓고 보고 있었다. 반항적인 딸과 맞서 화를 내고 후회할 얘기를 하게 될까봐 예쁘고 천사 같던 어릴 적 딸의 사진을 보며 자신을 다스리고 있는 중이라고 했다.

나는 어떤 엄마일까? 그런 그녀를 보며 나는 문득 자신을 돌아보고 있었다. 혹시 나는 세상의 훌륭한 어머니들에 관한 얘기를 우리 아이들이 알까봐 겁을 내는 사람 아닌가. 그들과 비교되는 것이 두려워 전전긍긍하면서 말이다.

그 날도 우리 집에서는 아침에 학교 가는 딸의 머리를 빗기며 사소한 실랑이가 벌어졌다. 그때 딸이 초록색 곰 인형 반지를 내 손가락에 끼워주며 말했다.

"엄마, 내가 학교 가고 없어도 이거 보면서 날 생각해."

하루 종일 나는 그 반지를 끼고 돌아다녔다. 슈퍼도 가고, 모임에도 가고, 음식점에도 갔다. 곰 인형 반지를 보며 아이 생각을 멈추지 못하는 나는 어쩔 수 없이 그저 그런 엄마다.

08 새해 아침은
브라이튼에서

이제는 한 해의 마지막에 빅벤Big Ben(영국 런던 웨스트민스터 궁전 북쪽 끝에 있는 시계탑의 별칭)의 종소리를 듣는다. 그리고 젊은이들이 피카딜리 서커스Piccadilly Circus(런던 웨스트 엔드의 도로 교차로, 중심지의 공간)나 트라팔가 스퀘어Trafalgar Square(런던 차링 크로스 지역에 있는 광장)에서 옆 사람과 입 맞추는 것을 본다. 영국에서 새해가 된다는 것은 다음날 직장에 복귀해야 한다는 걸 의미하고, 며칠 안으로 다가오는 개학을 앞두고 준비해야 함을 의미한다. 따라서 사람들은 이 시기가 되면 진탕 놀던 크리스마스 휴가 때문에 너무 피곤해서 다시 휴가를 가야 한다고 우스갯소리를 한다.

나는 딸아이가 3살 되던 해부터 가족 의식을 만들었다. 우리 식구들은 새해 첫날, 늦은 아침을 먹고 바닷가로 간다. 우리 집에서 차로 한 시간 정도 달리면 이름도 산뜻한 브라이튼Brighton(영국 남부해안에 위치한 휴양도시)이 나온다. 해변을 따라 줄지어 늘어선 빅토리아풍의 하얀색 집들과 자갈이 깔린 해변, 절벽과 갈매기, 그리고 그림 같은 잔교桟橋가 있는 곳이다.

온 가족이 브라이튼으로 이동하면서, 꼼짝없이 1시간 동안 아빠 엄마와 함께 있게 된 아이들은 점차 한 해의 시작에 대해 제법 생각을 하는 태도로 변했다. 이런 저런 물음에 진지하게 반응을 보이고 좀 얘기가 된다 싶을 때 나는 종이와 펜을 주고 새로 시작하는 한 해 동안 무엇을 하겠는지 적어보라고 한다. 아이들은 골똘히 생각하며 무언가를 적는다. 물론 처음 몇 해는 영어로 적느냐 한국어로 적느냐, 몇 개를 적느냐, 작년 걸 또 적어도 되느냐는 둥 별 소용없는 질문으로 분위기가 엉망이었다.

그러다가 목적지에 도착하면 해변도로 한 쪽에 차를 세우고 바닷가로 간다. 각자 떨어져서 올해의 결심을 소리치고, 종이에 돌을 꽁꽁 감싸 뭉쳐 바다로 던진다. 의식의 절정이 돌을 던짐과 동시에 순간적으로 끝나기 때문에 멋쩍은 심정에 파도를 보면서 주변을 뛰기도 하고, 바닷바람을 맞으며 조금 감상적으로 변하기도 한다.

그렇게 해마다 새해 첫날 바닷가로 향하는 우리 가족에게 여러 일들이 있었다. 한 번은 추운 날씨에 바닷바람도 살벌한 해변에서 한 남자가 누드로 해수욕을 하고 있었다. 처음엔 웬 사람이 웅크리고 있는가 했더니만 아들의 말이 아저씨가 옷을 벗는다는 것이었다. 처음엔 무슨 끔찍한 결심을 한 것인가 했는데, 바다로 뛰어들어 수영을 시도하는 것이 아닌가. 나와 딸아이는 뒤로 물러서고, 아들과 남편이 잠시 그 남자의 행동을 주시하다가 세상에는 별 미친 인간도 다 있다며 서둘러 차로 돌아왔었다.

또 어떤 해는 연을 가지고 간 적이 있었다. 의욕이 앞선 부자는 실이 계속 엮이는가 하면, 연이 자꾸만 곤두박질치자 서로가 맡은 바를 제대로 못한다고 비난하다가 새해 첫날부터 부자간에 목소리를 높이고 화를 냈다. 결국에는 아들이 연을 내동댕이치고는 내게로 와서 "엄마, 아빠가 정말 이상해" 하고 하소연을 하자, 남편은 남편대로 "제대로 할 줄 아는 게 없어" 하고 푸념을 했다.

가장 잊지 못할 일은 어느 새해 아침에 젊은 어부를 만난 것이다. 바람도 꽤 불어 날씨가 무척 추웠던 그 날, 햇빛만큼이나 하늘은 청명했다. 우리는 한적한 해안가를 돌아 드라이브를 하고 있었는데, 어떤 젊은 남자가 생선을 팔고 있는 모습이 눈에 들어왔다. 1월 1일 새해 아침에 바다에 나가서 물고기를 잡았다니 믿기가 어려웠다.

생선을 좋아하는 남편은 나의 떨떠름한 표정에도 불구하고 차를 돌려 세웠다. 좌판에 널린 물고기의 상품 가치는 차치하더라도, 젊은 어부는 정말 얼마 되지 않는 양에 가격도 흥정을 하겠단 의지가 없어 보였다. 수줍은 얼굴의 어부가 무척 맘에 든 남편은 내가, 저걸 다 사서 어쩔 셈인가 하는 심정으로 멈추라는 눈치를 줬어도 나와 있던 생선 대부분을 샀다. 뭔지 모르지만 생긴 모양이 소라 같은 것, 넙치 같은 물고기 몇 마리, 그리고 이젠 이름도 생각나지 않는 몇 종류의 물고기를 더 샀다. 나는 물고기보다 그 젊은 어부의 발갛게 언 손이며, 동양인 가족 손님을 맞아 안절부절 못하던 표정이 잊히지 않는다.

그 날 남편은 너무도 행복한 표정이었고, 아이들도 행복해 했다. 다만 나만 집으로 돌아가 그 물고기들을 처리할 생각에 난감한 얼굴이었던 것 같다.

그 뒤로도 몇 해 더 새해 첫날 브라이튼을 가면 남편은 그 어부를 찾아 해안도로를 돌고 돌았지만 다시 만나지는 못했다.

09 빅 앤 스트롱 Big and Strong

영국 이민사라 말하기에는 조금 무리가 있지만 내 주변에는 이민 1.5세대와 2세대에 대한 얘기가 심심치 않게 있다.

영국은 속인주의屬人主義를 채택하고 있기에 태어나는 자녀가 부모의 국적을 따르게 되어 있어 원정출산과 같은 경우는 없다. 초등생이나 그보다도 어린 자녀를 데리고 이 나라에 왔다가 4년을 채우고도(영주권을 신청할 수 있는 거주기간이 4년이었던 시기가 있었다) 돌아가는 사람들이 있었는가 하면, 그대로 이 나라에 정착하는 사람도 꽤 있었다. 그러다가 아이들은 언어와 친구와 미래에 묶여 계속 살게 되고, 이곳에서 어렵게 자리를 잡은 부모는 다시 돌아가 시작할 엄두가 나지 않아 교민이 되어간다.

예나 지금이나 자주 만나는 이웃들과의 대화는 주로 아이들에 관한 것이다. 처음에는 대부분 아이들의 학교와 학교생활에 대한 걱정이었다. 그러다가 아이들이 점점 커가고, 나보다 연배가 높은 부인들은 자녀들의 배우자 문제로 걱정들을 한다. 우리 아들은 이제 겨우 한국 나이로 열다섯 살이지만, 우리 부부는 아들의 이성 친구에 대한 관심만으로도 설마와 혹시⋯, 벌써부터 가슴이 두근거린다.

아들의 기숙사는 학기가 바뀌면 방을 옮기게 되어 있다. 방을 바꾸면 짐을 일부 옮겨 놓거나 더러는 집으로 가져 오게 된다. 그럴 때 다른 애들의 방에서 침대 옆의 보드에 여배우나 여가수의 브로마이드가 붙어 있는 것을 심심찮게 본다. 아들의 방에도 한 장 붙어 있기는 하다. 반라의 여자 그림이 아닌 것은 다행스럽다고 하겠지만, 컴퓨터 게임에 관한 것이라 침대 옆에 두기에는 어둑하고 뒤숭숭한 그림이라 다소 마음에 들지는 않는다.

가족이 함께 TV나 영화를 보게 되면 나는 무심함을 가장하고 아들한테 어떤 여자 스타일이 매력적이냐고 묻는다. 아들은 대체로 묵묵부답, 때로는 내 질문이 지겹다는 표정도 짓는다. 그래도 아들의 속내를 알고 싶어 빙글빙글 돌려가며 한심한 질문을 던지곤 한다.

어느 날 내가 "저 여자는 어떠니?" 하며 영화 광고에 등장하는 여가수 비욘세를 무심히 가리켰는데 아들이 뜻밖에도 선선히 "좋아요" 한다. 아들 입에서 괜찮다는 소리가 나오자 묻지 말걸 하는 후회가 갑자기 들었다. 아들이 갑자기 내 옆에서 어딘가로 훅 하고 떠나버리는 것 같은 기분이 들었다.

아들한테 구차하게 물어대던 질문을 9살 딸아이한테도 던진 적이 있다.

"넌 어떤 보이 프렌드가 좋으니?"

"빅 앤 스트롱!Big and Strong!"

딸아이의 대답은 명쾌했다. 장식장 위칸에서 사탕를 꺼낼 수 있을 정도로 키가 크고, 피아노를 움직일 만큼 힘이 세면 된다고 한다. 귀엽고 사랑스러웠다. 나는 내 마음을 보태본다.

"나이스Nice해야지. 나이스!"

나는 참으로 아이들에 관한 한 지치지도 않는다.

10 애착인가, 집착인가?

나는 오늘도 딸아이의 곰돌이 인형을 꿰맨다. 아이는 태어난 지 6개월쯤에 네덜란드 암스테르담으로 출장 간 남편이 사온 인형에 목숨을 건다. 어미가 되어 이런 험한 말을 하는가 싶겠으나 테디 베어Teddy bear 곰돌이에 거는 집요함은 수십, 수백 번을 달래고 또 달래도 변치 않기 때문이다.

인형은 낡아서 한눈에 보기에도 추레하다. 온전히 붙어 있는 것이라곤 그나마도 성치 않으나 두 눈뿐이다. 코도 여러 번 새로 달아 붙였고, 왼손은 아이가 만지며 냄새 맡고 그러느라 헐고 찢어져서 수도 없이 솜을 새로 넣고 꿰매서 오른손보다 짧다. 최근에는 목 부분도 벌어지고 있다. 아이들의 보물 1호 장난감은 수시로 바뀐다는데, 우리 아이들은 그렇지 않은 모양이다. 아들도 늘 끼고 자던 곰 인형을 13살이 넘어 기숙사에 가면서 겨우 집에 두고 갔다.

〈찰리 브라운과 친구들〉이란 오래된 미국 만화가 있다. 사람보다 더 능청맞고, 사람보다 더 믿음직스러운 강아지 스누피가 오히려 주인공 같은 만화다. 거기에는 슈뢰더란 소년이 있다. 그는 루시의 프린스 차밍Prince charming(꿈의 왕자님)으로, 루시는 피아노를 치는 슈뢰더 앞에 요염하게 앉아 행복해 한다. 그 슈뢰더는 담요를 끌고 다닌다. 작은 담요를 한쪽 뺨에 대고 손가락을 빠는 소년. 그런 아이들을 여기선 심심치 않게 볼 수 있다. 애정결핍이란 단어를 떠올리겠지만 그렇게 간단하게 몰아붙일 일은 아니라고 본다. 나는 우리 집 아이들은 그럴 리 없다고 생각하니까.

우리 부부는 딸아이의 곰돌이 때문에 여러 일들을 겪었다. 언젠가 아는 집에 초대받아 갔다가 잠이 든 아이를 안고 돌아왔는데, 그 집 앞에 인형을 떨구고 왔었나 보다. 새벽 2시에 잠이 깬 아이가 어찌나 서럽게 울던지 한 시간 넘게 달래다가 결국엔 딸이라면 사족을 못 쓰는 남편이 새벽 3시에 그 집 앞을 헤매기도 했다. 언젠가는 공항에서 짐을 검사하는 과정에서도 벨트 위에 인형을 올려놓기를 거부하는 아이의 고집 때문에 혹여 영화처럼 뭔가를 밀수하는 사람으로 오해받을까봐 실랑이를 벌였는데, 결국 아이가 곰돌이를 들고 검색대를 지나는 것으로 마무리한 적도 있다.

그뿐만이 아니다. 한국에 갔을 때 몇 가족이 근교에 가서 민박을 했었는데, 약간의 소동 끝에 돌아오면서 인형을 두고 오는 사태가 벌어졌다. 나는 그 민박집과 몇 차례 통화를 하고 간청을 하고, 그 소란 끝에 박카스 상자에 담긴 곰돌이를 받은 적도 있다. 참으로 곰돌이의 산전수전은 대하 드라마다.

그런 인형이나 담요 같은 것을 여기 사람들은 '컴포티Comforty'라 부른다. 편안하다는 의미의 컴포터블comfortable에서 나온 말로 그 표현을 음미해보면 아기들의 세상살이도 쉽지만은 않다는 걸 느끼게 한다. 이곳 아이들은 어려서부터 자기 방의 자기 침대에서 혼자 잠이 든다. 영화에서 한밤중에 아기가 깨어 울고, 부부가 서로 누가 가볼 것인가로 신경전을 벌이다 성질 급한 누군가가 가서 재우고 돌아와서 다시 침대에 눕지만, 다시 우는 아기소리에 실망하는 장면을 보기도 한다.

내 개인적 생각인데 아이들은 어려서부터 혼자 자면서 테디 베어와 더불어 어떤 교류를 하고 있는 것이 아닌가 한다. 돌봄과 돌보아짐 같은. 그것이 시간이 지날수록 집요한 애착으로 커지고 말이다. 어른들은 편안함을 위해 어려움을 피해가고, 아이들은 자신들의 어려움, 그러니까 무서움, 두려움, 외로움 등을 견디고자 부드러움과 편안한 느낌을 끼고 있고 싶어 한다. 궤변이라 하겠지만 그런 느낌을 버릴 수 없다.

딸아이는 8살 생일이 되어서도 손가락을 빨았다. 남편을 비롯한 주변 사람들이 펄쩍 뛰면서 고치게 해야 한다고들 했지만, 나는 테디 베어를 끼고 손가락을 빠는 딸의 모습이 너무 예뻐서 그 모습을 몰래 몰래 즐겼다. 아직 내 아기란 안심도 되고, 그건 마치 딸아이가 손가락을 빠는 걸 즐기듯이 내가 그런 딸아이의 모습을 즐기는 관계였다고 볼 수 있다. 타인의 행동을 보는 시각도 그렇지 않을까 싶다. 사랑이든 관심이든 내가 좋게 여겨지면 아련한 애착이라 부르던 것을 어느 순간 집착이라고 날을 세워 단죄하려 든다.

딸아이는 사람들이 흉을 보고 야단을 치고 달래도 그걸 고치지 못했다. 아이가 숨어서 손을 빨고 그러다가 눈이 마주치면 어찌나 황망한 표정이 되는지 안쓰럽다는 느낌마저 들었다. 스스로를 부끄럽게 여기게 된 것이다. 그렇게 될 거란 걸 알면서도 그렇게 내버려두었는지는 나도 모르겠으나 엄마인 나는 도울 수 있었는데도 내 즐거움 때문에 아이를 저렇게 만든 것 같은 마음이 들었다.

어느 날, 딸아이가 아빠에게 손가락 빠는 걸로 싫은 소리를 듣다가 다신 안 그런다고 다짐하는 걸 보고 아이를 데리고 침실로 갔다. 아이는 엄마도 같은 얘기를 하려나 경계하는 듯이 보였다. 나는 거울 앞에 아이를 세우고 자기 윗잇몸을 보게 했다. 엄지손가락 모양으로 동그랗게 윗잇몸이 변해 있는 것을 보여주고, 다시 다른 사람들의 웃는 모습 사진을 보여주며 네 잇몸이 좀 이상하게 보이지 않느냐고 물었다. 아이는 입을 앙 다물고 날 쳐다봤다. 놀람과 두려움, 믿을 수 없음, 당황스러움, 불안감 등이 뒤섞인 아이의 눈을 보면서 이제부터는 하루에 열 번씩 살짝살짝 엄지와 검지로 윗입술 부분을 눌러주라고 했다. 무엇보다 손가락을 절대 빨면 안 된다고 말했다. 말이 끝나기가 무섭게 아이는 제 손을 입에 대었고, 그 시간 이후 아이는 손가락 빠는 걸 멈추었다.

지금도 난 그때의 내 방법이 너무 근사했다고 생각하는데, 아이가 느꼈을 상처를 떠올리면 왜 진즉에 상처 없이 해결할 방법을 생각해내지 못했는지 가책도 된다. 아이는 손가락을 빠는 것에서 느꼈던 익숙한 편안함에 아빠를 비롯한 다른 사람들의 비난을 무시하고 싶었던가 보다. 그리고 비난에 굴복했다기보다 자신이 결정하고 멈추어 버린 집착에 의연히 올라선 행동을 보여줬다. 왜 그래야 하는가를 납득한 딸아이의 모습에서 내가 끊어야 할 보잘것없는 집착은 무엇인지 생각하게 되었다.

11 영화표 두 장과
팝콘 하나

우리 아이들은 어린이날이 있는 한국을 무척 근사하게 생각한다. 어린이를 위한 날을 만든다는 것은 훌륭한 어른들만이 할 수 있다고 확신하고 있다. 그 날을 공휴일로 만들어 놓은 나라는 멋지다고 입을 모은다. 어쨌거나 영국엔 어린이날 같은 건 없다. 대신 어머니날과 아버지날이 따로 있다. 어머니날은 부활 전 사순 기간의 네 번째 일요일이고, 아버지날은 6월의 세 번째 일요일이다. 매년 날짜가 다르고, 공휴일도 아니다.

1900년대 초에 시작된 어머니날은 주로 소녀들이 어머니를 하루 동안 집안일에서 벗어나게 해드리고, 어머니가 친정부모를 찾아뵙게 하려는 의도가 있었다고 한다. 1914년부터 기념일로 채택된 아버지날 역시 어떤 기특한 딸이 아버지를 편안하게 해드리고 싶어서 시작한 작은 일들이 점차 퍼져나가 동조를 얻고 당당히 기념일로 자리 잡게 되었다 한다. 2월의 요란한 밸런타인데이가 지나면 진열대에서 카드와 풍선, 초콜릿이 사라지기 무섭게 어머니날 카드가 쇼 윈도를 장악한다. 나는 어머니로서 대접을 받는 것을 기대하지 않으려고 애를 쓰지만 사실은 딸아이를 빼고 다른 식구들이 기념일 등에 시큰둥하기 때문이기도 하다.

지난해 어머니날은 침대에서 아침상을 받았다. 영화처럼 근사하지는 않았지만 딸아이의 선동으로 남편과 아들이 내 눈치를 보면서 쟁반에 팍 퍼진 계란 프라이와 접시에 축축하게 묻어나는 토스트 조각, 커피 잔에 담긴 오렌지 주스를 가져와 벌써부터 깨어 있던 나를 막무가내로 눕혀 놓고 들이밀었다. 드라마틱함에 목을 매는 딸아이는 내가 눈물이라도 글썽이기를 바랐지만, 나는 멋쩍기도 했고 다른 구성원들의 '와, 이걸로 해결!' 하는 태도에 김이 빠져서 영화처럼 행복한 표정을 지었던 것 같지는 않다.

일 년 중에는 이처럼 특별한 날들이 있다. 우리 부부의 생일이 있고, 결혼기념일이 있고, 크리스마스가 있다. 그 날들은 아이들이 제 부모에게 신경을 써야 하는 날이기도 하다. 아들이 어릴 때만 해도 나도 젊고 어렸기에 결혼기념일이 내겐 아주 중요했다. 그러나 외국에 살면서 어디다 얘기하기도 우습고, 마음은 간절해도 축하란 말은 주로 내가 남편에게 보내는 카드에 적다보니, 마음은 '해피 버스데이 투 유Happy birthday to you(생일 축하합니다)'도 하는데 '해피 애니버서리 투 미 Happy anniversary to me(내게 행복한 날)'는 왜 못해 하는 심정이었지만 혼자 색종이 뿌리는 것 같은 기분이라 영 개운치 않았다. 그래서 어린 아들을 붙잡고 되지 않게 흥분하며 "오늘이 엄마 아빠의 결혼기념일이다!" 이렇게 말하면 아이는 맹숭맹숭 그게 뭐냐고 했다. 아이가 네댓 살일 때 오늘이 아빠와 엄마가 결혼한 날이라고 설명해주었더니, 아들이 느닷없이 화를 내며 "그럼 난 누구랑 결혼을 하냐?", "왜 난 결혼식에 못 갔냐?" 되묻는 바람에 이게 아닌데 싶어 그냥 접었던 적도 있었다.

세월이 흘러 지난해에는 딸아이가 15주년에는 크리스털crystal을 받아야 하는데 받았느냐고 한 술을 더 뜨며 묻는 지경이 되었다. 선물 얘기가 나와서 하는 말인데, 아들의 경우엔 후다닥 제 방으로 뛰어 들어가 제 저금통을 털어서 나온 돈을 전부 주는 것이 보통이다. 감동적인 부분은 한 푼도 남김없이 모두 다 내놓는다는 것이다. 딸아이는 계획도 있고, 선물로 뭘 받고 싶냐고 줄기차게 내게 묻기도 한다. 나는 딸아이의 능력과 돈을 계산하며 소소한 걸 말하는데 그런 엄마가 무척 자기 수준에 안 맞는다고 생각하는 것 같다. 좀 더 근사한 걸 꿈꾸지 못하는 엄마를 가여워한다.

생일이 다가오면 우리 부부의 경우 대체로 남편의 생일은 좀 차려먹고, 내 생일은 내가 강력히 원하니까 외식을 한다. 아마 대부분의 가정들이 비슷하지 않을까 한다. 그런데 외식에 만족하던 내가 하나의 꿈을 갖게 된 것은 이웃집 아들의 선물을 보고 나서다. 그 청년은 꿈의 아들이다. 매너 좋고, 솜씨 좋고, 맵시도 좋고, 어머니의 친구들과도 조곤조곤 대화를 한다. 그리고 부모님 생일이나 기념일에 하는 선물은 가슴 벅찬 이벤트들이다. 용돈을 털어 장을 봐다가 풀코스 식탁을 차려낸다든가 자신이 찍은 사진을 국제우편으로 보내는 등, 듣고만 있어도 절로 행복하게 하는 것들뿐이다. 물론 그 청년의 부모들이 보여주는 수준 높은 사랑법에 내 자신이 부끄러울 때가 더 많다.

몇 년 전 일이 특별히 기억난다. 성탄절을 앞두고 남편 역시 일찌감치 출장을 접고 돌아와서 가족이 함께 연말을 시작하고 있었다. 아들은 크리스마스트리를 꺼내며 키가 150cm가 넘게 되면 6피트짜리 나무를 사달라고 했고, 여덟 살 이후로 줄곧 아빠의 선물로 사오던 골프 양말 대신에, 그리고 나를 위한 목욕용품 대신에 다른 걸 선물하고 싶다는 기특한 말을 했다. 그러다가 당시 한창 얘기가 돌던 영화 〈브리짓 존스의 다이어리2〉를 보고 싶다는 내 말에 아빠 엄마 선물로 영화 티켓을 사겠노라고 했다. 자신이 동생을 보고 있을 테니 엄마 아빠가 저녁시간에 영화를 보고 오라는 말에 나는 팝콘과 콜라 값도 주느냐고 물었다. 아들은 엄마를 위한 팝콘 한 개 값은 내겠다고 했다.

남편과 둘이서 영화를 본 것은 참으로 오래 전이다. 아들을 임신하고 베이스워터 역 근처 영화관에서 〈레비아탄〉이란 SF와 호러, 서스펜스 등 재난성 요인도 다수 들어 있는, 보면서는 물론 보고 나서도 임산부에게 적절한 결정이었나 싶은 개운치 않은 영화를 남편의 선택으로 본 것이 마지막이었다. 그 뒤로는 수없이 아이들과 때론 온 가족이 U나 PG 등급(U 등급은 미취학 아동부터 전세대가 같이 볼 수 있는 영화를 말하며, PG 등급은 17세 이하의 청소년이 부모의 지도하에 볼 수 있는 영화를 말한다)

의 영화를 주로 봤다.

그 날 저녁 아이들에게 이른 저녁을 먹이고 우리 부부는 영화관으로 갔다. 팝콘을 한 통 사서 품에 안고, 아는 사람을 만나면 아들의 선물이란 얘기를 길게 할 준비까지 하고 주위를 둘러봤지만 유감스럽게도 그 시간에 영화를 보러온 한국인 중년은 없었다. 영화표를 사고, 상영실로 들어가 자리를 잡고 앉아 보기 시작해서 다시 불이 켜질 때까지 남편과 나는 이제까지와는 다른 얘기와 다른 웃음을 즐길 수 있었다.

돌아오는 길에도 아들의 선물이 끝난 것이 아니란 걸 알 수 있었다. 그것은 물건이 아닌, 그로 인한 추억이 더 큰 선물이었기 때문이다.

12 주영駐英
외계인 부부

가끔 누군가는 말한다. "두 분은 정말 사이가 좋아 보이세요!" 그런 얘기를 듣고 바로 "저희는 정말 사이가 좋아요"라고 대답하는 부부는 정치인 커플을 빼고는 없을 것이다. 대부분 서로를 마주보며 상대방이 무어라 답하는지 눈치를 보는 것이 보통이라고 나는 자신한다. 물론 남의 눈에 그렇게 보이는 것이 싫은 건 아니겠지만, 각자가 조금씩 떨떠름하게 생각하는 부분들이 그 질문을 받음과 함께 애매한 표정으로 "그렇게 보이나요?" 하고 되묻는 경우가 정상적인 반응이라고 생각한다.

영국에 와서 알게 되어 호형호제하는 C를 만나 점심을 먹으러 가는 중에 우리는 이런 저런 얘기를 나누다가 신나게 웃었다. 미국의 유명한 개신교 목사이자 전도부흥회를 열며 세계 각국에서 강연을 하는 빌리 그레이엄Billy Graham과 그의 훌륭한 내조자인 아내와의 인터뷰 기사

내용 때문이다.

"부인, 목사님과 이혼을 생각해보신 적이 있나요?Have you ever thought about the divorce?"

그러자 부인은 "네버Never(절대로)"라고 단호히 말했고, 질문자가 다시 "죽여 버리고 싶으신 적은?What about murder?" 하고 묻자, "메이비 Maybe(아마도)"라고 지체 없이 대답했다는 내용이 있었다.

C와 나는 한동안 낄낄거리며 웃었다. 그러나 꼭 나쁜 쪽으로만 볼 이유는 없다고 생각했다. 너무 사랑한다는 표현 중엔 '죽도록 사랑한다', '죽여서라도 나만의~' 하는 경우도 있으니 말이다.

남편의 휴대전화에 나는 'honey(허니; 여보)'로 저장되어 있다. 언젠가 내가 건 전화의 발신자 표시로 'honey'가 뜨는 걸 본 몇몇 사람들이 아마도 우리 부부를 닭살 부부로 오해한 모양인지라, 내가 그들에게 해명을 했다.

"그거 남편이 저한테 '뭐 허니?' 하면서 거는 전화라서 그런 거예요"라고 했더니, 모두가 웃었다.

"아무튼 재미있게 사시네요."

열 명 중에 아홉 명이 그런 반응이었다.

1999년부터 집에서 일을 하는 남편이 내겐 아침, 점심, 저녁 밥상으로 보인 적도 있었다. 뭘 차려 먹여야 하는가가 늘 나의 과제였으니까. 성격이 남다르게 느긋한 남편은 재택근무를 즐기고 있고, 날 위해 많은 배려를 하고 있다고 생각하는 듯하다. 남편이 딸아이를 학교에 데려다주고 때론 데리러 가서 한 번 더 뽀뽀를 하는데 거의 목숨을 걸기에 어떤 때는 편하기도 하지만, 워낙 잦은 출장에 내가 떠맡는 일은 끝이 없음을 사람들은 모른다. 그래서 하고 싶은 일을 하고 좋은 평판을 얻는 남편이 때론 얄미울 때도 있다. 아이의 학교 픽업을 가끔이라도 한다는 이유만으로도 주변 한인 가족들 사이에서는 자상한 남편, 자상한 아빠로 좋은 이미지를 고수한다.

우리 부부는 거의 싸우지를 않는다. 아니 싸움이 안 된다. 난 화가 나면 말을 않고, 남편은 도무지 무엇이 문제인지 생각조차 하려 들지 않기 때문이다. 때때로 나의 묵언 기간이 길어질 때도 있다. 그러나 대부분 내가 단념하고 남편이 원하는 상태로 돌아갈 때까지 조용하게 지내게 된다. 그러다가 남편은 한국의 어머니에게 전화를 걸어서 집사람의 기분이 안 좋다고 하고, 그러면 다시 시어머님은 전화를 걸어와 무조건 나를 달랜다. 어른께 송구해서 별일 아니라고 답을 드리고는 남편에게 도대체 이런 식으로 어머님께 걱정을 끼쳐 드리면 어쩌냐고 말하면, 남편은 내가 일단 말을 시작했으니 풀렸다고 생각한다. 그래도 다시 묵언으로 돌아가면 이번에는 친정언니에게 전화를 걸어 처형을 졸라 나를 회유하려 든다. 언니는 제부의 방법이 귀엽다는 천부당만부당한 얘기를 하며 역시 나를 달랜다.

그렇게 결혼 16년이 지나는 동안 우리 부부의 갈등은 백일하에 드러났고, 내가 까칠한 사람으로 평가되기에 이제 다툼을 포기했다. 여자는 금성에서 왔고, 남자는 화성에서 왔다고 하는 책이 있다. 각기

다른 별에서 왔으니 절대로 상대방을 완전하게 알 수가 없으니 적당히 타협을 해야 한다고 하는데, 내가 보기엔 그것 역시 한 쪽이 손을 들고 먼저 주저앉기 때문이 아닌가 한다.

부부란 같은 목적으로 살아간다. 그 목적이란 것이 무지 거창한 것이 아니라 그저 잘 먹고 잘 살기 위한 것이다. 세상을 살아가는데 적어도 한 명의 내 편이 있다는 안심 속에 살기 위해 애쓰는 그런 관계라고 생각한다. 그러기 위해서는 대화를 해야 한다는데, 우리 부부는 식탁이나 거실 소파가 아닌 차 안에서 '회의'를 한다. 거실은 TV가 남편을 나누어가지려 하고, 식탁은 치워야 할 물건들이 날 자꾸 일어서게 하니 말이다. 사실 차 안에서는 서로에게 집중하여 얘기를 듣는다. 남편이 차에서 내리는 순간 깡그리 잊는다 해도 내 얘길 열심히 들어주고, 남편 역시 내게 여러 가지를 묻고 내 의견에 충실히 동의를 해주는 것 같으니 잠시나마 같은 편이란 믿음이 들기도 한다. 그러니 둘 다 불만은 없다.

그런데 하고 싶은 말은 때를 놓치지 않고 제때에 하는 것이 중요하다고 최근에 결론을 내렸다. 할 말을 못하고 속으로만 끙끙거리며 손해 본 것 같은 심정으로 지내는 중 어쩌다가 참다못해 하는 말에 상대는 느닷없는 항거라며 왜 그러냐는 반응을 넘어 사람이 변했다고 오히려 치고 나오기도 한다.

어느 날엔가, 내가 부엌 뒷정리를 끝내고 빌려온 책을 보려고 하는데 남편이 차茶를 좀 준비해 달라고 했다. 그전 같으면 물을 끓이며 '내가 좀 쉬는 걸 못 보지' 하면서 구시렁거렸을 텐데 그저 돌아보지도 않고 말했다.

"나 퇴근했어요."

남편은 예상 밖으로 선선히 "그래 알았어" 하고는 부스럭대며 본인의 차를 준비했다. 나는 내심 내 것도 준비해주려나 했지만 그건 내가 너무 많은 것을 바라는 것이었고, 조리대worktop 위에 즐비하게 이것저것을 늘어놓고 슬쩍 사라지는 남편을 보며 그저 나쁘지 않은 시작이라고 나 자신을 격려했다. 기대를 줄이는 것이 타협의 시작일 테니까.

13 하우스 룰 House rules

남편은 나름 나이가 들었음에도 놀이공원에 대한 추억과 환상을 갖고 살아가는 사람이다. 2003년 우리 가족은 남편이 죽기 전에 꼭 가봐야 할 곳이라고 정한 장소들 중의 하나인 미국 플로리다 올랜도의 디즈니월드에 갔다. 파리의 유로디즈니와 LA의 디즈니랜드에서 즐거웠던 남편은 진작부터 TV에서 디즈니월드 휴가상품을 찍어 놓고 예약을 끝냈다. 당시 미국으로의 여행, 특히 사람이 많이 모이는 장소로 간다는 것은 자살행위라고 말하는 이웃들도 있었다. 바로 전 해에 9.11 테러로 뉴욕 트레이드 센터가 맥없이 무너지고, 또 다른 공격이 있을 거라는 소문이 어지러울 때였다. 하지만 설레며 떠나는 가족여행 뒤통수에 그런 얘기를 던지는, 그것도 가까운 사람이라 믿었던 이들에게 남편은 이럴 때 가야 덜 붐빈다면서 구경에 환장한 사람처럼 우리를 끌고 휴가를 떠났다.

가족이 함께 어딜 나선다는 것은 내게 있어서는 챙겨야 할 것이 끝도 없을 상황을 의미한다. 수시로 꾸리는 남편의 출장 가방도 그렇다. 번번이 이번엔 국물도 없다며 며칠 전부터 도와주지 않는다고 다짐다짐 하다가도 얼굴이 벌게지도록 아래 위층을 뛰며 가방을 꾸려주다가, '그냥 두면 내가 다하는데'라는 남편의 말을 들으면 폭발할 때도 있다. 하여간 휴가여행 가방을 꾸리며 나는 절반쯤 혼이 빠져서 그야말로 기대도 뭣도 없이 비행기에 오르게 된다. 이번 여행도 여지없이 쓰레기 처리와 우유 배달부에게 보내는 메모를 문 앞에 내놓는 것으로 집에 인사를 하고 떠났다.

남편과 나의 세대가 갖는 디즈니에 대한 환상은 어린 시절의 '꿈의 메카'라고 할 수 있다. 실제로 가보니 그곳에서는 부모들이 아이들보다 더 열심히 온 사방을 헤매고 있었다. 우리 가족도 2주일 내내 올랜도 여기저기에 흩어져 있는 놀이터를 순례했다. 남편과 내가 벅찬 일정을 소화하느라 지쳐 가고 있는 동안 6살, 12살의 아이들은 훌륭한 충전기를 몸 안에 숨긴 것처럼 아침이 되면 생생히 살아났다.

그러나 세 명 여행자의 보호자인 엄마는 밥을 안 해서, 청소를 안 해서 좋다는 것보다 '아 이제 그만!' 하고 소리치고 싶을 지경이 되었다. 그럼에도 그저 거기서 거기 같은 놀이기구를 다시는 못 탈지도 모르니까 꼭 타야 했고, 배경으로 반드시 사진을 찍어야 할 장소들은 발을 뗄 때마다 나오고, 특별한 것이 있을 것 같으니 들어가 봐야 할 상점은 왜 그리 많은지 우리는 그 모든 장소를 전전하면서 하루하루를 보내야 했다. 그러던 중 내 눈에 확 띈 것이 하나 있었다.

쿼트QUOTE(안내판). 엽서나 열쇠고리 등을 파는 진열장에서 유리창 같은 데 붙이는 쿼트를 발견한 것이다. 내가 2달러95센트를 주고 그것을 사면서 느꼈던 즐거움은 지금도 흐뭇함 이상이다. 전업주부가 느끼는 아련한 자격지심을 보상해주는 한마디랄까? 늘 아이들에게 부족한 엄마인 듯 조바심으로 이래야 하나 저래야 하나 강의도 듣고 책도 읽지만 쉽게 채워지지 않는 자신감을 채워주는 그 한마디를 발견하고 나는 그것을 우리 집 가훈으로 삼고 싶어졌다. 금과옥조는 다음과 같다.

House Rules(가훈)

No.1 Mother is ALWAYS Right.(첫째. 엄마는 언제나 옳다.)

No.2 If Mother is wrong. See Rule No 1.(둘째. 혹시 엄마가 틀렸다 해도 첫째를 보라.)

너무하다고? 천만에! 집에 있는 엄마들이여, 자신감을 갖자. 그리고 흔들리지 말고 주장하자.

"엄마는 언제나 옳다!"

맞다! 엄마는 옳다! 엄마인 우리가 그렇다는데, 누가 감히 뭐라 하겠는가!

14 사춘기 아들과
외출하기

아이가 어릴 적에 야단을 치려고 하면 나는 나이를 들먹이곤 했다. 물론 나이에 맞게 행동한다는 것은 쉬운 일이 아니다. 중년이 된 나 역시 예외가 아니거늘 "도대체 네가 지금 몇 살인데 이런 행동을 하느냐?" 하고 물으면 아들은 참으로 슬픈 눈이 되면서 마치 〈슈렉〉에 나오는 장화 신은 고양이 같은 표정으로 "한국 나이요? 영국 나이요?" 하고 되물어서 나를 당황케 하곤 했다.

15살이 된 지금에야 나이를 들먹이며 얘기해봤자 귀엽게 답을 않을 테니 그만둔 지 오래지만, 여전히 변치 않고 아들이 나를 잔소리꾼으로 만드는 일이 있는데 그건 바로 옷 입기이다. 아이가 기숙사에서 교복을 제대로 찾아 입고 있다면 그건 교육 체계의 빛나는 성과라고 생각한다. 더 어릴 때야 엄마가 챙겨주고, 골라주고, 맞춰 입히지만 집에 있을 때 아들은 지금도 뭘 입어야 하느냐고 묻는다. 네가 알아서 골라 입으라고 하면, 아들은 자기한테 뭔가 화가 나 있냐고 재차 묻는다. 그럴 때면 답답하기도 하지만, 한편으론 내가 아들한테 필요한 존재란 사실을 확인하며 절반쯤 그걸 즐길 때도 있다.

여름에 아들과 한국으로 휴가를 떠났다. 그동안 가족이 함께 여행을 다닐 때면 딸아이를 도맡아야 했던 내게 십여 년 만에 떠난 아들과의 단출한 여행은 많은 변화를 일깨워주었다. 아들은 어릴 때 심하게 멀미를 하곤 했다. 머리가 아프다고 늘어지거나 구토, 그러니까 한 번도 아닌 수차례 바닥과 좌석에 토사물을 흩뿌리는, 별로 기억하고 싶지 않은 상황을 여러 차례 경험케 했기에 나는 마음의 준비를 했었다.

그런데 이번 여행은 시작부터 조금 달랐다. 아이는 가져갈 물건을 스스로 정리하고, 아빠와 남는 여동생에게 무어라 충고도 하고, 공항에서는 아빠한테 걱정하지 마시라고 인사도 하는 등 그동안 집에서 엄마인 내가 걱정거리였나 싶은 마음이 들게 행동했다. 보안검색이 끝난 짐을 챙기고, 랩톱Lap top을 정리하는 와중에도 세상에 어미를 배려해서 공간을 만들어주고, 심지어 제 것도 있는데 엄마의 짐을 들어주겠다고 하는 것이 아닌가. '너 누구야?' 그러고 싶은 마음이 들었다. 기내에 들어가 좌석을 찾을 때는 머리 위 선반에 짐을 번쩍 들어 넣더니, 엄마는 허리가 안 좋으니 제 쿠션을 더해 쓰라고 건네준다. 아, 이런 날이 내게도 정녕 오는구나 싶었다.

아들은 주는 밥도 잘 먹는데, 그걸 보면서 심지어 감사한 마음도 들었다. 내가 앉은 쪽의 고장이 난 전등 때문에 제 쪽을 켜주면서도 군소리가 없다. 그리고 무엇보다 나는 비행시간 내내 잠을 못 드는 편인데 이번에는 11시간 비행 중 6시간 넘게 잘 수가 있었다. 언제나 아이들이 자면 다른 사람에게 발을 뻗어 불편을 주는 일이 생길까 하여 전전긍긍하고, 한편으로는 좀 더 아이들을 편히 자게 하려고 내 몸을 구겨대며 쉬지 못했었는데, 이번엔 아들한테 기대어 잠을 잤다. 자고 일어나 미안한 마음에 너는 좀 잤느냐 물었더니 아들은 무슨 작정을 한 마냥 괜찮다며 슬쩍 미소까지 지어보였다.

15살 아들은 의젓한 사나이가 되어 있었다. 내 아이에 대해서는 모든 걸 다 알고 있다고 믿고 그래야 좋은 엄마라고 생각했는데, 이제는 '넌 그렇게 생각하고 있었구나' 하고 살짝 물러나야 할 때가 진정 오고야 만 것이다. 한국에 도착해서 아이는 제 이모에게도 의젓하게 인사하고, 성큼 커버린 아이를 대견해하는 이모한테 공손한 태도로 일관했다.

그런데 욕실에 들어가 샤워를 하고는 나를 불러댄다.

"엄마! 엄마! 나 뭐 입어요?"

나는 하마터면 '누구세요?' 할 뻔했다.

'그럼 그렇지, 역시 내 아들이었어!'

15 첫사랑의
유효기간

아들의 중간방학^{Leave weekend}에 딸아이를 데리고 학교에 갔다. 차 안에서 그 즈음 내가 좋아하던 가수 휘성의 노래를 들었다. 그 CD 마지막 트랙에 '위드미^{With me}'란 곡이 시작되고 "This song dedicated to all the broken heart. ("이 노래를 상처 받은 모든 이에게 바칩니다"란 뜻)" 란 가사가 나오는데, 딸아이가 뜬금없이 "엄마 이 노래는 죽은 사람들을 위한 노래예요?" 하고 물었다. 아들은 그런 동생을 한심하다는 듯이 돌아보고, 나는 딸아이의 생각이 너무 재미있어서 아주 신나게 웃었다. 내가 큰소리로 웃자 딸아이는 화를 내기까지 했다.

9살짜리가 사랑이 끝나는 것이 심장이 고장 나는 것과 같은 뜻임을 알게 되려면 얼마만큼 시간이 지나야 할까? 아니 사랑이 끝날 때 그런 마음이 된다는 걸 알게 되려면 얼마나 나이를 먹어야 하는 걸까? 사랑에도 유효기간이란 것이 있을까? 과거는 힘이 없다고 해도 과거 나의 첫사랑을 지금의 사랑이 절대로 이길 수 없듯이, 누군가의 첫사랑을 지금의 내가 이길 수도 없다.

살아가면서 주변의 사람들로부터 상처를 받았다고 생각하는 일들에 대한 공소시효는 얼마나 될까? 나는 자주 '이건 10년짜리다', '이건 20년짜리다' 하고 농담처럼 말하곤 하는데 얼마나 오랫동안 그 사람과 지내왔느냐 하는 것과는 별개로, 뒤통수를 맞는 정도가 아니라 등에 칼이 꽂힌 듯한 상처를 입게 되면 순간 서늘함을 넘어 지내온 시간과 비례해서 옛 상처가 불쑥불쑥 떠올라서 슬프고 괴롭다.

소소하게는 기념일이나 생일 등이 퍽 소홀히 지나는 경우, 상대방의 그 날이 왔을 때 무시하거나 멋지게 잘 해줘서 미안하게 하는 양상을 띠는데 난 이걸 집행유예 기간이라 칭하고 싶다. 다시 일 년이 지나서도 회심이 안 된 듯이 보이면 바로 처벌에 들어가야 함은 물론이다. 아플 때, 혹은 출산(임신은 질병이 아니지만 많은 여자들이 이때의 기억을 문신처럼 갖고 있다) 등의 결정적 순간에 무심했을 경우 개인적 차이는 있지만 드러내놓고 표현하기엔 자존심이 걸려 있기에 큰 거 한 방을 노리며 지뢰로 일상에 묻는다. 그러다가 제대로 걸리면 바로 발목이나 몸 전체를 날려버리는 거다. 아마도 많은 부부들 중에 눈에 보이지는 않지만 장애인들이 꽤 될 거라고 확신한다.

그러나 감동을 준 선물은 개인차가 있다 해도 베스트 비포Best before(유효기간)란 것이 향수 같아서 처음에 확 올라왔다가 코끝에 익숙해지면 잠잠해졌다가, 어느 순간 가까이 다가가 맡으면 코끝에 매달리

면서 다시금 행복하게 만들고 때론 그 감동을 잊을까 자신이 먼저 초
조해지지 않을까 한다.

아이들의 예쁜 짓은 유효기간이 어림잡아 50년이라고 본다. 겉모습
이 어찌 변하건 말건 실제로 이 아이가 내 아이가 맞는가 싶도록 황당
한 일을 벌인다 해도 부모에게는 늘 생생하게 기억에 남는다. 왜 50년
쯤으로 기간을 잡는가 하면 그 정도 시간이 지나면 사용자가 더 이상
존재하지 않는 경우가 많을 테니까 말이다. 즉 평생을 간다.

옳든 옳지 않든 간에 내 머릿속의 파일은 분주히 나름의 기준으로
유효기간과 공소시효를 정하고 엮어간다.

16 기죽지 말자! Chin up!

최근 몇 년 간 내 머릿속을 유영하던 시가 한 편 있었다. 딸아이를 학교에 데려다주고 또는 데려오는 길에 일주일에 네댓 번, 말을 타고 지나가는 사람들과 마주치면 천천히 차를 몰았다. 그러면서 마주 오는 말을 보거나 말꽁무니를 따라 가며, 참으로 말이란 동물은 근사한 피조물이란 생각을 한다. 잘 관리된 때문이기도 하겠지만 근육이나 골격이 참으로 근사하다는 생각이 든다. 사람은 체격이나 외모가 서로 다르고 용모에 따라 구별이 쉽지만, 난 못 생긴 말을 본 적이 없다.

하여간 그런 생각 중에 떠오른 시가 있었는데, 제목과 대충의 내용만 생각날 뿐 번번이 작가나 시구가 완성되어지지 않아 답답했다가 네이버 지식in에서 뒤늦은 답변을 받았다. 정진규 시인의 〈서서 자는 말〉이었다.

내 아들은 유도를 배우고 있다.

이태 동안 넘어지는 것만

배웠다고 한다.

낙법만 배웠다고 한다.

넘어지는 것만 배우다니!

네가 넘어지는 것을

배우는 이태 동안

나는 넘어지지 않으려고

기를 쓰고 살았다.

한 번 넘어지면 그뿐

일어설 수 없다고

세상이 가르쳐 주었기 때문이다.

잠들어도 눕지 못했다.

나는 서서 자는 말

아들아 아들아 부끄럽구나.

흐르는 물은 벼랑에서도 뛰어내린다.

밤마다 꿈을 꾸지만

애비는 서서 자는 말

얼마 전, 나는 아들이 참여하는 '학교 정기 콘서트'를 다녀왔다. 콘서트 얘기를 하면서 아이는 나와 남편이 콘서트에 오느냐고 전화로 물었다. 처음엔 일요일 미사 시간과도 겹치고 아이가 올 필요 없다고 극구 말려서 안 가겠다고 답을 했는데, 그래도 좀 미안하단 생각에 아니 잘한 연주 모습을 놓쳐서 억울할까 싶어 마지막에 차를 돌려 아이의 학교로 향했다. 겨우 시간에 맞추어 자리를 잡고 앉아서 아들을 찾으니, 아이가 나와 남편을 알아보고는 외면을 한다.

열두어 명의, 어른 몸집이 되어가고 있는 사내아이들이 나름 깔끔하게 양복을 차려 입고 피아노 연주를 했다. 아들은 세 번째로 피아노 앞에 앉았고, 무척 빠른 곡이었는데 틀리지는 않았지만 곡을 모르는 나도 느낄 만큼 긴장이 묻어나는 연주를 했다.

연주를 마치고 아들은 다른 참여자들이 앉아있는 자리로 돌아가서 내내 고개를 숙이고 있었다. 유난히 긴 목과 마른 어깨 때문에 아이는 더 괴로워하는 것처럼 보였다. 지난 휴가 기간 동안 아이가 연습을 게을리한다고 몰아세웠던 것이 떠올랐다. 아마도 지금 아이의 머릿속에는 엄마가 '그것 봐라. 내가 말했지. 결국엔 너도 속상하지' 이렇게 말하고 있겠지 하며 힘들어 하고 있을 것이 뻔했다.

아이에게 잘했다고 그만하면 되었다고 무언으로나마 사인을 보내고 싶었지만, 아이는 모든 순서가 끝나고 사람들이 일어날 때까지 우리 쪽으로는 고개도 돌리지 않았다. 그리고 아이는 우리한테 변변한 인사도 없이 제 기숙사 쪽으로 걸어갔다. 내가 뛰듯이 쫓아가며 말을 붙였지만 아이는 얼굴 표정을 풀지 않았다.

이전 학교에 다닐 때 75명이 뛴 달리기에서 73등을 하고도 자기 뒤에 두 명이 있었다고 아무렇지도 않게 밝게 말하던 그 아이가 아니었다. 아들은 나를 본체만체하고는 기숙사 건물로 들어가려 했다.

"준아, 엄마가 괜히 온 거야?"

아들이 나와 남편을 번갈아 보더니 "아침엔 퍼펙트(아들은 영국에서 태어나고 자라 한글 운용에 있어서 어려운 말은 영어 단어를 섞어서 쓴다)했는데…"라고 아쉬워했다.

돌아오는 차 안에서 남편은 내가 괜히 가자고 해서 아이가 긴장을 했다고 했다.

돌아와서 곰곰이 생각을 했다. 부모가 자식에게 저지르는 언어폭력은 결코 무죄가 아니다. 사랑하니까 용서된다고 했던 말들이 아이들의 무의식에서 거미줄처럼 칭칭 감겨 나중엔 단단해지는 모양이다. 그게 아닌데, 그게 아니었는데… 나는 아이가 겪을 좌절이 엄마인 내가 악역이 되는 것보다 더 무서웠던 것인데, 네게 마지막 싸울 에너지가 될 수만 있다면 적이 되어도 좋았을 뿐이었지만, 나는 아이가 이제는 제 스스로 자신에게도 벌을 내릴 만큼 성장해 있다는 걸 몰랐던 모양이다.

3시간쯤 지난 다음 아이에게서 전화가 왔다.

"엄마 미안해요. 연주를 잘하지 못한 것 같아서 화가 났어요. 다음 주 일요일에 돈가스 먹고 싶어요. 만들어다 주세요."

3시간 만에 아들은 이전의 아이로 돌아와 있었다.

나는 시간이 흐르기를 손꼽아 기다렸고, 일요일에 밥과 돈가스와 된장국을 들고 가서 주차장에서 아이를 먹였다. 아이는 내 기억 속의 그 미소로 씨익 웃으며 뺨에 뽀뽀를 해도 된다고 허락했다.

난 아이에게 "친업!Chin up!(기죽지 마!)"이라고 말해주었다.

친업Chin up! 턱을 들어라! 이 말은 데이빗 보위가 영국군 포로로 일본군 수용소에서 학대를 당하는 영화 〈전장의 크리스마스Merry Christmas Mr. Lawrence(1983)〉에서 포로들끼리 서로에게 힘을 주기 위해 던지는 말이었다. 스스로를 북돋는 구호 같은 말이다.

'턱을 들어! 주눅들 것 없어! 모두가 비슷하게 세상에 두려움을 갖고 있지. 실수도 실패도 할 수 있어. 내 속의 두려움을 몸으로 모두에게 보여줄 필요는 없어. 무엇이든 기쁜 듯, 고마운 듯, 알고 싶은 듯, 하고 싶은 듯 행동하는 거야. 선생님의 지적을 피하고 싶은 열등생처럼 살다보면 아무것도 할 수 없는 거야. 자신도 모르게 아무것도 할 수 없는 사람이 되는 거야.'

나는 이렇게 주문을 걸면서 산다. 물론 번번이 주문이 제대로 걸리지는 않는다. 그리고 이젠 때때로 그러려니 한다. 하지만 아이에게 마치 효험이 좋은 약인 양 이 주문을 전수하고 싶다. 어쩌면 아이는 이미 본인만의 다른 주문을 갖고 있는지도 모르지만 말이다.

17 생일 주간

새벽 5시.

자신의 생일을 길게 보내려고 딸아이는 깜찍하게도 새벽 5시에 일어나서 새벽 2시에 잠든 엄마를 놀라게 했다. 커튼도 안 걷은 침침한 조명 아래서 책을 읽는 것으로 10살을 시작한 아이. 딸아이의 생일 주간에는 온 집안이 특별한 대우를 해주고 있다. 하나 남은 아이스크림을 양보한다거나, 느닷없이 '차이니스 테이크 어웨이Chinese take away(중국요리)'를 먹고 싶다고 해도 아빠는 가서 사와야 하고, 방 정리를 대신해 주기도 한다.

새벽 기상에 혼미한 엄마는 얼른 아래층으로 내려와 전날 밤에 준비해둔 케이크에 촛불을 켜고 생일 축하 노래를 부르며 이층 방으로 올라가고, 딸아이는 뻔히 알면서도 감격의 기쁜 리액션으로 소리를 지르고… 생일 아침으로서는 아주 좋은 시작을 했다.

오전 10시 20분.

남편은 딸아이 학교에 크리스피 도넛을 가져다주었다. 딸아이 학교에선 생일인 아이가 집에서 사탕이나 초콜릿 등을 가져와서 반 아이들과 나누어 먹는데, 딸아이는 벌써부터 도넛을 나누어주고 싶다고 했었다. 그래서 24개의 도넛을 준비했는데 밤새 인원이 늘어나서(다른 반 애들, 다른 학년의 친한 애들, 사무실 여직원들, 좋아하는 선생님들까지) 12개가 더 필요하게 되었다. 그래서 학교 쉬는 시간에 나누어주기로 하고 더 사러 갔는데 문제는 남편이 다른 도넛을 집에 두고 가는 바람에 아이는 패닉 상태가 되어 전화를 걸어왔다. 물론 나까지 투입되어 곧 진정은 되었다.

오후 5시 – 선물 증정시간!

딸아이의 선물을 고르는 고민은 10년 동안 내 몫이었고, 앞으로도 쭈욱 계속될 것이다. 딸아이는 어떤 의식에 관련된 그리고 학교에 관계된 선물은 선물이 아니라고 주장한다. 사실 지난 크리스마스 때 PSP(화려한 그래픽과 다양한 기능을 갖춘 휴대용 게임기)를 사주었는데 친구들이 모두 닌텐도 DS를 가지고 있다고 몇 번이나 내게 말을 했기에 심각히 생각했지만, 요즘 들어 책 읽기에 빠져 있는 아이를 들쑤시는 것이 될까봐 자전거로 정했다.

핑크와 검정색이 조화된 몸체에 안장은 사뭇 명품 같은 느낌이 나는 걸로 골랐다. 마침내 자전거를 리본으로 장식해서 학교에서 돌아온 아이에게 주기로 했다. 딸아이는 거의 8시까지 자전거를 타고 놀았다. 성공적인 선물이었다.

밤 10시.

딸아이는 잠자리에 드는 걸 거부했다. 나와 남편은 번갈아 가며 뽀뽀해주고 안아주고 밤 인사를 했지만, 아이는 본인이 자야 하는 시간을 넘기며 노래를 부르고 엄마 아빠를 계속 불러대며 하루가 지나는 걸 아쉬워했다. 결국엔 생일이 끝나간다고 울음을 터뜨렸다. 나도 열 살이 저리도 좋았었던가 생각했다. 내 어릴 적엔 달력을 새로 걸면 내 생일을 찾아서 태극 마크를 그려 넣으며 국경일 표시를 해두었었는데, 그저 그것뿐 별다른 기억이 떠오르지 않는다. 그 시절엔 다 그랬던가? 그러나 한 가지, 지난 10년 동안 나는 딸아이 때문에 더 행복했었다.

새벽 1시.

나는 잠든 아이의 귀에 대고 속삭인다.

"고마워, 딸!"

18 통과의식

요 며칠 볕이 좋다. 어릴 때부터였던 것 같은데 요즘 들어 부쩍 할머니와 엄마가 쓰던 표현들이 아주 정감 있음을 느낀다. 뼈가 '노골노골하다'거나 누구는 하는 짓이 '앙글방글하다(속이 뻔히 보이고 제법 약삭빠른 듯이 보일 때)', 책을 볼 때 글씨가 '어룽거린다'고 하고… 사투리인지 아닌지 나도 확신이 들지 않지만 말을 하고 나면 왠지 제대로 표현이 된 듯이 흡족하기도 하다. 하여간 볕이 좋아서 거리를 지나며 사람들의 평온한 얼굴들을 즐긴다.

어린 아이를 데리고 지나는 젊은 엄마들한테 자꾸 눈이 간다. 어느 날인가 횡단보도를 지날 때 신호등의 녹색등을 켜기 위해 손으로 누르는 장치가 있는 지점에서 유모차에 앉은 한 살 정도의 아이가 단추를 제가 누르겠다고 하자, 젊은 엄마는 아이를 들어 올려 단추를 누르게 해주는 걸 보았다. 찬찬히 그 모습을 보고 있자니 지금은 훌쩍 커버린 우리 아이들의 일들이 떠올랐다.

'맞아, 저 즈음엔 저러고 싶어 하지.'

아이들은 자라면서 다양한 고집을 부린다. 전화가 오면 무조건 자기가 먼저 받겠다고 아우성을 치는 시기도 있다. 딸아이가 두 살 즈음에는 쇼핑을 가서 유모차에 앉히려 하면 한사코 걷겠다고 하는 시기도 있었다. 그럴 때면 유모차 의자에 8살짜리 아들이 앉으려 해서 또 한 차례 실랑이가 벌어지기도 했다.

열 살이 된 딸아이는 언젠가부터 목욕탕 문을 잠그려 하고, 아빠보다 커진 아들은 가족이 함께 움직일 때 호시탐탐 아빠의 운전석 옆, 즉 내 자리를 노린다. 시간이 지난다는 것은 단지 성장과 늙음만이 아닌 듯하다. 별 것 아닌 것 같은 사소한 변화가 인생의 여러 과정 중에 다음 단계로 가는 통과의식임을 깨닫게 한다. 나 역시도 언니나 부모님과 식사를 하고 나면 무심히 얻어먹던 시절이 있었는데, 이제는 당연히 계산대에 가서 서는 세대가 되었다.

모든 갈등에 의연해져야 하는 시기가 오고 있다. 어떤 모습으로 그 단계로 가게 될지, 아님 그 단계로는 영원히 못 갈지도 모르겠다는 소심함이 나를 흔든다.

19 남자와 여자,
여자와 남자

첫 조카가 결혼을 했다. 나와는 12살 차이가 나는 언니의 딸이고,
나와 13살 차이가 나는 그래서 어떤 때는 동생 같은 기분이 드는 조카
다. 그 아이를 처음 보았던 중학교 1학년 때 나는 크게 배신감을 느꼈
다. 정말 잘 생긴 나의 언니가 분유통 겉면에 나오는 천사 같은 아기
모습과는 달라도 너무도 다른, 머리카락도 별로 없는 저렇게 못 생긴
아이를 낳았나 했는데 조카는 자라면서 언니의 외모를 닮아갔다. 그래
도 그때 마음을 접어서인지 아기의 외모는 중요하지 않다. 지금의 나
는 아기라면 무조건 다 좋고 예쁘다.

결혼한 조카와 자주 전화통화를 하며 시시콜콜 결혼에 관한 여러 얘
기를 나눈다. 세상이 변해도 남자와 여자가 결혼해서 사는 데는 진화
의 과정이 거의 비슷하고, 여자들이 느끼는 감정은 아주 뻔해서 그 다
음 줄거리가 훤히 보이는 아침 드라마 같다. 그러나 나는 아주 진지하

게 들어주며 얼쑤 하고 적당한 추임새를 넣어주고, 더러는 아주 엉뚱한 답을 준다. '사소한 걸로는 싸워라. 그리고 아주 심각한 건 조용조용 얘기해라. 나중에 흥분해서 아무 말이나 하고 나면 내 입을 어떻게 하고 싶어질지도 모르니까.', '어쩌면 이럴 수가 있을까 싶더라도 여러 번 생각하며 미워하고, 섭섭해 하지 말고 살짝 깨물어서 간단히 응징하고 잊어라'와 같은 말들이다. 조카는 이모의 조언에 깔깔 웃고는 확 치워버리는 것 같지만, 난 효과가 있다고 확신한다.

남자와 여자는 다르다. 나는 조금 허접해 보이는 책이지만 〈왜 남자들은 한 번에 한 가지 일밖에 못할까, 왜 여자들은 수다를 멈추지 못할까?Why men can do one thing at a time and women never stop talking〉와 같은 책을 한동안 차에 넣고 다니며 심심할 때마다 보았다. 호주에 사는 부부가 지은 책이다. 그들 각자가 생각하는 서로의 모습을 썼고, 각자가 생각하는 자신의 언어로 솔직하게 옮겨 놓았다.

남편들은 아니 남자들은 냉장고나 옷장에서 무언가를 찾는데 아주 서툴지만, 술집이나 식당을 정하는 데는 망설이지 않는다고 한다. 인정한다. 아내가, 여자가 불편한 저녁 모임에서 돌아오는 차 안에서 남편의 괜찮냐는 질문에 괜찮다고 답을 했다고 남편이 그저 괜찮은 거라고 믿고, 또 그런 무심함에 치를 떠는 아내를 생각해준다는 배려로 모른 척하는 남편들은 이상스레 TV 채널 여기저기에서 뭘 하는지는 꼭 알고 싶어 리모컨을 쥐고 있다고 하는데, 이것도 나는 확실히 인정한다.

그러면 여자들은 어떤가? 여자들은 대체로 남편의 걸음걸이를 보자마자, 그리고 남편이 무심히 아내에게 던지는 한마디 말로도 이상 유무를 느낀다. 책에서는 600m 전방에서 남편의 코트에 붙어 있는 금발 머리카락을 발견한다고 했지만 - 그런 실력의 아내들이 좁은 공간에 차를 주차하는 건 어려워한다. 그건 아마도 너무도 많은 걸 한꺼번에 보는 '주변 시야Peripheral vision'를 가졌기 때문이 아닌가 싶다. 거의 180도 가깝게 폭넓게 주변을 보기에 시야 안에 들어오는 대부분에 신경이 나누어져서 그만큼 집중도가 떨어진다.

남자들의 경우 '동굴 시야Tunnel vision'를 가졌기에 45도 정도의 각 안에 들어오는 사물에만 신경을 쓰므로 차고 문짝을 들이받는 일은 없을 테고… 아무튼 간에 산책할 때면 같은 거리를 걸어도 남자들이 보고 기억하는 것과 여자들이 보고 기억하는 건 정말 차이가 난다.

무엇보다 이 책에서 재미있는 부분은 '여자들의 언어Women's english' 대목, 쉽게 시작한 내용이 갈수록 흥미롭게 변한다(뒤쪽이 속마음이다).

Yes = No
NO = Yes
여기까지는 모두가 짐작할 테고,

May be = NO
"아마"라고 하는 건 아니란 뜻이고,

I'm sorry. = You'll be sorry.

여자가 "미안하다"고 하는 건 '네가 해야 할 말을 내가 하는 거라구'의 완곡한 표현이며,

We ('우리'라는 표현에 주목해야 한다) need. = I need.

"우리 이거 필요하잖아"는 '내가 바로 그게 필요하단 말이야'란 뜻.

Do what you want. = You'll pay for this later.

"당신이 하고 싶은 걸 하세요"는 '네가 나중에 다 책임져야 할 걸. 그러니 네 맘대로 해'란 뜻.

We need to talk. = I need to complain.

우리 얘기 좀 할까요. = 난 맘에 안 들어요.

I'm not upset. = Of course, I'm upset, you moron.

화 안 났다니깐! = 물론 화났지. 이 멍청아!

This kitchen is so inconvenient. = I want new kitchen.

이 부엌은 정말 불편해요. = 난 부엌을 바꾸고 싶다구요.

I want new curtains. = …and carpeting, and furniture and wallpaper…

커튼을 바꿔야 하는데… = …카펫도 바꾸고, 가구도 바꾸고, 도배도 새로 하고, 또또또…

Do you love me? = I'm going to ask for something expensive.

나 좋아하는 거 맞죠? = 비싼 것도 사줄 수 있는 거죠?

Is my bum fat? = Tell me. I'm beautiful.

나 좀 살쪘지? = 얼른 말해. 내가 예쁘다구!

You have to learn to communication. = Just agree with me.

당신은 대화하는 법을 익혀야 해요. = 잔말 말고 내 말에 따라요.

재미있었다. 그런데 중요한 건 내가 다르다는 것을 이미 알고 있다는 것이다. 그리고 살다보니 내가 단순하게 보는 건 남편이 아주 세밀히 복잡하게 보고, 내가 심히 복잡하게 생각하는 걸 남편은 일도 아니게 생각한다는 거다. 그러니까 그 다름이란 것은 서로에게 필요한 백업Back-up 장치라고 생각한다.

20 아버지의
   무형 유산

이 나라가 여왕이 있는 나라임을 생각하게 하는 건 동전이나 지폐를 보거나 왕실 문장을 볼 때, 그리고 윔블던 테니스 경기 시작 전에 코트로 들어서는 여자 선수가 관중석에 있는 왕실 가족에게 무릎을 굽혀 인사하는 걸 볼 때다. 우리 아이들이 역사를 공부하는 과정에서 노르만Norman, 플랜태저넷Plantagenet, 랭커스터Lancaster, 요크York, 튜더Tudor, 스튜어트Stuart, 하노버Hanover… 하면서 영국 왕가의 족보를 차곡차곡 배워나가고, 최근 엘리자베스 여왕의 가계표를 작성하는 것을 보면서 나의 옛 시절을 떠올리기도 한다. 그토록 외웠던 조선 왕조 역대 왕들의 계보는 지금도 입에서 줄줄 나올 정도이니 내 경우는 주입식 교육의 절절한 증거가 아닐 수 없다.

친정아버지께서는 내가 예닐곱 살 즈음 당신의 무릎에 나를 앉혀 놓으시고 할아버지, 할머니, 외할아버지, 외할머니의 성함을 외우게 하셨다. 아버지 형제분의 성함과 작은어머니 성함, 나의 본관과 내가 어느 파이고 몇 대 손인가를 반복해서 확인하시고, 잘 기억하고 있으면 상을 주시기도 했다. 상을 받는 재미보다는 잘했다고 예뻐해주시고, 특별히 그 점을 들어 다른 형제들 앞에서 칭찬해주시던 아버지의 얼굴이 무엇보다 내겐 큰 상이었다.

이곳 아이들은 조부모에 대한 기억이 별로 없다. 사실 나는 아이들이 자라면서 예쁜 짓을 하고, 학교에 가고, 졸업을 하고 그럴 때마다 부모님께 우리 아이들을 보이고 싶었다. 마찬가지로 우리 아이들이 못 누리고 있는 조부모나 친척들의 사랑에 대해 미안한 마음도 들었다. 마치 똑 떨어져 다른 행성에 사는 양 그저 우주에 오직 우리 가족만 있는 것처럼 살고 그렇게 길들여져 가고 있지만, 어딘가에 분명 속해 있다는 푸근함이 그립다.

늦은 감은 있지만 얼마 전부터 우리 아이들에게, 내가 결혼하기 전에 이미 고인이 되신 아이들의 할아버지는 물론 할머니, 외할아버지, 외할머니 성함을 외우게 하고 함자를 몇 번씩 쓰게 하는 숙제를 주고 있다. 아들은 대체로 번거로워하고, 딸아이는 괜히 뭣도 모르고 신나 하는데 꼭 내 어릴 때 같아 보인다. 최근에는 다시 범위를 넓혀 나와 남편의 형제들 그리고 사촌들까지로 확대하고 있는데, 내 딴에는 여왕의 자녀들과 그들의 배우자 이름을 익히는 것보다는 의미 있는 일이라고 생각하지만 아이들은 어떻지 막막한 기분이다.

그러다가 영화 〈러브 스토리〉에 나오는 주인공의 이름이 떠올랐다.

올리버 배리트 3세. 할아버지도 올리버 배리트, 아버지도 올리버 배리트, 아들도 올리버 배리트란 얘기인데 참으로 이름 외우기가 쉽겠다 싶었다. 우리에겐 항렬이란 것이 있긴 하지만 부모의 이름을 내려 쓰는 것은 어딘지 모르게 무례한 것은 아닌가 생각된다.

나도 나이가 드는지 몸의 기능이 저하될수록 정신과 습관은 저 밑바닥에 고여 있는 무언가를 향해 치열하게 집착한다. 한 가지 분명한 건 나는 내 부모님으로부터 값진 무형 유산 하나를 아주 일찍부터 받은 듯하다.

21 새해의
다짐

2008년, 새해 첫날 바다는 아주 점잖았다. 무겁지 않게 드리운 구름이 하늘을 간간히 드러내 보여주고, 바다는 지나는 배들의 방해 없이 깔끔하게 수평선을 눈 안에 가득 담아주었다.

지난 밤 2007년을 보내며 우리 집 MVP로 뽑힌 첫 수상자는 남편이었다. 딸아이는 트로피를 전달하며 축하 공연으로 축가까지 불렀다. 트로피는 우리 가족이 2002년에 미국 플로리다의 올랜도 디즈니월드에 갔을 때 샀던 오스카 트로피 모사품이다.

올해 드디어 10살이 넘어, 생전 처음 새해 카운트다운 마지막 순간까지 침대로 가라고 하지 않고 남아 있는 것이 허락된 딸아이는 극도로 흥분했다. 그동안 자기만 재워놓고 이리도 재미나게 지냈나 싶은 다소 원망스러운 얼굴이 되기도 했다. 학교 숙제로 나온 샴페인 맛보기도 했고, 비록 TV이긴 해도 실시간 폭죽을 봤다는 걸 무척 좋아했다.

그리고 새해 첫날은 늦게 시작되었다. 간단하게 어제 남긴 케이크를 각자 입맛대로 차에, 주스에, 우유에 먹었고, 그 사이에 나는 날치알이 들어간 주먹밥을 대충 싸서 브라이튼Brighton(영국 남부해안에 위치한 휴양도시)으로 향했다. 미사를 못 가는 관계로 차 안에서 대송을 나누어 하고, 독서와 복음을 나누어 읽으며 슬쩍 1월 1일 대축일 의무를 흉내 냈다. 최근 들어 한글을 소리 내어 읽을 일이 없던 아들은 한국어 발음이 혼자 생각해도 만족스럽지 못했는지 괜스레 나를 신경 쓰며 왜 이런 걸 시키느냐 툴툴거린다. 차로 함께 움직일 때마다 아들에게 뭔가를 읽어보라고 해야겠다는 생각이 들었다.

비가 내리는 길을 달려 브라이튼에 도착했다. 파티에서 마신 술이 덜 깬 젊은이들과 가족 단위로 무리지어 움직이는 이들을 보니 새해란 느낌이 새삼 느껴졌다. 남편은 잔교棧橋를 벗어나 한 쪽 끝에 차를 세우고, 우리는 각자 준비한 한 해의 계획서를 들고 바다로 갔다. 하늘과 바다와 자갈 해변을 몇 번 바라보고 심호흡을 한 다음 각자 조금씩 떨어져서 바다를 향해 새해 다짐을 외치고, 그것이 적힌 종이로 자갈을 싸서 던졌다. 호기 있게 던져도 되밀려오기를 몇 번, 결국엔 바다로 나아간다. 잘 안 되기도 하겠지만 올해도 열심히 해보는 거다.

3시가 조금 넘은 시각, 딸아이는 번쩍이는 잔교pier(배를 접안하기 위해 육지에서 바다쪽으로 수심이 적당한 곳까지 연장한 다리)의 광경을 보고 기어이 가까이 가려 했다. 나는 콜록대며 딸아이의 인질처럼 잔교로 함께 갔다. 켜지지 않은 등 위에 앙칼지게 앉은 갈매기, 문득 사진을 찍고 싶었다. 갈매기는 나뭇가지에 내려앉지 않는다. 땅바닥이나 지붕, 난간에는 앉아도 말이다. 망망대해를 나는 갈매기는 나뭇가지에 대해서는 아예 미련을 갖지 않는 것이 유전적 습성일까 하는 생각을 잠시 했다. 집 정원에서도 볼 수 있는 섬나라 영국의 갈매기는 정말 정이 가지 않게 살벌한 울음소리를 낸다. 여럿이서 날아다녀도 함께 다닌다 여겨지지 않는 새들…

어제 남편은 MVP 트로피를 딸아이로부터 전달받았다. 디즈니월드에서 이 트로피를 사고 있던 나를 보는 남편의 눈빛엔 '저걸 왜?' 하는 기색이 역력했었다. 근사하지 않은가? 매년 이 트로피를 주면서 받으면서 재미있고 신나고, 값어치를 충분히 할 물건임을 이미 알고 있었다. 올해 말엔 MWPmost worthy person(밥값 제대로 한 사람)도 증설해볼까 한다.

22 심청과
월매

일요일에 딸아이와 쇼핑을 갔다. 집 내부 공사를 앞두고 이런 저런 아이디어를 얻어 볼까 하여 부엌이나 욕실 등의 쇼룸(전시실)을 돌아보고자 간 것이었다. 경기가 바닥이란 말이 거짓말처럼 느껴질 정도로 쇼핑객들의 차가 많아서 주차장 진입로에서 한 시간을 서 있어야 했다. 겨우 주차를 하고, 쇼핑몰로 들어갔다.

작은 거실에 놓을 폭이 좁은 소파를 구경하는데 핸드백을 열고 보니 안경을 집에 두고 왔다는 사실에 절망이다. 요즘에는 돋보기를 두고 나오면 아무것도 못하기 때문에 짜증이 솟구쳤다. 어렵사리 일을 좀 보려 했더니 이게 뭔가. 그냥 돌아가 버릴까를 생각하니 답답하고 화가 날 지경이었다. 그런 내게 딸아이가 조용히 말했다.

"엄마, 안 보이는 글씨는 내가 읽어주면 되잖아요."

눈물이 왈칵 나올 것만 같았다. 늘상 그래왔었다. 나는 딸아이를 그저 귀엽고, 내 손 안의 예쁜 아기라 생각하고 주변 지인들한테도 그렇게 말해왔는데, 사실 딸아이는 심청이었다.

내가 딸아이한테 자주 요구하는 포즈 중의 하나가 바로 언덕에 서서 먼 곳을 바라보는 '빨간 머리 앤' 같은 모습이다. 그런데 딸아이는 나라의 독립을 갈망하는 유관순 열사 같은 비장한 포즈를 취하곤 했다.

10월 16일은 런던의 한인학교 개교기념일이었다. 그리고 나는 딸아이의 담임선생님 부탁으로 일일교사를 하러 갔다. 아니, 아이가 원해서 하기로 했다. 종이접기로 상자를 만들고, 컵케이크에 아이싱 슈거로 장식하는 것을 함께했다. 무지 부담스러웠지만 끝났을 때는 하기를 잘했다는 생각이 들었다.

5학년에는 남녀 합반으로 효도반이란 이름의 반이 하나만 있고, 그날에는 남학생 8명, 여학생 8명이 왔다. 사실 토요일이면 월요일부터 금요일까지 영국 학교에서 긴긴 시간을 보낸 아이들은 놀고 싶을 것이다. 게다가 난감한 국어 숙제에다 일기 숙제가 있고, 무슨 말인지 이해도 안 되는 사회과목이 있어도 아이들은 한인학교를 간다. 그것이 내 보기엔 효도다. 그런데 딸아이는 엄마가 학교에 온 것도 좋고, 엄마가 제 친구들과 재미있게 얘기하는 것도 좋아서 어쩔 줄 몰라 했다.

그래, 아이야! 네 뒤에는 엄마가 있다. 월매 같은 이 엄마가 체면이고 부끄러움이고 다 팽개쳐버리고, 소리치며 달려가 안아주고 울어주고 네 편이 되어줄 것이란다.

23 아들의
선물

이번 크리스마스에 아들로부터 받은 물건은 마치 내 생전 처음 받은 선물인양 정말 기분이 묘했다. 나는 선물을 사면서 받을 사람을 생각하면 흐뭇하고 기분이 좋다. 이미 상대가 선물을 받고 나서 내게 돌려줄 반응보다 먼저 기분이 좋아진다. 혼자 들뜨는 것이다.

암튼 이 선물. 나의 취향이나, 나의 기대나, 나의 추측과는 아주 동떨어진 다소 천진하고, 예상보다 화려한 것이었다. 21살의 아들이 본인이 뭔가를 해서 번 돈으로 인터넷 사이트를 뒤져서 엄마를 위해 장만한 선물. 그동안 아들은 늘 뭔가 살 때는 내게 묻곤 했다. 동생 선물, 아빠 선물, 본인의 것도 패션 용품에 대한 구입은 애당초 관심이 없고, 그저 음악 CD나 게임, 책, 정수기, 청소기 등의 본인이 방에서 필요한 물건들이 아들의 쇼핑 품목이었다.

아들은 크리스마스 방학을 맞아 집으로 내려오던 날, 어두운 밤에 분주한 주차장에서 짐 가방을 차에 넣기도 전에 코트 안주머니에서 작은 상자를 꺼내 내게 내밀었다. 그리고는 25일 아침에 열어 보겠다는 엄마의 말에 부랴부랴 포장지로 상자를 감싸서 트리 밑에 두었다. 나는 호기심에 몇 번 몰래 상자를 흔들어 보았지만 처음엔 목걸이인가 싶었다.

마침내 크리스마스 날이 되고, 상자 안에서 나온 브로치를 나는 그날 내내 원피스에 달고 있었다. 그 저녁에 두 가족을 초대해 저녁식사를 함께했는데 엄마가 달고 있는 브로치를 보며 흐뭇해하는 아들의 모습이 너무도 보기 좋았다. 말을 재미있게 할 줄도 모르고, 표현도 많이 서툰 아들은 늘 진지하고, 위태롭게 정의롭다. 행동도 느리고, 요령이라고는 계란찜에 들어가는 소금만큼도 없다. 그래도 아이는 혼자서 기쁘게 산다.

요즈음 난 그 아이 자체를 그냥 받아들여야 한다는 걸 배우고 있다.

24 어딜
보는 걸까?

어느 해 여름, 아들은 집에 두고 공주님만 모시고 시종 부부(?)는 말레이시아의 코타키나발루로 휴가를 떠났었다. 수영과 스쿠버 다이빙 같은 수상 스포츠를 좋아하는 남편 덕에 그 먼먼 나라로 휴가를 떠났다. 죽기 전에 꼭 봐야 한다는 코타키나발루의 석양. 휴가 내내 매일매일 줄기차게 해지는 것을 보았다. 한계효용의 법칙대로 볼수록 점차 감동이 줄었지만 봐도 봐도 좋기는 했다.

해는 시선 끝 하늘에서 점점 아래로 내려가는 듯하다가 어느 순간 수면 밑으로 폭 들어간다. 그러면 그동안 등을 보이고 서 있던 사람들이 돌아서고, 때를 놓친 나는 그들과 마주치는 시선을 황망히 접고 어색한 미소를 살짝 들키며 괜스레 딸아이에게 같은 질문을 던진다.

"멋있지?"

사실 난 석양보다는 딸아이의 뒷모습을 더 보았는지도 모른다. 아이는 긴 머리를 하고 있다. 단 한 번도 짧은 머리 모양을 한 적이 없다. 나는 네댓 살 이후 긴 머리 모양을 한 적이 없고, 사회인이 된 이후로는 짧은 머리 모양을 한 적이 없다. 그리고 딸아이의 머리는 늘 길게 해주었다. 열서넛이 되어 저 혼자 머리를 빗기 전까지 난 딸아이의 머리를 매일 다른 모양, 다른 머리끈, 다른 머리핀에 집착하며 꾸며주곤 했다. 잘 해주고 싶은 마음에 책도 사보고, 다른 사람들의 머리 모양을 유심히 살펴보았고, 잡지에서 머리 모양이 예쁜 소녀들의 사진을 오려놓기도 했다.

요즘 들어 딸아이는 자신의 머리 스타일에 무지 관심이 많다. 자를까 말까, 어느 정도 자를까? 하긴 한국 나이로 18살의 처녀는 공부도 중요하지만 자신의 외모에도 생각이 많은 시기일 테니 말이다.

여기의 또래 아이들은 대체로 긴 머리다. 풀어헤친 머리로 다니거나 휘릭 말아 올려 상투처럼 하고도 다닌다. 학교에서는 하나로 묶기를 권장하지만, 이젠 학년도 높아져서 머리를 굳이 묶지 않아도 제재가 없는 나이가 되었다.

"엄마, 머리카락을 이만큼 자르면 어때?"

"후회 안 할 거 같으면…"

다소 무심한 듯이 답하면, 아이는 요점과 벗어난 질문으로 나를 건드린다.

"엄마는 나한테 관심이 없지?"

어디서 많이 들어본 말이다. 나 역시도 그런 말을 많이도 했다. 특히 남편한테.

스물넷 이후로 짧은 머리를 해본 적이 없는 나는 두서너 달마다 거울 속의 나를 보며 삼십여 년 동안 고민했다.

'이번엔 과감하게 해봐!'

아이는 이제 시작이지만 나는 아마도 죽을 때까지, 자라게 될 내 머리카락 때문에 자고 일어나 거울을 볼 때마다 중얼거릴 것이다.

25 밥상머리 서열

아이들이 크고 나서 심각해진 것이 있다. 바로 밥 같이 먹기. 우리 가족이 한 곳에 모여 밥을 먹는 경우는 손님이 왔을 때다. 그러지 않고는 대체로 모두가 다른 시간에 먹는다. 차려놓고 불러도 오는 사람은 정해져 있다. 다시 차려주지 않는다고 으름장을 놓아도 세 번에 두 번은 자기가 알아서 먹을 거라고 한다. 그러고는 왜 지금 주느냐고 볼멘소리를 한다. 떡국이나 곰탕, 따뜻한 국물의 음식, 때론 붇기 쉬운 면 요리도 예외는 없다.

또 다른 이유는 메뉴에 있다. 좋아하는 것이 다르다. 뭔가를 부지런히 해도 차려놓고 보면 몇 가지 안 되어 보이는 것이 한국 음식이다. 나물은 콩나물만 먹는 아이들, 감자도 남편은 간장조림을, 아들은 얇게 썰어 볶음을, 딸아이는 삶아서 버터에 굴린 것을 선호한다. 그래서 그 중 한 가지만 해놓으면 젓가락 가는 비율이 완전 티가 난다. 나는 젓갈을 좋아하는데 남편은 짜다고 싫어하고, 난 그닥 즐기지 않아서 두어 점이 고작인 회를 남편은 무척 좋아해서 밥도 안 먹고 회만 먹는데, 그것도 와사비만 바르거나 살짝 초고추장을 묻혀서 먹는다. 남편은 찌개를 좋아하고, 아이들은 국을 좋아한다. 된장찌개도 걸쭉하게 감자와 송이버섯을 크게 썰고 두부 넣으면 남편은 맛있다 하고, 아이들은 두부와 팽이버섯, 파만 넣은 미소된장국을 좋아한다.

얼마 전, 집에 놀러온 딸아이의 대모가 우리 집 서열을 알 것 같다고 했다. 1등이 딸, 2등이 나, 3등이 남편, 그리고 마지막이 아들. 여자들이 센 것 같다고 했다. 꽤 오랜 시간 밥 먹고 술 마시고 온 식구들과 윷놀이, 카드놀이를 한 뒤 나온 얘기지만 하나는 알고 둘은 모르는 판단임을 알려주었다.

아들은 유순해 보이고 대체로 나서는 편이 아니다. 딸아이는 명랑하고 밝으며 뭔가 궁금한 것이 많다. 남편은 유쾌하고 다소 장난스러우며 엉뚱하다. 나는 대체로 감상적이며 호불호가 뚜렷하고 무지 소심하다. 겉보기에 그렇다 보니 남들은 우리 가족의 서열을 그렇게 보는 적이 많다.

그러나 나는 그렇게 생각하지 않는다. 하기 싫은 것을 절대 안 하고 사는 사람이 가장 센 사람이라고 생각한다. 아침에 한국에 사는 조카와 통화를 하다가 이런 얘기를 했다. 그러면서 싫어하는 걸 안 하고 사는 사람이 가장 세다면 우리 집에서 누구일 것 같냐고 물었더니 영민한 조카가 답한다.

"가브리엘이네."

맞다. 우리 아들은 하고 싶은 대로 한다. 물론 하고 싶은 걸 못할 때도 있겠으나 하기 싫은 것은 절대 안 한다.

진정한 강자는 자기가 하기 싫은 것을 자기가 안 하고 남이 하게 하는 사람이다. 우리 부부는 머리를 맞대고 걱정한다. 아들이 세상에서 꼭 해야 할 일 중에 본인 싫어하는 일이 없기를.

서열 조정을 한다. 1등 아들, 2등 아빠, 3등 딸, 그리고 4등은 이 집의 타성받이인 나. 내막을 살펴보면 이러할 진데 밖으로 보일 때는 강자로 비춰지는 나와 딸아이는 사뭇 억울할 때도 많다. 하긴 약자니까 그런 오해를 받는 것이 아닌지…

CHAPTER 3

나라는 사람

01 내가 주인공이 되어

오늘 아침, 딸아이는 장래 희망을 또 바꾸었다. 두 달 전부터 친구의 장래 계획을 따라 자기도 경찰관이 되겠다고 했는데, 패션디자이너로 달라졌다. 난 모처럼 아이와 가장 잘 어울릴 듯한 것이라고 생각했다. 하지만 그저 "그러니!" 하고 무심히 반응했다가 아이의 핀잔을 들었다.

"엄마는 내가 그런 말을 하면 크게 감동한 것처럼 해야 하잖아. 딸이 중요한 얘기를 했는데."

무엇이 되겠다는 결심이 몇 살까지 중요한 걸까? 그 무엇이 구체적인 직업의 형태로 나타나 그것이 되고자 노력하는 나이는 언제까지일까? 고등학생일 때 나는 영화에 흠뻑 빠져 있었다. TV로 보는 외화, 그리고 간혹 극장에서 영화를 한 번 보면 그 모든 것을 기억하고자 열렬히 탐닉했다. 스토리 전개뿐만 아니라 배우, 감독, 배경, 소품, 음악, 색채, 의상, 그리고 나름대로 복선을 찾으려고 애쓰고, 모든 걸 뒤져서라도 알아내고자 했다. 기껏해야 잡지나 소박한 신문 기사였지만, 그러나 내겐 귀한 자료였다. 무료한 시간엔 공책 뒷장에 알고 있는 배우의 이름이나 영화 제목 등을 적어보기도 하고, 배우 별로 분류하기도 하고… 참으로 몰래 몰래 그런 시간을 즐겼다.

하지만 영화는 내게는 무엇이 되고 싶다거나 하는 범주에 끼워 넣을 수 없는 그저 무엇이었다. 부모님은 교사나 은행원 같은 직업을 갖거나 결혼을 잘하길 바라셨다. 그래서였는지 모르지만 무엇이 되고자 심하게 애써본 기억이 없는 듯하다. 진정 원하는 것에서 너무 멀리 가게 될까봐 두려워서였는지도 모른다.

몇 년 전, 아는 부인들과 런던에 있는 갤러리 투어를 한 적이 있다. 영국은 가히 미술관과 박물관의 나라인데 일주일에 한 번씩 브리티시 뮤지엄British Museum, 내셔널 갤러리National Gallery, 빅토리아 앤 앨버트 Victoria & Albert, 로열 아카데미 오브 아트Royal Academy of Art, 코톨드 인스티튜트 갤러리Courtauld Institute Gallery, 헤이워드 갤러리Hayward Gallery, 월리스 컬렉션Wallace Collection, 내셔널 포트레이트 갤러리National Portrait Gallery, 덜위치 픽처 갤러리Dulwich Picture Gallery, 테이트 모던Tate Modern, 테이트 브리튼Tate Britain 등을 찾아다니며 고급 문화의 냄새를 맡아보고자 공부란 걸 했다.

그런데 바로 유명한 설탕회사의 이름이 붙은 테이트 브리튼 갤러리에서 결코 잊을 수 없는 한 인물을 만났다. 아니 보게 되었다. 피터 오툴Peter O'Toole, 내가 가장 좋아하는 영화 〈아라비아의 로렌스〉의 주인 공을 만난 것이다.

데이비드 린David Lean 감독이 만든 이 영화는 그가 얼마나 탁월하고 완벽한 영화감독인가를 보여준다고 생각한다. 〈닥터 지바고〉〈라이언 의 처녀〉〈콰이 강의 다리〉〈위대한 유산〉〈인도로 가는 길〉 등 제목만 들어도 그가 만든 영화의 세계는 고품격이다. 〈아라비아의 로렌스〉를 미국의 영화감독 스티븐 스필버그Steven Spielberg는 스물일곱 번을 보았 다는데 나는 일곱 번을 보았다.

내가 피터 오툴의 영화를 마지막으로 본 것은 청의 마지막 황제 푸 이를 영화화한 〈마지막 황제〉에서 영국인 개인교사로 나왔을 때였다. 그 이후 〈트로이〉에서 다시 나왔다지만 보지 못했다. 그를, 그 피터 오 툴을 전시실에서 맞닥뜨린 것이다.

얼핏 보기에 그는 세련된 영국 노인이었다. 그러나 내가 누군가. 자 세히 보니 스웨이드 가죽 구두에 연베이지색 잔무늬가 들어간 모직 재 킷, 그 안에 스카프와 옅은 갈색의 셔츠, 우아하게 반듯한 등, 부드럽 게 웨이브진 머리카락, 그리고 무엇보다 예사롭지 않은 그 눈매를 어 찌 모를 수 있겠는가. 동행한 일행에게 나의 감격을 전하고자 애를 썼 지만 그저 그러냐는 담담한 반응에 맥이 풀려서 사인조차 받지 못했 다. 사실 그럴 만한 용기도 부족했다. 상기된 동양 여자가 사인을 해 달라고 하면 그가 어찌 나왔을지 지금 생각하면 아찔하다.

내 나이의 두 배는 됨직한 그 배우를 보면서 삼십여 년 감춰두었던 영화에 대한 나의 관심과 동경이 휘저어져 뿌옇게 떠올라오는 것만 같았다. 그러나 부담스럽지 않은 흥분, 즐길 만한 감동, 그런 것이었다. 무엇이 되겠단 계획은 나이에 관계가 없다고 해도 기꺼이 지금의 내 생활을 포기할 만큼 절실한 것은 없다. 사람들은 직업에서 은퇴를 한다. 그렇다면 그 무엇을 그만둔다는 것일까?

02 한 장의
카드

새해가 되면 새 다이어리를 장만하고, 작년까지 쓰던 주소록을 옮겨 적으면서 내 자신의 사회생활을 확인한다. 전화번호를 적고 주소를 적고 생일 등을 옮겨 적으면서 무수한 일들로 엮어질 365일을 그려 본다.

영국에 와서 살면서 전보다 저렴해진 국제전화나 이메일 등의 다양한 인사 방법이 생겨났음에도 나는 편지나 카드를 보내는 것이 좀 더 마음이 충분히 따라가 주는 것 같아서 되도록 '진지한' 애정표현은 아날로그 방식을 따르는 편이다.

전화는 목소리를 들으면 공간을 뛰어넘어 생생하고 기쁘지만, 언제 얘기를 끊어야 할지 대책이 안 서는 풍부한 EQ의 소유자인 나는 번번이 초조하다. 상대에 따라 다르긴 해도 수화기를 내려놓을 때도 내가 먼저 그렇게 하기도 싫고, 상대방이 목소리를 거두어 가도 살짝 슬프다. 그래서 편지나 카드는 내겐 더없이 소중한 전달수단이다.

때문인지 시간이 남아 심심하면 문구나 책, 잡지, 다양한 카드를 파는 가게에 가곤 한다. 카드나 잡지는 사고 나서도 후회하지 않는 물건들이기 때문이다. 특히 온갖 카드를 파는 코너는 내겐 최고의 장소라 할 수 있다. 딱히 용건이 있는 카드를 사겠다고 작정하지 않아도 카드를 보면 그리운 사람들이 떠오르고, 구경을 하면 외롭지도 쓸쓸하지도 않다.

아이 친구들의 생일 카드도 미리 사고, 고마운 마음을 수시로 전할 감사 카드도 사고, 기념일 카드, 이사 간 이들을 위한 카드 등을 골라 본다. 많은 관계, 많은 사연들이 거기에 있었다. 생일 카드 코너 하나만 해도 나이별로, 그리고 대상별로 아내, 남편, 딸, 아들, 할머니, 할아버지, 이모(고모), 삼촌, 며느리, 사위, 남자 친구, 여자 친구, 형제, 자매, 사촌, 여자 조카, 남자 조카… 어찌 그리 자상하게 챙기고 있는지 놀라웠다.

무수한 약혼, 결혼, 결혼기념일도 부부가 서로에게, 다른 이가 기념일을 맞은 이에게, 또 햇수별로, 아기 탄생 축하(쌍둥이 탄생에 대한 것도), 세례, 첫 영성체, 견진, 병문안, 조문, 은퇴, 새 직업에 대한 굿럭 Good luck(행운을 비는), 시험을 잘 보라는 격려, 시험 합격을 축하, 운전면허시험에 대한 것, 새 집으로의 이사에 대한 것, 이별에 대한 아쉬움이 담긴 카드와 부활절 카드, 성탄 카드, 어머니날, 아버지날, 밸런타인데이, 세인트 패트릭스 데이St. Paticks Day까지 들춰낼수록 세상사의 모든 날들이 거기에 있다.

그 안에서 참으로 최고의 카드를 한 장 발견했다. 비레이티드 Belated(늦어진…, 어쩌다보니…. 이건 내 생각이다)란 카드였다. 생일을 잊고 늦게 카드를 보내게 되어 미안하다는 카드다. 뒤늦게라도 카드를 보낼 만큼 각별한 사이임에도 까맣게든 하얗게든 잊어서 챙기지 못한 것에 대한 미안함과 불편한 마음을 조금이나마 덜어주는 멋진 카드. 내 눈에 그리고 내 머리에는 그런 카드가 멋지게 보이니 난 가슴이 따뜻하다 못해 펄펄 끓는 사람인가 보다.

사노라면 때를 놓쳐 버린 말들이 있다. "보고 싶다", "미안하다", "좋아한다", "사랑한다", "축하한다", "너를 믿는다", "기다렸다" … 그래서 지나쳐간 내 마음의 빚에 대한 갚음처럼 그 카드를 샀다. 꼼꼼히 마음을 적으려면 턱없이 모자랄 것 같은 크기지만 보내고 나서 조금쯤 편해지고 싶은 염원이 있기에 딱히 우선순위 없이 떠오르는 누군가를 위해서 말이다.

받는 이가 내 마음을 다 읽어 줄지는 모르지만 그저 조금이라도 알아줬으면 하는 나의 속내를, 들키고 싶다.

03 미움에
대하여

천주교 신자들은 일 년에 두 번 이상은 고백성사를 해야 한다. 고백할 죄라는 것을 꼭 부활절을 즈음한 봄과, 성탄절을 즈음한 겨울에 저지르는 것은 아니지만 말이다. 그리고 털어놓고 나서 잠시 사면이라도 된 듯이 떳떳하기도 하다. 고백성사의 끝부분에는 '그밖에 알아내지 못한 죄에 대해서도 용서해주시고' 하는 구절이 있다. 참으로 그 분은 지혜롭고 융통성이 있는 분이시구나 싶다. 어떤 이들은 사실 '그밖에 알아내고 싶지 않은 죄'인 경우가 더 많을 수도 있다.

또 죄라 칭하는 구체적 잘못에 대해서 써놓은 친절한 안내문, 그러니까 성찰문을 읽으면 삶 자체가 바로 죄의 파노라마다. 보통 범죄에는 그 가벼움과 무거움이 있듯이 고백자는 이 정도는 가볍게 넘어가주실 거라고 믿어 의심치 않는 잘못들이 있다.

사람들은 누군가를 미워한다. 보통 그럴 수도 있다고 생각하고, 더러는 그 원인을 자신에게서 찾기보다는 상대에게서 찾으려 한다. 같은 맥락에서 누굴 미워하는 건 쉽고, 자신이 누군가로부터 미움을 받는 건 못견뎌한다. 미워한다는 것을 자세히 들여다보면 그 안에는 사랑이 있다. 한 쪽 자락을 끌어당기면 그 끝에는 무시당한 사랑이 있고, 버림받은 사랑이 있고, 받고 싶은 관심이 있다.

'주는 것 없이 밉다'란 말이 있다. 그럴 듯한 말 같지만 앞뒤가 성글기 그지없는 표현이라 생각한다. 사람을 미워하는 것은 그 사람을 죽이는 것과 같다고 천주교에선 말한다. 그렇게 따지면 우리는 매일 전문 킬러처럼 가책 없이 누군가를 죽이며 살아가고 있는지도 모른다. 쉽게 미워하고(죽이고), 느끼지 못하며 미워하고(죽이고), 무리에 동참하여 많은 사람들과 손뼉치고 웃으며 미워한다(죽인다).

그런데 그 미워한다는 감정에 대해 가졌던 부정적 시각에서 조금쯤 너그러워졌다. 그보다 더 높은 경지의 무엇이 있음을 알게 되었기 때문이다. 무관심, 그게 아주 잔인한 인간의 습성 중에 하나임을 경험했다. 좋아서 펄펄 뛰고, 미워서 펄펄 뛰는 건 무관심에 비하면 참으로 순수한 것이다. 나란 사람도 문득 돌아보면 어떤 행동이든 사건이든 사물이든, 심지어 사람에 대해서도 그리 하더란 것이다.

방글라데시에서 홍수가 나서 수천 명이 죽고 다쳤다는데 거긴 원래 그렇더라 하기도 하고, 집단 식중독이 났다고 하는데 내 그럴 줄 알았어 하는 마음이 들다가도 후욱 거기까지로 멈추고, 미담 기사에는 "그런 얘기 한둘쯤 나올 때가 되었지, 이즈음엔" 하는 식으로 보이지도 들리지도 않게 되는 것이다. 마음을 휙 하고 통과하는데 아무것도 도통 걸리는 게 없다.

그래서인지 사람들은 스스로 편안하고자 에너지를 쓰게 되는 미움보다는 실제로는 더 나쁘게 될 수도 있는 무관심 쪽으로 마음의 무게를 옮겨 놓는다. 그리고 모든 관계가 딱딱해져 가는 걸 본다. 난 투명 인간이 되느니 미움 받는 게 나은 거라 말하게 될까 겁이 난다.

04 안씨安家네 비밀

거의 매일 세탁기를 돌리지만 참으로 불가사의한 몇 가지가 있다. 다 마른 세탁물을 정리하다 보면 꼭 남는 양말 한 짝이 있다. 홀로 남아 가련히 버려진 양말 한 짝은 며칠 후에 짝을 만나기도 하지만, 절기가 지나고 해가 바뀌어도 돌아오지 않는 한 짝 때문에 장 한 켠에는 몇 개의 한 짝들이 모여 서로를 위로하고 있다. 그래서 내가 내린 결론, 세탁기 안에서 한 짝이 맘에 안 드는 제 모습을 닮은 다른 녀석을 잡아먹는다는 것이다. 빈 세탁조를 꼼꼼히 들여다본 적도 있지만 그 안에서 사라질 만한 구멍은 없다.

그런 일이 비단 이 경우만은 아니다. 전화통화 중에 뭔가를 받아 적으려 해본 적이 있는 사람이라면 알겠지만 '잠깐만요' 하고 뭔가 쓸 것을 찾으면 볼펜들은 순간 해리포터의 투명 담요를 뒤집어쓴 양 도무지 보이지 않는다. 마찬가지로 TV를 보는 중에 리모컨이 사라지고, 돈

보기는 뭔가를 읽으려 찾으면 도무지 사방 2m 안에서 사라져 버린다. 쇼핑 리스트를 찬찬히 적고는 시장 가방까지 챙겨 의기양양 나선 경우 모처럼 바퀴가 멀쩡한 카트를 찾아서 남들처럼 쇼핑 리스트를 카트 손잡이에 있는 집게에 꽂으려 하면, 냉장고에 그 리스트를 얌전히 붙여놓고 왔다는 사실에 아연해지곤 한다.

냉동고 얼음만 해도 그렇다. 그득그득 서랍을 열 때마다 넘쳐 떨어질 것 같던 얼음은 손님이 왔을 때는 텅 비어 있다. 또 크지도 않은 핸드백에 넣어둔 휴대폰은 도무지 벨소리가 끝날 때까지 손에 잡히지 않는다. 아이들은 잘 정리해 놓은 옷장에서 꼭 맨 밑에 있는 옷을 꺼내 입으려 하고, 월요일 새 흰 블라우스를 입고 간 날 딸아이 학교에선 스파게티를 점심으로 내놓고, 아이는 "우웁스!Oops!(일종의 의성어로 실수나 작은 사고 등을 일으켰을 때의 당황함을 나타낸다)" 하고는 제대로 얼룩을 만들어온다.

뿐만 아니라 뭔가가 가득 차 있는 듯한 냉장고, 하지만 냉동고를 여는 순간 꼭 저녁에 해먹을 반찬거리는 떠오르지 않고, 화장실 휴지를 바꾸어 끼우려다 변기 안으로 새 롤 휴지가 그야말로 사뿐히 떨어져 푸욱 젖어버릴 때 물론 세상이 끝장나는 건 아니지만 무지 약이 오르고, 나도 모르게 "앗!" 소리가 나와서 이를 본 남편이 자기 딴엔 위로라고 비치 보이스Beach boys의 'Don't worry, be happy(걱정하지 마, 행복해져)'를 읊조리면 그동안 쌓인 자잘한 짜증이 확 불거지고 정말 성격이 망가진 사람처럼 문을 쾅 닫고 방으로 가서 잠을 청해 보는데, 그럴 때 내가 제일로 좋아하는 사람의 전화가 걸려온다.

부엌용품 중에는 애물이 두 종류 있다. 그저 호기심으로 샀다가 보배 같은 것이 있고, 어떤 것은 그야말로 서랍을 열 때마다 이걸 왜 샀나 싶다가도 버리지 못하는 것이 있다.

우선, 스크램블 에그를 할 때 프라이팬을 긁지 않으려고 샀던 나무 위스커는 내겐 보배다. 매니큐어가 벗겨지지 않게 하는 쌀 씻는 애장 도구이다. 그런가 하면 새 모양의 도구는 비닐포장을 벗길 때 칼집 비슷한 것을 먼저 내서 쉽게 벗길 수 있게 하는 것이라고 하는데, 도구를 찾기 전에 확 뜯는 버릇이 몸에 익어 전혀 쓸 일이 없다. 티백 짜는 스퀴저, 이것 역시 쓴 기억은 없다. 이것은 큰 고양이 구멍, 작은 고양이 구멍을 각각 뚫어야 한다고 논리적으로 생각하는 아인슈타인에게나 필요하지 싶다. 그리고 굴을 까느라 쌍둥이 칼의 끝부분을 무참히 구부러뜨린 많은 주부들에게 얼른 알려주고 싶은 도구가 있다. 절대 칼로 굴을 까려고 하지 말고 굴 까는 칼을 사시라. 빈도수는 적어도 제몫을 하는 녀석이다.

05　150살까지
　　　사는 법

"난 젊어, 튼튼하고 강하며 아름답고, 자신감이 최고야!" 하고 외쳐
본 적이 있었나 돌아보지만 마땅히 그래야 했던 젊은 시절도 퍽 건강
하지 못했다. 어르신들이 좋은 시절이라고 하는 얘기를 귓등으로 듣다
가 어느 때부터인가 "젊어보이시네요" 소리에 안도하는 때가 되었고,
이미 오도 가도 못하게 팍 나이가 들어버렸다. 이러다가 고령화의 두
터운 층에 일조를 하겠구나 그런 느낌이다.

　나이를 먹는다는 것은 자신을 어느 상태까지 스스로를 괜찮은 것
같다고 봐주는 것이라고 생각한다. 마음속으로는 내게 잘 어울릴 것
같은 옷을 막상 입고는 거울에 비친 자신을 보면서 이건 아니다 싶어
지면 낙담한다. "이건 가짜다!" 소리친다. 속으로 말이다. 화가 나기보
다는 풀이 죽고 슬퍼진다. 나이는 숫자일 뿐이라고 하는 건 가당치 않
은 걸 떠넘기며 옷이나 팔아먹자는 장사꾼의 수작이라고 생각하게 되

었다.

지난 200년 동안 인간의 평균수명이 두 배로 늘어났고 머지않아 150살까지 산다는 말에는 "세상에!" 하는 첫마디와 더불어 지겹겠다는 생각이 든다. 무슨 신화에서처럼 영원한 생명을 얻었는데 단서를 붙이지 않아서 늙은 노파의 모습으로 영원히 사는 저주를 받는 것처럼 스스로 절대 탐탁지 않은 노인의 모습으로 칠팔십 년을 산다면 과연 기쁠까 싶다. 물론 느닷없는 질병과 사고를 비켜나간 경우의 얘기지만, 건강하게 오래 사는 10가지 방법을 읽어보면서 내게 O, X를 매겨봤다.

첫째, 규칙적인 운동(일주일에 3회 이상, 30분 이상) – 노동을 운동이라고 생각하고 운동을 노동처럼 생각하는 나는 처음부터 X.

둘째, 약간의 스트레스 – 예방주사 같은 거란 얘기인데 자연 회복 메커니즘을 활성화하는 건 분명 개인차가 있다. 성격이 스트레스에 철벽인 사람이 있고, 살랑하고 부는 스트레스 바람에도 자빠지는 사람이 있다. 난 세모다.

셋째, 좋은 지역에 살기 – 이건 대충 O이다. 체질적으로 풍토병이다 뭐다 해도 내겐 이곳이 겹게 좋은 환경이니 불평하면 죄받는다고 본다.

넷째, 성공하기 – 재산, 기회, 성공, 높은 교육 정도가 오래 살게 하는 힘이 된다고 하는데, 왜 아니겠는가? 이룬 것을 즐기며 오래 살고 싶은 거야 당연하니까. 그러나 어느 정도가 만족할 만한 성공일까?

다섯째, 건강에 좋은 음식 먹기 - 〈전망 좋은 방〉이란 영화가 뜬금없이 떠올랐다. 건강에는 무지 좋은데 맛은 무지 안 좋은, 맛은 기막힌데 건강에는 딱 나쁜 그런 음식이란 것이 있으니 말이다. 기사에는 시금치나 브로콜리 같은 항산화 성분과 베타카로틴이 풍부한 식품이 노화를 지연시킨다고 했는데, 어렵다.

여섯째, 자기 자신에게 도전하기 - 정신 건강이 신체 건강을 이끈다는 아주 좋은 얘기이다. 뇌가 자극을 적당히 받으면 면역체계가 강화되고 우울증, 치매를 조금 멀리 둘 수 있다는데 그 때문은 아니지만 수도쿠sudoku를 시도했는데 좌절이 심해서 그만두었고, 컴퓨터는 외국어를 새로 배우는 것 같기만 했다. 마땅한 걸 조만간 찾아야겠다. O이다.

일곱째, 생활을 즐기기 - 좋은 인간관계가 장수의 비결이라는데 내가 누군가를 참아주거나 누군가 나를 참아주는 걸 잘 조화롭게 유지시켜 갈 수 있다면 가능하다고 생각한다. 그리고 초콜릿, 포도주, 웃음이 장수약이라고 한다. 재난성 영화를 멀리하기 시작한지 꽤 오래 되었는데 꿈에라도 그런 일에 엮이고 싶지 않은 소심증, 노인증 때문이었나 되짚어본다.

여덟째, 신 혹은 친구를 찾기 - 종교를 가진 사람이 무신론자보다 7년을 더 산단다. 오래 살기 싫으면 종교를 버린다. 글쎄, 아니 난 그냥 7년을 더 살겠다. O이다. 사후보다 지금 벌써 많은 위로가 되기 때문이다.

아홉째, 식사량 줄이기 - 섭취량의 10%에서 60%까지 줄이면 대사

작용을 낮춰서 오래 산다고 한다. 내게 모처럼 가능한 얘기지만 굶주려 죽는 사람들이 있는 이 지구에서 이건 좀 사치다.

열 번째, 정기적으로 건강 점검하기 - 빙고! 당연한 얘기.

그리고 이 10번째는 바로 의학계에서 나온 얘기일 거라고 생각하니 슬금슬금 웃음이 비집고 나온다. 앞의 아홉 가지를 다 실천하면 병원 갈 일이 별로 없겠지만 그래도 건강검진을 받으시란 얘기다. 난 정말 오래 사는 것에 관심이 없을까? 어쩌면 지지부진이 겁이 나서 그런 걸지도 모른다. 자신의 존재감이 미약해서 모두에게 묻어가는 것이 미안한 거라고 고백한다.

06 네모^{Square}

아침 7시 50분이 목표지만 대체로 58분이고 때때로 운 좋게 55분에 집에서 차를 출발한다. 딸아이 학교까지는 그때그때 다르지만 15분 정도 걸린다. 한 번 신호에 걸리면 가는 길에 있는 일곱 번의 신호등마다 죄다 걸리고, 횡재다 싶게 맞아 떨어지면 일사천리로 달려간다.

딸아이와 아침 등굣길에는 몇 가지 의식이 있다. 우선, 가져갈 것을 챙겼냐는 잔소리와 하루 시작 기도, 도로 사정이 어떤가 눈치 보기, 아이는 차에서 머리를 빗고, 그리고는 하교시간에 어디서 만날 건가 확인하고, 지나는 사람들에 대한 얘기, 요즘 학교에서 있는 일들 얘기, 문득문득 나의 탐색을 감춘 질문들…

아이가 차에서 내려 학교 문으로 걸어가는 뒷모습을 보면서 내가 한 얘기들을 다시 되짚어 보면서 후회도 하고, 혼자 웃기도 한다. 여덟

시간에서 열 시간 가까운 시간을 떨어져 있다가 하교시간에 학교 앞에서 만나 딸아이가 하는 첫마디는 거의 같다.

"엄마, 나 보고 싶었어?"

중학교 2학년짜리인데도 그리 물어주는 아이가 나는 너무도 좋다. 나의 대답도 늘 비슷하다.

"미치는 줄 알았다."이거나 "내일부터는 학교에 가지 마라."

우리는 누가 보면 토할 수도 있는 대화를 하면서 좋다고 웃으며 집으로 향한다. 한 가지 더, 아이는 그 다음에 꼭 묻는다.

"오늘 저녁 메뉴는 뭐예요?"

그러면 나는 "굶자"라고 하고, 남편은 지치지 않고 언제나 똑같이 "개구리 반찬"이라고 답을 한다.

오늘 아침에는 뭔가 시험에 대한 얘기를 하다가 내가 황당하기 그지없는 대답을 평소처럼 했는데, 딸아이가 막 웃으며 "난 엄마가 스퀘어 Square(네모. 관습적이고 구식의 사고방식을 가진 사람을 지칭하는 속어)가 아니라서 좋아" 하는 것이었다.

'네모라니, 내가 요즘 좀 후덕해지긴 했지만 그렇다고 네모라고?'

딸아이가 하는 말을 바로 이해 못했다는 사실에 여기 영국에서 사는 내 실상이 이토록 허술하구나 싶은 생각이 들었다.

생존을 위한 말은 대화가 아니다. 그저 저급의 소통이다. 여기 사람들과 속말을 나누거나 이해를 받거나 때로는 비밀을 공유하려면 노력도 있어야 하고, 감각적으로 즐길 줄 알아야 한다는 걸 번번이 느낀다. 당황하지 말고 재미있어 해야 소위 어휘가 늘게 된다.

실상은 그 어느 정도란 것이 아주 요원해서 그저 과묵히 사는 것이 평지풍파를 없애는 길이라고 늘 내게 스스로 충고한다. 그런데 내가 적시에 바로 답을 하지는 못할 때도 많지만, 다른 사람들이 하는 건 퍽 재미있어 하니 아주 조금은 기대를 걸어볼까 할 때도 있다. 돌려 말하기의 달인들인 영국 사람들, 어렵게 말해서 완곡어법의 추종자들! 그들은 태생적으로 완곡어 사용자들이다.

나는 내가 소심하다고 직설적으로 말하기보다는 "뭔가 평균적 소양에서 혈액형 O형 기질이 부족해서"라고 구구하게 말할 때가 많다. 특히 서먹할 때 그런 짓을 많이 해서 좀 피곤한 사람으로 보일 때도 있다.

요즘은 영국 드라마를 거의 보지 않는다. TV와 그리 친하지 않은데 그나마도 완성도 높은 한국 드라마 한두 편을 신경 써서 보는 것도 쉬운 일이 아니라서 일주일에 서너 시간 영국 프로 보는 것이 전부이다. TV 시청이 내겐 학습이 될 수도 있는데 말이다. 주로 미국 수사물이나 영국 옛날 코미디물 한두 개, 잡지에서 말하는 굉장하다는 다큐멘터리 한두 개 정도. 그러다 보니 알았던 표현도 가물가물하다. 쓰는 말은 한정되고. 어디에서고 어떻게 내게 오는 자극에 잘 반응하며 살아야 발전이 있을 텐데 하면서 다시 반성문 한 편을 써본다.

07 함무라비
법전

예년보다 아주 늦게 성탄 카드를 쓰기 시작했다. 이젠 카드조차 보내기가 멀어진 사람들이 떠오른다. 보고 싶고 고마웠던 사람들을 떠올리다가, 이젠 참으로 억울하게 힘들어진 사람들이 있음에 문득 모든 것이 부질없는 것이 아닐까 하는 마음이 들었다. 내가 좋아했고, 잘하려 했고, 나름 잘했다고 믿었던 이들. 사랑이 미움과 아주 가까이 있었음을 알게 해준 사람들이 울컥 목구멍에서 덩어리로 꽉 막혀온다.

몇 년 전, 어느 신부님의 강론 중에 '복수와 증오'란 대목이 있었다. 누가 내게 어떠하게 부당히 했을 때 바로 똑같이 갚으면 복수요, 넌 그리 했지만 난 그렇게 하지 않는다는 조금은 뒤틀린 마음으로 억지로 잘하는 척하는 것은 증오라고 했다. 복수는 상대방을 해치지만, 증오는 두 사람 모두를 해치는 것이다, 뭐 그런 내용이었다. '그렇다면 나는 증오의 화신인가' 그런 자책을 했었다. 참는다는 것과는 아주 다른 얘기로 좋은 척, 아무렇지 않은 척 하면서 나 또한 병들고 있었단 얘기다.

피부병을 앓기 시작한 5년 전부터 주변의 사람들이 간혹 위로처럼 그런 말을 했었다. 피부로, 그러니까 겉으로 나오기에 망정이지 이것이 안으로 들어가면 암이 되지 않았겠느냐는 말을 들을 때마다 그 둘이 뭐가 다르다는 건지, 내가 그 말에 위안을 얻었다고 생각하는 건지 알 수 없었다. 그렇다면 나는 도대체 무슨 독을 그리도 품고 있기에 이리 징그럽게 오래도록 힘겨운 것인지 부끄럽기만 하다.

중학생 때 함무라비 법전이란 걸 배웠다. 세계 최초의 성문법이다. 외워둬라 시험에 꼭 나온다, 그런 얘기를 들으며 배웠던 그 법전의 내용은 아주 살벌했지만 아주 친근하기도 했다. '눈에는 눈, 이에는 이!' 그렇게 처벌 받는다는 일종의 보복법이다. 아주 오래 전 사람들이 만든 가해자와 피해자에 관한, 그리고 한편으로는 제3자의 입장에서 퍽 논리적이지만 무책임한 처결이란 생각이 든다. 결국 힘든 건 당사자들이고, 주변은 그저 관전일 뿐이다.

아주 더 오래 살게 되면 나는 지금과는 다른 생각이 떠오를지도 모른다. 아니 누굴 상처 주고 상처 받고 그런 것에 아주 초연해질 거란 생각도 든다. 얘기를 하다 보니 은혜는 갚고 원수는 잊는다, 그런 얘기도 떠오르는데 실제로 살다보면 은혜는 희미해지고 원수는 문신처럼 파고든다. 내겐 선택적 기억 능력이 없이 뭐든지 기억하니까.

이맘때쯤이면 은혜를 잊지 않으려고, 사랑해줘서 고맙고, 알아줘서 고맙고, 날 기억해줘서 고마운 사람들에게 카드 한 장을 보낸다. 물론 한 장의 카드로는 절대 해결되지 않는다 해도 내게 독이 되는 증오의 어둠 속에 있으나 때론 기특하기도 한 나를 기억해주는 사람들을 위해 스스로 격려하는 차원에서 인사를 보내며 연말을 정리한다.

오늘 저녁에는 딸아이 학교의 크리스마스 캐럴 서비스를 다녀왔다. 방학을 한 아들까지 데리고 갔다. 한 시간 남짓 소녀들의 노래와 기도를 듣고 기분 좋게 돌아오고 있었다. 차 안에서 딸아이는 노래를 부르고, 조용히 하라는 오빠의 말을 대강 흘려듣는다. 6살이나 차이가 나는 데도 아들은 동생의 어린 짓에 발끈 신경질을 부린다.

심상치 않은 분위기는 아들이 노래 부르는 동생의 입을 손으로 막는 물리적 행동으로 이어지고, 딸아이는 아빠와 엄마의 자신에 대한 애정도를 과시하느라 더 심하게 반응하고, 그만하라는 남편의 말에 딸아이가 징징거리고, 남편은 아들에게 언제나처럼 "다 큰 애가 왜 그러냐"며 한 소리를 하고. 그 와중에 난 내가 생각해도 편안하게 이렇게 말했다.

"너도 오빠가 노래하면 입을 막으렴."

거침없이 함무라비 법을 적용한 거다. 그리고 나서 뒷좌석은 사뭇 아수라장이 되었다. 몇 년이 지나면 절대 구경 못할 두 아이의 행동들이라서 내버려두었다. 다행히 심각한 상황 전에 우리는 집에 도착했다.

오죽하면 그런 법이 나왔을까. 물론 함무라비 법이 좋은 법이었다는 얘기는 없다. 그저 최초의 성문법일 뿐.

08 컴 앤 고 관계|Come and Go Relationship

영국에서 좀 살았다고 해서 하는 얘기가 아니라 한국에 사는 지인들도 비슷한 얘기를 하는데, 어떤 단어들은 한국말보다 영어식 표현이 더 와 닿을 때가 있다. 물론 주변의 "한 삼십 년쯤 살다 보니" 하시는 분들 앞에서 내 입에서 맴돌며 딱히 나오지 못하는 한국말 때문에 당황될 때도 있고, 반대로 한국말을 영어로 옮기면서 이게 맞을까 싶은 단어도 있다.

친구와 아는 사람의 기준은 어디일까? 또 이웃이란 단어와 옆집 사람이란 말은 비슷하긴 해도 네이버Neighbour와 넥스트 도어Next door로 그 말은 엄연히 다른 식으로 쓰이고, 확연히 구별되는 이미지를 가지고 있다. 원수같이 지내는 옆집 사람을 이웃이라고는 하지 않지만, 이웃이라는 상식적 카테고리에 물리적으로 옆집은 포함된다.

어쩌다가 외국 친구에게 누군가를 소개할 때 특히나 한국 사람을 소개할 때 딱히 맞을 만한 호칭이 없어 난감할 때가 있다. 나보다 연배가 꽤 위이거나 아주 아래가 될 때도 마치 다방에 가서 주문 받는 사람을 쳐다보며 습관적으로 '커피' 하는 것처럼 어느 정도는 무의식적으로 끌어다 대는 말이 프렌드Friend이다.

선배이거나 다소 편치 않고 어려운 사이의 누군가일 경우 끌어다 쓰는 '친구'란 표현이 아주 자신을 싹수없게 보이진 않을까 싶기도 하고, 아이들 친구의 부모님처럼 어떤 모임에서 알게 되어 아직은 말을 가려서 하고, 만나는 장소와 시간에 심히 신경을 써야 하며, 나이가 정확히 어찌되는지 확인이 안 된 정도의 사람을 "프렌드나 친구"라고 소개하게 되면 살짝 어색한 미소로 양쪽에 양해를 구하게 된다.

여기 영국 사람들처럼 이름을 말해주고 그 사람에 대한 소개가 끝났다고 하는 일반적 관례는 한국인들과 일상에서는 오해를 가져올 수도 있다.

'컴 앤 고 관계Come and go relationship(그렇고 그런 아쉬운 것 없는 사이)'란 만나지 않은 시간이 꽤 지난 후에 서로 눈인사조차 하지 않더라도 아무렇지 않거나, 지나치면서 날 기억하지 못할 거라는 생각을 10초 미만으로 하는 사이라고 할 수 있다.

그렇지만 어떤 경우에는 만남의 길고 짧음을 넘어 내 자신을 스스로 홍보하는 화제로 자연스레 내어놓게 하는 사람들이 있다. 상대 역시 거침없이 스스로를 보여주고, 놀 때도, 일 할 때도, 즐겁거나 힘들 때도 같이 좀 하자는 태도가 우러나오면 이럴 때는 바로 통하는 사이로 발전하게 된다. 이 경우가 바로 프렌드이다.

마음 속 장부에 보석처럼 담기는 사람을 만나면 그저 친구란 표현으로는 성이 차지 않는다. 딸아이와 이런저런 애기를 나누다가 그런 친구를 넌 어떻게 부르냐고 했더니 멋진 대답을 해주었다.

"BFFLBest friend for life(베스트 프랜드 포 라이프; 인생 친구)"

한글로 번역을 하기도 아깝다는 감흥이 밀려왔다.

내게 떠오르는 BFFL, 그리고 나도 누군가의 BFFL이 될 수 있을까.

09 엄친아(엄마친구아들)와
아친엄(아들친구엄마)

아이들 세상에서 엄친아는 공공의 적으로 딱 맞춤자리라 하겠다. 왜 그리 부모님의 주변에는 잘 나가는 아들이나 딸이 수두룩하게 포진하고 있는지 참으로 야속할 때가 많으리라. 엄친아들은 착하고 공부도 잘하고, 인기도 많고, 못하는 운동도 없고, 게다가 운도 좋은 것 같으니 세상은 제대로 불공평이구나 싶지 않겠는가 말이다.

한편, 내가 보기에 우리 아들과 딸아이의 친구 엄마 아빠들은 어찌 그리 능력이 출중한지 태어날 때 보석 박힌 백금 수저를 물고 나온 정도를 넘어 외모들도 늘씬 장대하고, '아' 소리와 더불어 고개가 절로 숙여지게 좋은 직업에 그 많은 아이들한테(부자들은 애들도 많다) 절대 화를 내지 않는 너그럽고 인자한 성품이다.

우리 아이들은 거짓말을 하지 않는다고 믿고 싶은 나는, 감당 못할 나의 무능으로 너무 아프다. 뗐거든 시지나 말라고 했거늘 인격적으로 내 자신을 진단해도 미성숙에 의지박약, 능력적으로 보자니 노력은 하되 그러니까 최선은 다하지만 최고는 못 되는 것이 자명하고, 매달릴 만한 구석이란 것이 순진하게 사랑만을 주는 것인데 이 역시 일관성을 잃을 때가 대부분이다. 그러니 우리 아이들이 부모인 나를 존경할 것인지 영 자신이 없다. 부모는 사랑 받는 대상인가, 존경 받는 대상인가? 그 부분에서 부모는 못해준 것이 너무 많다 생각하고, 자식의 입장에서는 뭘 받은 게 있는지를 생각하는 듯하다.

이곳 교민 가정들이 한국적 잣대로 평가되는 시기가 있다. 바로 자녀들이 대학에 진학할 때이다. 영국에 오래 살았다면서 그 좋다는 옥스퍼드, 케임브리지에 자녀를 보내지 못하면 조금은 안일하게 자녀교육을 시킨 것으로 보여지기에 부모는 먼저 주눅이 든다. 남들은 일부러 유학도 시킨다는데 하는 시선을 부모들 스스로 자신들에게 쏘아대고 쓰라려 한다.

자녀들은 그런 부분에 대해서 민감해 하는 부모를 속물적이라고 운운 하지만, 내 아이가 머리가 나쁘다는 남들의 평가보다는 부모인 내가 안일했다는 자책이 참을 만하기 때문일지도 모른다. 살짝 우울하지만 '부모가 자식의 반 팔자'란 논리가 자리매김을 하게 되었던 생각이 든다.

내가 안 해준 것이 뭐냐고 따지는 부모와 나한테 뭘 해줬냐고 대드는 자식의 그림은 우리 모두 '어머!, 어머!' 하면서 아침 드라마에서나 보았으면 할 뿐이다. 나는 상대평가의 시대에 학교를 다녀 그렇게 하지 못했지만, 우리 아이들은 자신이 박수를 받을 때는 겸손하고, 다른 이를 위한 박수를 칠 때는 자신의 일처럼 기쁜 마음이 자연스럽기를 바란다.

10 오늘

신문을 보든 인터넷 뉴스를 보든 사람들이 모든 일에 순위를 매기고 있다는 걸 알 수 있다. 무슨 책이 가장 많이 팔리고, 어느 나라가 가장 살기 좋고, 무슨 이름을 가장 많이 아이 이름으로 쓰고 등등의 얘기들 중에서 영국 사람들이 가장 짜증나는 일이라고 여기는 것의 순위를 알게 되었다.

1등이 눈앞에서의 놓친 버스, 2등이 비 오는데 우산이 없을 때, 3등이 불법 주차 스티커, 4등이 공과금 요금 체불로 연체료를 내야 할 때라고 한다. 내 경우에는 버스 탈 일이 별로 없어서 첫 번째는 그저 그렇고, 두 번째의 우산은 글쎄, 주로 겨울에 오는 비이니 우산이 없으면 얼른 사는 것이 나은 결정이다. 대체로 비가 그치기를 기다려 봐도 잠시 멈칫은 해도 비는 아주 지조 있게 줄기차게 오는 편이니 영국에서 늦가을과 겨울에 우산은 필수이다. 안 되면 모자 달린 옷을 늘 입고 다닐 수밖에 없다. 세 번째의 불법 주차 딱지는 심각하다. 벌점에 벌금이 살벌하다. 네 번째 항목이 연결되지만 정해진 기간 내에 내지 않으면 두 배가 된다. 바쁘면 천천히 내라고 거의 부추긴다.

나는 어떤가 싶은데, 짜증나는 일의 첫 번째가 도무지 뭔가를 어디에 두고 생각이 나지 않는다는 것이다. 분명 잘 둔다고 두었는데 그래서 나름 규칙을 정해두고 보관을 하는데 사소한 다른 일과 같이 하는 경우에는, 예를 들어 쇼핑한 봉투를 한 손에 여러 개 들고 겨우 열쇠를 오른손에 맡겨 문을 열고는 집안으로 들어와서는 밤새 열쇠를 어디에 두었나 찾는다. 아침에 집을 나서며 열쇠가 문에 달려 있는 것을 발견한다. 그런 일들은 잊을 만하면 다시금 반복된다.

나만 그런가 하지도 않는다. 내가 나 같은 사람만 사귀어서는 아니고, 내 얘기에 열이면 열 모두 내 경우는 애교라고들 하는데 전혀 반갑지가 않다. 그래서 최근에 시작한 방법. 세 번을 시도했는데 가히 성공적이었다. 잊은 듯한 물건이 있어서 찾는데 세 번쯤 찾아서 도무지 해결이 안 나면, 즉 나타나지 않으면 지금 당장 필요한가를 생각했다. 급하지 않으면 멈추고 청소기 돌리기, 재활용 쓰레기 버리기, 저녁 쌀 씻기 등 다른 몸 쓰는 일을 했다.

그 다음에는 그것을 다시 만드는 게 힘든가, 돈이 많이 드나 생각해 본다. 좀 피곤해도 찾느라 정신적, 시간적, 육체적으로 고달픈 것을 생각할 때 다른 사람의 일을 해주는 거라고 여기고 너그러워져 보자고 했다.

그래도 영 찜찜하고 다시 찾을까 싶어 이리저리 뒤지고 물어보고 싶은 느낌이 들면 한국 TV 코미디물을 보았다. 그런데 어찌된 일인지 나란 사람이 좀 전의 난감했음을 잊고 웃고 있는 것이었다. 세 번의 시도는 대충 이렇게 성공했고, 며칠 지나서 아주 우연하게 찾던 물건이 내 손에 돌아왔다.

꼭 오늘, 지금이어야 할 일도 있다. 그러나 당장 오늘 지금이어야 할 필요가 없는 일이 더 많다. 난 이제 그걸 배워간다.

11 대화의
질량

영국에서도 인터넷으로 한국의 TV 드라마를 보고, 예능 프로그램도 본다. 어떤 이는 한국보다 8시간 영국이 늦은 관계로 아침 8시에 한국 아침 드라마를 본다고 한다.

나와 남편은 예능 프로그램들을 자주 보는데, 내 자신 이미 충분하게 진지하고 심각한 사람이라 생각하면서 봐야 하는 드라마보다는 제법 웃기거나 죽어라 웃기려 드는 사람들을 보는 것이 편하다. 남편 역시 골프, 축구 등을 화면 큰 TV로 보다가 심심해지면 친한 척 옆으로 슬금슬금 와서는 다정한 콘셉트로 함께 본다.

다 좋은데 번번이 나오는 사람들이 누구냐고 묻고, 무슨 말을 했기에 웃느냐고 물으며, 나 역시 기를 쓰고 말들을 바로 알아들으려 하고 있는데, 맥을 끊는다. 여기에다 찬물을 끼얹듯이 마지막으로는 당신은 저런 게 재미있느냐고 물어서 화를 돋운다. 그래서 대화다운 대화는 주로 꼼짝없는 공간인 차에서 나눈다. 멀쩡한 거실에서는 놀거리, 볼거리가 없으면 말을 주고받을 일이 없다.

딸아이와 대화에서 주 화제는 친구 얘기로, 이를 빼면 할 말이 별로 없다. 십대를 시작한 시기라서 그런지 친구와의 관계에 모든 것이 달려 있고, 친구랑 놀 일, 논 일, 따로 때로는 다 함께 놀았던 일이나 앞으로 놀 일을 짜느라 나까지 수시로 동원한다. 그리고 다음 화제가 옷이다. 물론 옷에 따르는 여러 가지도 따라간다. 6월에 있는 자신의 생일 때 받을 선물을 4월 전으로 당겨 옷도 사고, 며칠 전부터는 크리스마스 선물로 받고 싶은 옷, 신발, 가방 등에 대한 조사에 들어갔다.

그렇게 쓰는 만만한 시간을 제외하고는 아이가 요즈음 읽고 있는 책들의 내용을 읽은 분량만큼 실시간 수시로 내게 들려준다. 아이는 바쁘게 얘기해주지만 나는 도통 줄거리가 뒤섞여서, 뭔 책이 이리도 복잡한 사건들의 연속에다 주인공은 말할 수 없이 기구한가 싶을 때가 많다.

그에 비해 아들은 내가 시비를 걸거나, 때로는 모함을 해도 반응이 단답형이라서 다소 실망스럽다. 한 번은 늦게까지 컴퓨터로 뭘 하고 있기에 "아니, 이 시간까지 컴퓨터를 하고 있을 이유가 뭐야?" 하고 나무랐다. 물론 나는 예상한 답이 있었다. '그만 끄고 잘게요'라면서 후다닥 정리를 하거나, 아니면 적어도 '조금만 더 하면 안 돼요?', '얼마 안 했어요'라는 말로 엄마의 양해를 구하는 시늉이라도 해야 한다고 생각했는데, 아들은 그 마알간 눈을 들어 "재미있어서요" 한다. 얼굴을 빤히 쳐다보며 어떻게 그런 말을 하냐고 물었더니 아들은 엄마인 내가 이유를 물어서란다.

어느 날 동생이 먹으려던 과자를 남김없이 먹어 사라진 순간 딸아이는 나 들으라고 소리 높여 쟁쟁거리다가 오빠 혼자 다 먹어 버리면 어떡하냐고, 내 것을 먹은 이유가 뭐냐는 말에 아들은 그런 식으로 "맛있어서"라고 했다. 그리고는 그런 당연한 걸 왜 묻느냐는 아들의 태도가 나는 무섭다. 한국식으로 "어떻게 그럴 수 있냐?"고 물으면 아마도 "그냥 먹었다"고 답할지도 모른다고 생각했다.

사람들에게는 대화의 기술이 필요하다고 한다. 왜냐하면 계속 말을 주고받아야 대화라고 하니까. 예상하는 답이 지나치게 복잡하면 관계를 상하게 하고, 지나치게 무심하면 관계가 아예 물 건너간다. 행간의 의미를 알아야 성공을 하고, 분위기를 잘 타야 사람들한테 인기 있는 사람이 된다.

12 나란
사람은?

"앞머리에 하이라이트 한 거 아니셨어요?"

사람들이 간혹 이렇게 묻는다. 그럴 때는 그렇게 말하는 사람을 마주보기가 조금 불편하다. 어디서부터 설명을 해야 하나?

한 달 전쯤에 마음 상하는 일이 있어서 일주일 동안 제 정신이 아니었다. 그러고 나서 이마 쪽으로 가운데서 조금 벗어난 지점에 구멍이 생겼다. 원형탈모증이었다. 말로만 듣던 원형탈모증을 뒤통수도 아니고 거울을 통해 내 눈으로 바로 확인할 수 있는 위치에서 보게 되니 우습기도 하고, 가엽기도 했다. 정말 동그랗게 활명수 뚜껑만하게 머릿속이 보이는데, 몰래몰래 확인할 때마다 '정말이구나, 정말 이렇게 생겨버렸구나' 하는 마음에 기분이 묘했다.

내 얘기를 듣는 사람들은 어쩌다 그리 되었느냐고 위로하는 쪽과 어떻게 그런 위치가 빠질 수 있냐는 것에 그저 신기해하는 부류로 나뉘어졌다. 난 웃으면서 내가 좀 뒤끝이 있는 성격이라고 말하지만, 그런 내 성향 때문에 조심스레 사람들을 대하려고 한다. 무심코 던지는 상대의 말과 행동에 진지하게 반응하는 편이기 때문이다.

가까운 이들은 내게 편하게 생각하고 오래 마음에 담아두지 말라고 충고해주는데, 내겐 어려운 일이다. 세상에 어떤 유형에 딱 들어맞는 성격의 사람은 없으리라. 이런가 싶으면 저런 면이 있어서 놀라게 하고, 누군가에게 그 사람은 이렇더라고 인수인계 받고 나서 보면 내게는 전혀 그런 면을 보이지 않는 사람들이 있어서 인간관계의 안정적 삼각구도에서 나란 사람은 때론 오해를 받기도 한다. 내가 좋아하는 사람과 나를 좋아하는 사람이 또 다른 제3자 어느 인물에 대해 다른 감정을 보이게 되는 경우가 있기 때문이다.

요즈음 유행하는 말 중에 '쿨하다'는 표현이 있다. 사람들과의 관계도 별다른 갈등 없이 맺고 자르고, 일도 별 불만 없이 해치우거나 포기하고, 당사자의 머릿속에선 무슨 일이 벌어지건 간에 본인이 느끼기에 복잡하게 보여지지 않는 경우에 과감히 행동하는 사람들 말이다. 그런 면에서 나는 다소 복잡한 사람 축에 든다. 그냥 넘어가는 것이 없는 사람. 그러니 열도 받고 한동안 정신없이 뿌옇다가 내 몸에 부작용의 증상들이 나타난다. 두통도 생기고, 체하기도 한다.

사람들은 자신의 실체와는 상관없이 내가 남들에게 어떤 식으로 보여지고 싶은 바를 자신의 성격이라 믿고 싶어 한다. 평생을 그런 면만 보이게 행동하며 살 수만 있다면 본래의 성격이라 하겠으나 주변이 녹

녹히 도와주는 경우는 본 적이 없다. 본 모습이 드러나는 건 늘 시간문제다.

아무튼 작년 크리스마스를 즈음해서 원형탈모증으로 머리카락이 빠진 공터에 흰머리가 나기 시작했다. 역시 주변의 반응은 열화와 같아서 근사하다는 쪽과 염색을 하라는 쪽으로 나뉘었는데, 동화 속의 당나귀를 팔러 가는 부자父子처럼 이 사람 저 사람 말에 심히 흔들리지만 한 뼘만큼 자란 흰머리 무리가 거울을 볼 때마다 내게 해주는 위로가 나는 포근하다.

사실 위로라기보다는 내 방식의 해석이란 말이 맞지만 고민을 견디지 못해 머리카락이 빠졌고, 사라졌던 머리카락 대신 자라나는 흰 머리카락은 내게 보상 같다.

13 불가근불가원不可近不可遠

얼마 전에 성서 읽는 모임을 만들어 다섯 명이 일주일에 한 번씩 우리 집에서 만난다. 애들을 학교 보내고 모여서 45분씩 다섯 차례 읽고 15분 휴식, 그렇게 하루에 1백여 페이지를 읽는다. 처음엔 내가 간단히 간식을 준비했는데, 각자 돌아가며 점심준비를 해오니 뭘 먹게 될까 기다려지기도 하고, 언제 45분이 되나 시계를 보기도 하면서 즐겁다.

잘 모르던 사람과 밥도 먹고 차도 마시고, 별 중요치는 않지만 어느 부분에서는 심히 공감하며 얘기를 나누다 급히 친해졌다. 내가 만일 스무 살 언저리라면 아마도 성서 읽기만이 아니라 다른 것도 같이하자고 했을 터이고 매일 전화를 나누는 정도로 가까워졌을지 모르지만, 연배들이 연배인지라 다소 조용하다.

언젠가부터 새로운 사람을 사귀는 것도 내키지 않고, 그저 얼굴을 마주했을 때 인사 정도는 스스럼없이 하는 관계의 편안함에 익숙해가고 있다. 사람과의 관계에서 처음부터 무조건 믿게 되는 사이란 게 있을까 싶지만, 그런 관계는 내가 찾는데 서툴러서 그렇지 존재한다고는 믿고 싶다. 노래 가사처럼 '내가 나를 모르는데' 내가 어찌 남을 알고 남이 어찌 나를 속속들이 알겠는가 말이다. 어떤 건 같은 쪽에서 보고, 어떤 건 반대쪽에서 보고 그런 것이 아니겠나 싶다.

도무지 잘 모르겠다 싶은 사람과의 관계에서 내가 지키려는 생각은 불가근불가원不可近不可遠이다. 너무 가까이 있으면 함부로 하거나 무시하려 들고, 너무 멀리 두면 원망하고 서운한 마음을 갖기 때문이다. 쉬운 듯해도 이 또한 쉽지 않다. 그러나 모든 일이 그렇듯이 시간이 문제가 된다. 타이밍, 서두르지 않으나 잊지는 말아야 하는 마음이 관건인 듯하다.

언제나 가까이 있고 싶고 가까이 두고 싶은 사람들이 있어서 살맛나는 세상인 것은 아닌지…

14 달콤함^{Sweet}과 시큰둥함^{Sour}

어디를 시간 맞춰 가야 하는 때에, 더욱이 나 때문에 서둘러야 하는 때에 우리 집 식구들은 정말 밉상일 때가 많다. 시간을 붙들어 매어놓은 양 천천히 움직이는 것은 당연이고, 투덜대다가 뭔가를 엎질러 놓거나 엉망으로 만들어놓고, 한 사람을 제대로 챙겨 놓으면 다른 사람이 아예 딴 짓을 시작하고…

아무튼 떠날 즈음에는 내가 원래는 아주 질적으로 나쁜 인간이 아닐까 싶은 기분이 들게 만든다. 이 부분에 대한 나의 탄식에 미국 애틀랜타에 사는 친구는 딱 잘라 말했다.

"네가 그동안 너무 잘 해줘서 그런 거야."

듣고 나니 그리 말해준 친구가 고맙기도 했지만, 한편으로는 그런 말을 들을 만큼 내가 진짜 잘했나 싶어서 공연히 쑥스럽기도 하다.

이번엔 갈등의 단초를 제공하는데 탁월한 남편이 출장 중이어서 빨리 정리가 되었고, 내 말에는 조종이 수월하게 되는 아이들이라 그런지 대충 출발이 빨랐다. 그래서인지 무슨 F1 레이서처럼 핸들을 꽉 쥐던 내가 느긋이 운전을 하는데, 내 차를 추월하던 밴의 뒷좌석에 앉은 두 명의 소녀가 나를 향해 손을 흔들었다. 해맑게 웃으면서.

나도 모르게 소녀들에게 마주 손을 흔들어주었다. 그때 딸아이가 말했다.

"엄마는 스위트한Sweet(달콤한) 사람이야."

"스위트?"

"응, 스위트!"

그러고는 이를 무시하는 사람을 사워하다Sour(시큰둥하다)고 한다는 얘기를 했다.

하긴 손을 흔들어 주면서 웃지 않을 수 있는 인간이 있던가 싶다. 그리고 딸아이의 '스위트Sweet'란 말이 내겐 더 달콤했다.

홀로 어딘가를 가면서 여유롭게 웃으며 지나가는 사람들에게 손을 흔들어줄 수 있는 성격의 사람은 많을까. 여행을 다니면서는 좀 더 쉽게 그런 달콤한 몸짓이 나온다. 수학여행, 소풍, 얼마 전에 다녀온 순례길에서처럼.

순례 버스 안에서 나는 어느 곳이든지 지나치면서 돌려받지 못할지라도 주저 없이 누군가 아니 모두에게 손을 흔들어주고 웃었다. 그리고 때때로 횡재 맞은 것처럼 미소 담긴 손인사를 받기도 했다. 거리를 지나던 아랍 소녀들, 상점에 서 있던 사람들, 차도 옆에 무리지어 있던 군인들, 유모차에 있던 아이들, 그리고 150명의 한인 성지순례자들 중에서 서너 명의 여성들… 잠깐이긴 해도 나도, 그들도 행복했다.

아이가 태어나고, 누워 있는 아이를 보면서 시간이 얼른 지나 어서 제대로 앉기를 바랐었고, 앉아서 놀면 얼른 자라서 섰으면 했고, 서면 걷고 뛰어놀기를 바랐었고, 얼른 저 혼자 밥을 먹고 학교에 다니게 되면 내 몸이 좀 편해지려나 했는데 점점 아이는 따라가기 벅찬 미션을 내게 준다.

나름 취향이 생겨서 아무데나 가지도 않고, 아무거나 먹지도 않으며, 아무거나 사려 하지도 않는다. 그러나 내가 이미 길들여졌는지 언제부터인가 아이가 날 버리고 친구랑 다닐까 봐 살살 눈치가 보인다. 나는 오래도록 아이한테 달콤하게 남고 싶다. 시큰둥한 사람으로 치워지기는 싫다.

어느 옷 매장에서 옷을 입어보는 곳에 아주 길다란 소파와 커다란 거울이 있었다. 소파는 기다리는 남편이나 남자 친구를 위한 용도일 것이다. 일행이 여자라면 절대로 소파에 앉아서 옷을 입어보는 다른 여자를 기다리지는 않는다. 자신도 뭔가를 걸쳐 보고 있을 테니까. 그리고 거울은 입어보는 사람에게 어떤 결정을 빨리 내리도록 돕는 장치 같았다.

"멋지네!Good!", "뭐 그냥So…", "색이 좀Colour…", "다른 거 한 번 입어 볼래?Try other?", "난 나가서 기다릴게I'll wait outside." …

나와 함께 간 사람은 뭐라 말해줄까? "좋은데!", "쫌…", "색이 영…", "다른 거 한 번 입어봐"라며 인내심을 감추고 반응해줄까, 아니면 마침내 지쳐서 "밖에서 기다릴게"라고 할 수도 있다.

어떤 말을 하는 사람이 가장 달콤한가?

15 코끼리 피부

코끼리 피부Elephant skin, 아토피 환자들은 너무도 잘 아는 말이다. 나는 아토피 치료를 꽤 높은 단계에서 오래 받았다. 내가 받은 결절성 양진結節性痒疹, Prurigo nodularis은 아토피보다 심한 양상의 난치 피부병이기 때문에, 장기간의 치료약 복용으로 간이 나빠지는 상황까지 갔었다. 지금은 생활하는데 그리 불편하지 않은 상태가 되었고, 완치란 걸 기대하지 않고 이대로도 감사하단 생각뿐이다.

물론 내 피부 상태는 바람직하지 않다. 지난 2002년 이후로 여름에도 짧은 팔이나 반바지를 입는다는 것은 생각도 해본 적이 없고, 시도해본 적이 없다. 흉터도 그렇지만 여기저기에 바로 코끼리 피부화가 되어 있기 때문이다. 지갑이나 벨트 등을 만든다는 코끼리 가죽을 생각하면 조금은 무섭지만, 그 정도는 아니라도 피부가 가죽 상태로 되어간다는 것은 유쾌하지 않다.

코끼리 피부화란 아픔과는 성질이 다른 가려움이 고통으로 셀 수 없이 찾아오고, 나중에는 차라리 아픈 것이 더 나을 것 같은 상태가 되는 걸 나는 너무도 잘 안다. 2차 감염의 피부 상태에서 수그러들었다가 다시 재발했다가를 반복하다 보면 표면이 두꺼워지고 어느 부위는 주름져지다 못해 딱딱하게 된다. 나았다고 여겨지지만 그건 나은 것이 아니다. 지금 당장은 가렵지도, 피가 나지도 않는다 해도 코끼리 가죽 상태의 내 살들을 보는 것은 마음이 그리 가볍지 않다.

2002년부터 2005년 사이에 나는 피부병보다 극심한 생채기를 받았다. 믿고 사랑했던 친구와 결별! 타국에서 만나는 사람들과 가깝고 친했기에 생긴 힘듦과 괴로움도 이 친구가 있어 괜찮을 거라고 생각했었는데, 그 친구로 해서 나는 오히려 공황 상태에 빠졌다. 그러다가 글쓰기를 시작하면서 자가 치료, 아니 상태의 호전이 되었다. 내겐 사랑할 사람도 많고, 무엇보다 사랑하는 가족이 있음을 서서히 알게 해주었다.

행복한 사람은 일기를 쓰지 않는다는 글귀를 읽었다. 고통의 상황 속에서 누군가에게 말할 수 없는 것들을 털어놓으며 이겨나가게끔 한 장치가 일기였던 것이다. 학창시절에 쓴 비밀일기라든가, 결혼 후 외국에 나와서 쓴 가계부 일기, 육아 일기, 그리고 서랍 가득한 엽서 크기의 습작 노트. 생각해보니 나는 나도 모르게 그렇게 스스로를 돕고 있었다.

이제는 사람들을 만나는데 조금은 편안하게 되었다. 나이가 들어서 이기도 하고 내 감정 표현에 기술이 늘어서, 돌아서서 혼자 힘들어 하는 일이 줄어든 것 같은 기분이다. 그리고 무엇보다 좋은 사람들을 만났다. 그런데 내 그럴 줄 알았다 싶게끔 그네들이 줄줄이 떠나간다. 이제 겨우 자리를 잡았다 싶은데 다시 옮겨 가야 하는 사람들이야 오죽하랴 싶지만, 나는 그들에게 안 가면 안 되느냐는 정말 말도 안 되는 투정을 부려본다.

딱딱하게 되었던 살들이 다시 가렵다. 지금은 살살 긁지만 어떤 날에는 견딜 수 없어지면서 심하게 긁을 거란 걸 이미 안다. 그리고 다시 얼마쯤 지나면 조금쯤 잠잠해지리라.

내가 한국을 떠난 지 오래 됐어도 부모 형제는 그 자리에 있고, 문득 가까워서 가슴 저리게 좋다가도 떨어지면 언젠가는 서로를 잊고, 또 잃게 되는 것이 인생의 순리인가 싶으니 아무 때나 슬프다.

이런 내 말에 어떤 이는 참 할 일도 없는 여자라 할지도 모른다. 그래도 어떤 이들은 동감해줄지도 모른다.

16 축적하는
자

수첩을 펼쳐 주말 동안 할 일을 메모하다가, 수첩에 들어 있는 것들을 모두 꺼냈다. 아이들 사진이 대체 몇 장인지… 딸아이가 6회 최다 출현. 아들이 3번. 그 가운데 아들의 일고여덟 살 무렵 사진을 보고 있자니 기분이 뭉클뭉클하다 못해 코끝이 시큰해지기까지 한다. 저런 시절이 있었지.

그리고 언니네 손주가 내 손주 같아서 그 사진도 넣어두고 꺼내보느라 수첩에 들어 있었다. 딸아이가 수시로 쥐어주는 쪽지편지도 두어 개 있고, 일회용 밴드, 우표, 오려둔 신문 기사, 돌아가신 친정아버지 사진이 두 장, 기도문이 두 개, 긍정 에너지 가득하여 생각할 때마다 기분을 좋게 하는 어떤 젊은이의 명함, 잡지를 보다 메모해 놓은 요리 레시피, 성경 구절이 적혀 있는 빨간색 성령 비둘기 모양의 종이, 갑작스레 쓰이는 요긴한 작은 감사 카드… 이것이 내가 사는 모습이다.

나는 잘 버리지를 못한다. 물건도, 편지도, 사람도, 추억도… 무언가를 버리지 못하고 쌓아두는 사람을 '호더스Hoarders'라 부른다고 한다. 번역하면 축적하는 자. 병적으로 심해지면 짐에 갇혀 살게 된다고 한다.

나는 늘 자신이 어느 정도인가를 생각한다. 금방 내 손에 잡히지 않으면 좀 불안하고, 찾는 물건이 없어서 사러 가야 한다는 걸 창피해 하는 나는 호더스 기질이 다분히 있는 것 같다.

이제부터라도 슬슬 불편에 대해 너그러워지는 연습을 시작해볼까 한다. 비워져서 여유로운 사고를 하는 훈련을 시작해야 한다.

17 하지가
지나고

"해가 아주 길어요. 10시가 다 되어 가도 어둡지 않고요."

두어 주 전에 다녀간 대녀의 딸 안젤라가 그렇게 말했다. 그런데 어제 문득 어둑해서 시계를 보니 9시 반쯤이 지나고 있었다.

갑작스레 가슴이 뛰고, 이걸 어째 하는 기분이 들었다. 하지夏至가 지났고, 초복初伏도 지났고, 오늘은 중복中伏이었다. 그런데 어쩌다 보니 우리 식구들은 삼계탕은 고사하고 과일도 먹지 못했다.

해가 노루꽁지만큼씩 짧아지고 있는 모양이다. 그 노루꽁지가 다람쥐꽁지, 여우꽁지로 바뀌면서 영국은 가을이 금세 오고, 비가 주룩주룩 오다가 한 해가 훌떡 가리라.

어디선가 읽었는데 스무 살의 여자는 바쁘고, 서른 살의 여자는 외롭고, 마흔 살의 여자는 아프며, 쉰 살의 여자는 화가 난다는데… 나는 스무 살에도 내 자신한테 무수히 화를 냈고, 서른 살부터 여기저기

아팠으며, 지금의 나는 괜히 정말 괜히 바쁘다. 특히 마음이! 그리고 기억하는 한 어릴 때부터 외로웠다고 여겨진다.

여기저기 써 놓은 글을 보면 참으로 반성문의 글이 많다. 난 이랬어야 하는데…, 난 이런 걸 고쳐야 하는데…, 난 왜 이게 안 되나…

스스로 쥐어박고, 창피주고, 부끄러워하며 살아온 것 같다. 잘 안 하는 짓이지만 거울을 한참 들여다보기도 했다. 그런 대로 봐줄 만하다 여겨지는 구석이 어느 한 군데도 없으면서 나는 참으로 뻔뻔하구나 그런 생각을 하며 픽픽 웃기도 했다.

겁이 많아서 계란도 덥석 못 깨고, 엎드려 머리 감는 것조차 편치 않아 한다. 무언가를 시도해보는 성격도 아니고, 안 해본 것에 대해 궁금해서 몰래 해보는 순진함도 없다. 가파른 계단도 무섭고, 전망이 좋은 높은 곳도 그리 올라가고 싶어 하지 않는다. 내려다보는 것 역시 절대 사절이다. 쏟아지는 비를 맞는 건 오십 가지 핑계를 대더라도 하고 싶지 않고, 심하게 부는 바람도 구경할 생각이 추호도 없다. 뱃놀이를 위해 갑판을 서성이는 사람들이 좀 이상하고, 사람이 많이 모이는 장소는 되도록 피하고 싶다. 차를 혼자 운전하면 문을 잠가야 하고, 비상금은 지니고 다녀도 이제껏 그걸 쓸 일을 해본 적이 없다.

난 겁쟁이다. 해가 짧아진다고 벌써부터 올해가 그냥 지나나 싶어 마음이 바쁜 나는 대책 없는 겁쟁이다. 그래도 나는 내가 엄마로서는 용감하고, 아내로서는 의리가 있었다고 생각한다.

18 무덤이란?

몇 해 전, 독일 피정 때 베네딕토 수도원 안을 산책하다가 성직자 묘지를 지나치게 되었다. 한때 300여 명의 수사와 신부님들이 계셨던 그곳에는 예닐곱 명의 연로한 성직자들과 그래도 젊어 보이는 두어 명의 성직자들이 머물고 계셨는데, 그나마도 폐쇄 문제가 거론되자 다른 수도원에서 급히 보충된 인원이라고 한다. 이즈음 유럽의 가톨릭은 시들고 있다. 성지를 찾는 사람들의 연령층은 갈수록 높아지고, 성소를 찾는 젊은이들도 줄어들고 있다. 그러한 현실에서 무덤? 그나마 그곳의 묘지는 죽은 사람에 대한 예의와 품위가 서려 있었다.

얼마 전, 영국에서 묘지가 재활용될 것이란 기사를 접하고 나는 잠깐 고개를 갸웃했다. 영국에서 묘지는 아주 부유한 선택된 부류를 제외하고는 대체로 시립묘지를 빌리는 개념이다. 그러나 그런 원칙이 있다 해도 일정 기간, 그러니까 런던시 측에서 말하는 75년 사용 기간이 지났다고 해서 죽은 사람이 누워 있는 공간에 대해 소유권이 끝났다고 한다면 누가 받아들일 것이며, 누가 죽어서 누군가 누워 있는 위에 비록 주검이긴 해도 자기 몸을 뉘고 싶어 하는 이가 있겠는가 말이다.

나의 경우는 어떤가? 2년 전 돌아가신 친정아버지를 생각하면 20년 넘게 멀리 떨어져 살아서 그런지 아버지가 어디에 계신가에 대해 그리 심각히 생각지 않는다. 오히려 어느 시에 나오는 구절처럼 천 개의 바람으로, 햇살로 내게 와 계시다고 믿고 싶을 뿐이다. 그리고 늘 휴대하는 수첩에 아이들 사진과 더불어 아버지 사진을 같이 넣어 갖고 다닌다. 뵙고 싶을 때마다, 아니 아이들 사진을 꺼내볼 때마다 이제는 돋보기가 없으면 책의 글자도 잘 읽지 못하는 중년의 딸은 아버지 사진을 한 번씩 만져본다.

죽은 사람에게 무덤은 그저 무덤일 뿐이며, 살아있는 사람들의 기억만이 죽은 사람들이 존재하는 곳이라고 나는 믿는다. 무덤도, 꽃도, 장례절차도 그저 내 몸을 거두는 사람들이 하고 싶은 대로 하게 두고 싶다. 그들의 마음대로, 그들의 생각대로 기억하게 하고 싶다.

어제는 미사를 마치고 나서기 전에, 알고 지내던 한 부인의 부고訃告를 전해 들었다. 실로 십여 년 만에 들은 그녀의 소식이었는데 부고였다.

사람들은 잘 지낼 때는 소식이 없다. 정말 무소식이 희소식인가보다.

19 칼

4월이 원래 그랬나? 저주 운운 하는 생생한 기억력인데, 왠지 날씨는 내 분야가 아닌가 싶다. 아무튼 요새 날씨는 정이 가지 않는다. 이래도 될까 싶을 정도로 따뜻했던 3월 다음에 거 봐라 싶게 4월은 흐리고, 쌀쌀하고, 비 뿌리고, 바람도 작정한 듯 불고 있다. 뭘 좀하려 해도 도와주지 않는 날씨가 좀 좋아지게 기도 단계를 최고로 올려 달라는 지인의 애교스런 농담에 웃으며 던진 내 대답에 나도 살짝 놀랐다.

"기원하는 건 제 전공은 아니에요. 저는 복수가 전공인데요. 흐흐흐." 하고 웃었지만, 느닷없이 내 입에서 나온 복수란 말이 요즘 내 심기를 그대로 드러낸다. 억울하고 분해서 그냥 있지를 못하겠단 심정이다. 할 수 있다면 복수를, 처단을 하고 말겠단 심정이다. 아니 최소한 시시비비라도 가려보고 싶다.

이렇듯 맘속으로만 칼을 갈아온 일이 한두 개가 아니다. 그래서 그런지는 순전히 내 기분이지만 이상스레 나는 공항 검문 때 꼭 삑삑거림을 당한다. 벨트나 과도한 장신구도 하지 않으며, 아닌 말로 뼈에 쇠를 박는 수술도 한 적 없건만 검색대를 지날 때면 열에 예닐곱 번은 검색자의 손에 내 몸을 맡기는 일이 생긴다. 그런 내게 일행이 무슨 일이냐고 물었는데, 냉소적 애드리브로 나온 말이 "맘속에 칼을 품고 다녀서 그런가 봐요"였다. 말하고 나서 내심 뜨끔했다. 맘속의 칼이 하도 뾰족해서 이번엔 나도 찌르는 모양이다.

그러다 지난 번 출국 때 마침내 검색대에서 진짜로 걸렸다. 가방에서 실제로 칼이 나왔다. 내가 TV에서 즐겨보는 '낫싱 투 디클레어nothing to declare(세금 신고할 물품이 없는 사람들이 통과해서 나가는 구역)'란 공항 입국 관련 프로그램의 한 사건처럼 내 가방은 철저한 검색을 당했다. 약물검사 검색을 받고 나서 검색원 아저씨와 가방을 마주하고 섰다.

"가방 안에 있는 물건 중에 문제가 있는 것이 있다. 아는가?"

나는 불현듯 한 물건이 떠올라 뭔지 안다고 했다. 그리고 포장된 그 물건을 꺼냈다. 검색원 아저씨는 풀어 보여 달라고 했다. 나는 최대한 빨리 포장지를 부욱 찢고, 상자를 열었다. 그리고 칼을 꺼내놓았다.

파이를 자르는 칼이었다. 손잡이에 꽃무늬가 현란한 삼각형 모양의 납작한 칼. 살인을 하려면 몇 번을 어딘가 치명적인 부위를 향해 강력한 힘으로 들이밀거나 내리쳐야 살상의 목적을 달성할 수 있으리라.

검색대 아저씨가 분주히 여기저기를 뛰어다니더니 낮게 그리고 은

근히 말했다.

"원래는 안 되는데 절대 가방에서 꺼내지 않는다고 약속하면 갖고 가게 해주마."

나는 절대로 안 꺼내겠노라 약속을 하고 그 자리를 벗어났다.

내 맘속의 칼은 그런 칼이다. 내 가방에서조차 나오지 못하고, 그리고 맘속에서도 나오지 못하는 칼이다.

20 어디 좋은 데 갑시다

스테판 랑톤^{Stephan Langton}. 펍 이름이다. 13세기 켄터베리 지역 가톨릭 대주교의 이름을 딴 이 펍은 내가 영국을 방문하는 가까운 사람들에게 "어디 좋은데 갑시다" 하고 꾀어서 가는 곳이다.

가는 길이 예쁘고 한적하고 운치가 최고이지만, 찾아가기가 쉽지 않다. 그래서 문득문득 가고 싶어도 쉽게 가지지 않는 곳이다. 그런데 얼마 전 가을이 되기 직전에 함께 성서를 읽는 부인들과 다녀왔다. 이 곳도 그동안 시대의 흐름을 무시할 수 없어서인지 내부 구조가 바뀌었고, 건물 밖의 의자 등도 시골스러움을 과감히 버려서 나로서는 그리 기쁘지 않았다.

내가 한국에 간다 하면, 가기 훨씬 전부터 언제 오냐, 어디로 오냐, 공항엔 누가 나오냐 하면서 가족처럼 관심을 가져주고, 그러고는 좋은 곳에 데려가 구경을 시켜주고, 놀아주고, 얘길 들어주고, 재워주고 참으로 고맙게 해주는 이들이 있다.

이곳 영국에서 만나 같이 지냈던 사람들 중에는, 한국에 가서 연락하면 밥이나 한 번 먹자고 한다. 그 밥은 무슨 입막음 같다. 그리고 안 바쁠 때 연락하라고 한다. 앞의 반가운 사람들과는 비교가 돼도 너무 비교된다. 그래서 반품을 하고 싶은 사람들이다.

세상사가 다 그렇지 뭐, 그러면서 돌아서면서 나도 반성한다. 물론 돌려받으려고 잘한 것은 아니지만 나도 모르게 마음으로 계산이 되는 모양이다. 받은 건 절대 잊지 못하고 갚으려 기를 쓰는 내 성격도 문제이긴 하지만, 그런 만큼의 노력을 설렁설렁 넘어가는 법을 배우는데도 써야겠다고 다시금 마음을 다잡아본다.

21 좋은 쪽으로
생각하기

점심 나들이를 나갔다. 동네에서 말도 통하고 맘도 통했던 여인이 떠나는 환송 점심이었다. 많이 모이고자 이리저리 날짜를 바꾸어 정해서 어찌어찌 모이니 여섯 명이 모였다. 이렇듯 날짜를 맞추어 만나면 거의 하루를 쓰는 경우가 많다. 12시에 만나 밥 먹는데 한 시간이고, 장소 바꾸어서 차 마시는데 한 시간 반이 걸렸다. 어영부영 오늘은 밥 먹는데, 아니 뭘 먹고 노는데 쓴 시간이 제법 되었다.

통계에 따르면, 세계에서 프랑스 사람들이 하루 평균 130분을 밥 먹는데 쓴다는데 이들이 일등이고, 중간 이하의 영국 사람들이 80분을 쓴다 하니 이번에 내가 좀 과한 시간을 보낸 듯하다. 하긴 이런 환송 식사 모임은 밥이 아니고 추억 만들기이고, 전혀 생뚱맞은 얘기를 하다가 헤어진다 해도 그저 같이 뭘 했다에 의미가 있다. 절대 포기할 수 없는 일이었다.

한국에 가서 연락이 되는 사람들마다 밥 한 번 먹자고들 한다. 실제로 한국에 가는 날 저녁부터 뭘 먹는가는 중요 문제였다. 탕 종류를 대충 섭렵하고, 국수와 한정식도 웬만큼은 먹고 나면 사람들과의 일정이 끝난다. 잘 먹었으나 음식은 기억이 없고 사람들만 남는다. 뭘 좀 좋은 걸 먹여주려고 애쓰던 사람들, 언제고 만나기만 해도 좋은 친구들, 영국에서 알게 된 영국 친구들…

그리고 내가 뭘 해주고 싶은데 제대로 안 되었던 내 자식 같은 조카들이 있다. 그들의 똑같은 한마디는 "사람은 먹어야 사는 거니 먹을 때 같이 봅시다"이다. 먹는 게 참 좋은 구실 같다. 맛나게 같이 잘 먹었던 사람들을 또 봐야지, 아쉬우면 아쉬운 대로 좋은 쪽으로 생각해야지… 그런 생각을 꾹꾹 하려 한다.

지난겨울에는 영국뿐만 아니라 유럽이 다 추웠다. 그리고 지금도 춥다. 포도나무는 겨울에 제대로 추워야 잘 쉬게 되고, 그래야 따뜻한 봄이 되고 더운 여름이 되었을 때 제대로 생장하고 좋은 포도를 키워내며, 그 좋은 포도로 좋은 포도주를 만든다고 한다. 난 와인을 별로 좋아하지 않지만 암튼 내년의 포도주는 성공하겠구나 하고 좋은 쪽으로 생각해 보련다.

여러 나라 음식을 나름 먹고 다녔지만 난 한식이 젤로 좋다. 언젠가 경북 춘양에서 먹은 점심 한 상이 정말 좋았다. 같이 한 사람들은 더 좋았다.

22 시간이
간다

지난 화요일에 런던 시내 은행에서 짧은 볼 일을 마치고 워털루 역에서 체싱턴 노스Chessington north행 15시 13분 기차를 기다리다가 무심코 사진을 찍었다. 필요에 의한 것이었기는 해도 딱히 무슨 생산적인 것을 하고 있지도 않으며 그저 멍하니 3분 남짓을 보냈다. 초침이 가고 분침이 바뀌고 기차는 출발했다. 하루 시간은 뻔한데 나는 이렇게 의식하지 못하는 시간들을 개념 없는 부잣집 아들이 돈 쓰듯 보내고 있구나 싶었다.

그 날 밤에 요즘 읽던 책을 다시 꺼내 읽었다. 웬디 러스트베이더 Wendy Lustbader라는 심리학자가 쓴 〈살아가는 동안 나를 기다리는 것들 Life gets better〉이란 책인데 읽었던 부분을 다시 읽고, 며칠 후 다시 읽고 그러고 있다. 좋았던 프로그램을 재방, 삼방을 챙겨 보듯이 하면서 말이다. 한 책을 이십여 일 넘게 길게 잡고 읽고 있기는 처음이다. 미리 알아두면 편한 23가지란 부제는 지나친 친절이라고 나름 생각한다. 부제를 읽지 않고 만나야 더 편할 것 같아서 그 날 그 날 읽고 싶은 글을 읽고 있다.

시간은 시계란 도구가 객관화를 시켜준다고 했다. 사용할 시간, 순간은 개인마다 다르고 다가올 죽음은 어떻게 생각하느냐에 따라 친구가 되기도 하고, 계속 걱정하다가 지칠 수도 있다는 구절이 내겐 남았다.

나는 지금도 일기 비슷한 메모를 적는다. 들고 다니는 수첩 말고도 내겐 작은 노트가 따로 있다. 가끔씩 이상한 연민에 빠지거나 몹시 바쁠 때를 제외하고는 좋은 글, 기사, 지식, 사건 등등을 적고 붙이고 끼워둔다. 수첩에는 사진도 들어 있고, 티켓, 팸플릿, 편지, 말린 잎사귀, 신문기사 조각 등등이 가득하다.

지난 메모를 넘겨보다가 문득 멈췄다. 거기엔 위암 환자를 위한 식단, 음식, 피할 음식에 대한 메모가 적혀 있었다. 지난 10월에 시어머님을 뵈러 가면 해드려야지 하고 적어 놓은 것이었다. 불과 몇 달 전에 그걸 찾느라 인터넷을 뒤졌었는데, 이제 시어머님은 세상에 계시지 않다. 유품 정리를 하다가 돌아와서인지 한동안 부엌 찬장에 가득한 그릇들이 한심했고, 옷장을 채운 옷들이 뭔 필요인가 싶었으며, 사진들과 노트들이 짐스러워 어쩔까 멍하니 보기도 했었다.

벌써 밥을 먹다가도 혹 이가 부러지는 나이가 되었고, 좀 힘겹고 신경이 쓰였다고 덜컥 대상포진에 걸려버리는 나 같은 사람은 정말 괜찮은 건지, 정말 문 닫히지 말라고 괴어놓은 도어 홀더보다 필요한 사람인지 자괴감이 차올랐었다.

그런데 책을 읽으며, 새삼스레 뻔했던 말들에 기대어보려는 나 자신을 보게 되었다. 이를테면, 기다리는 법을 배우면 행복하게 된다든가, 나이가 먹을수록 욕구가 충족되지 않아도 심사숙고 기다리는 능력이 생긴다든가… 그리고 결론은 후회 없이 살려면 시간의 가치를 기억하기보다는 인간의 유한성과 나이 듦을 자각하라는 것이었다.

잘 안 될지도 모르지만 그 수밖에는 없는 것 같으니 그냥 좀 내려놓아볼까 한다. 이건 꼭 해야 하는 것도 없고, 이건 절대 하지 말아야지 하는 것도 없는 그런 생활을.

23 괴로움에 대한 대처

아이를 학교에 보내고 신문을 정리하다가 데이비드 캐머런David Cameron 총리에 대한 기사를 읽었다. 멀끔하기로는 대체로 이견이 없는 그는 좋은 집안에서 태어나 성장했고, 상위 1%에 해당되는 학교에서 교육받았다. 그 1%의 학교는 바로 이튼 칼리지와 옥스퍼드 대학이며, 졸업 후 이런저런 과정을 거치면서 사회적 입지를 다졌고, 여동생의 소개로 만난 사만다Samantha Cameron와 사귀다가 결혼했다.

그는 '뷰티풀 스마일Beautiful smile'이라고도 불렸던 첫째아들 이반Ivan을 6살이 되던 해에 잃었다. 태어날 때부터 불치의 '소아 조기성 간질 뇌증Ohtahara Syndrome'으로 고통 받던 아이였다. 많은 사람들이 부러워 할 듯한 완벽에 가까운 조건을 갖춘 두 사람에게 안겨진 아이의 일에 대해(난 이를 어떻게 표현해야 할지 모르겠다) 그는, 마치 미친 듯 달려오는 기차에 치인 듯한 기분이었다고 했다.

그러나 그는 그 문제를 부부가 함께 받아 안고 나아갔으며, 아이가 일깨워준 기적 같은 사랑을 감사한다고 했다. 6살에 하늘나라로 간 아들. 아이가 세상을 떠난 즈음 누군가 캐머런 총리에게 그랬다고 한다.

"그래도 결국에 좋은 일이 있을 겁니다."

아프게 태어나 사는 동안 힘들게 지내다가 그것도 어린 나이에 죽은 아이의 아버지. 그 아버지는 아이가 고통 받고 있는 동안 얼마나 자신이 속수무책이란 사실이 괴로웠을 터인데, 그런 말을 위로라고 했는지… 캐머런은 그 사람을 주먹으로 치고 싶었다고 했다. 그 대목에서 나는 실제로는 빤지르르 해서 싫었던 그에게 살짝 연민이 느껴졌다. 솔직한 표현으로 막막했던 심정을 토로하는 모습이 인간적으로 보였기 때문에 말이다.

누구에게나 괴로운 일이 있다. 아프거나, 사랑하는 사람을 잃거나, 실패를 하거나, 헤어지거나, 버림을 받거나, 놀림을 당하거나… 또 보여지는 괴로움이 있고, 보일 수 없는 괴로움이 있다. 보여져서 더 괴로울 수 있고, 보일 수도 없어서 더 괴로울 수 있다.

신앙을 갖고 있는 사람이 절대로 해서는 안 되는 위로가 있다. "당신의 이 고난은 하느님의 영광을 당신한테 보여주기 위해서"라고 하는 것이다. 또 "너의 어려움이 널 성장시킬 것이다"라고 하는 것이다.

힘겨움으로, 그리고 괴로움으로 사람이 성장하는 것이라고 생각하지는 않는다. 맷집을 키워서 강자가 되는 것은 아니리라. 그리고 내게도 그런 일이 일어날 수 있다고 생각하는 것은 맞지만, 그 어떤 어려움이 나를 성장시키기 위해 주어졌다고 생각하는 건 옳은 답은 아닌 것 같다.

괴로운 누군가를 이해하는 것이 아니라 그 누군가의 기댈 곳, 푸념을 들어줄 곳, 함께 울어줄 사람이 되는 것이 맞는 방법이라고 생각한다. 모른 척도 말고, 너무 알려고도 말며, 넘어지는 누군가가 바닥에 내동댕이쳐지지 않을 만한 거리에 있어 주는 것, 그것이 필요한 것이 아닌가 한다.

내게도 역시 그런 누군가가 있어 주었으면 한다.

24 그런 날이
오더라

얼마 전부터 잠자기 전에 법정 스님에 관한 책을 읽고 있다. 스님
의 출가 전 모습부터 출가 후 공부하던 시기와 활동하던 시기의 일들
과 사사로이 만나던 사람들과의 얘기, 그리고 스승과의 만남, 그 헤
어짐…

스님의 무소유 삶의 단편들을 옆에서 본 사람이 나레이팅 하듯이 적
어놓은 글의 모음이다. 중간 중간 종교를 초월하여 다른 수도자들과의
일화까지 들어 있었다. 참으로 폼 나게 사셨던 모습들이 부럽고, 내
자신을 돌아보니 답답하기만 하다.

그 날 골프를 가는 남편에게 말해 같이 운동하는 사람들을 저녁식사
에 초대하도록 했다. 가볍게 회덮밥이나 하자고. 사실 가볍게라고 했
지만 6명의 식사 준비는 말처럼 가볍지는 않다.

근래 2주일 동안 집으로의 식사초대가 여러 번 있었다. 몇 가지 반

찬과 밥, 와인, 안주와 대화, 웃음과 게임… 그래도 맘에 걸리는 사람들이 너무도 많은데, 그렇다고 다는 못하고… 시작하면 한도 끝도 없을 초대는 이번 한 번만 더 하고 추석과 성당 큰 행사까지는 참아야 하지 않을까 싶다.

사람을 만나고, 알아가고 싶고, 곁에 두고 싶고… 이를 두고 스님은 인간이 느끼는 욕심은 허기와 같다고 하셨다. 그렇구나, 그래서 만날수록 더 보고 싶고, 알게 될수록 더 알고 싶었던 거구나. 문득 이런 자각, 이런 깨달음이 내게 찾아드는 그런 날이 오는구나 싶었다.

침대 머리맡에 둔 전등의 불빛을 낮추고 내 쪽으로 돌려놓으며 옆에서 잠든 딸아이를 내려다보았다. 등이 가렵기 시작했다. 왼쪽 손목이 한 번 부러진 이후 손목을 꺾는 것이 안 되는 통에 이제 등에 내 손이 닿는 자세는 불가능하다.

돌아가신 아버지께서 전에 그리도 등이 가렵다 하시더니… 효자손, 참으로 애틋한 이름의 그 도구가 중하게 아버지 손끝에 있어야 좋던 시절, 난 등이 가렵다는 것이 무엇인지 몰랐다. 그런데 요새 난 등이 가렵다. 혼잣말을 한다.

"아버지, 저 등이 가려워요. 그렇다구요. 그냥요."

아버지께서 그러실 것 같다.

"그러게, 그런 날이 온다니까."

딸아이를 내려다보다가 아이의 손을 살짝 잡았다. 깨어 있으면 긁어줬을 텐데… 생각만으로도 아이 손을 잡고 나니 어쩐지 시원해진 듯

했다. 이 기분을 알려나. 이제 곧 대학으로 떠날 아이는.

문득 아쉽고 그리워서 쓸쓸하고 막막할 날들이 멀리 있지 않음에 한숨이 나온다.

25 좋은 글이
날아오면

오늘도 날 기억하는 사람들이 좋은 글들을 보내준다. 나 역시 불현 듯 날아온 글을, 때론 영상을, 어떤 때는 유머 한 꼭지, 근사하거나 감동적인 사진들을 보고는 내가 아는 다른 사람들에게 요즘 말로 '뿌리기도 한다'. 내가 찾아낸 것은 아니지만 지인들이 보내준 좋은 글이 하루를, 때론 며칠을 두고 머릿속을 떠나지 않기도 한다. 왠지 따스하고 훈훈하다.

그러나 어떤 경우에는 똑같이 뜨는 글에도 표정이 있어 보이고, 상황을 앞뒤 맞추면 진심이 의심되기도 한다. 그럴 때면 답을 얼른 하고 싶은 경우가 있고, 못 본 체 하고 싶을 때도 있다. 물론 시간을 놓쳐 미안한 상황도 있다.

하지만 단체로 메신저 대화방을 하다 보면 매일의 복음과 묵상 등이 수시로, 어떤 날에는 대여섯 명이 같은 걸 보내오기도 한다. 받은 후 계속 가책을 느끼며 오전을 보낸다. 내가 영 몹쓸 인간인가 싶기도 하다. 가끔은 새벽에 한국에서 오기도 한다. 그래도 그런 문자는 시큰한 울림이 있다.

실로 나도 뜬금없이 연락을 하자니 조금은 미안스러워서 좋은 글이나 영상을 만나면 슬쩍 말을 걸듯이 던져 보기도 한다. 그러면 따뜻한 그들은 후다닥 답을 주고, 나 역시 고맙고 좋아서 잠시 수다 문자로 회포를 푼다. 얼마 전 친구에 대한 글이 왔길래 울컥하는 대목이 있어 친구다 싶은 몇몇에게 던졌다.

"술 한 잔에 해가 뜨고,
또 한 잔에 달이 뜨니,
너와 나의 청춘도 지는구나.
남은 인생 통틀어 우리 몇 번이나 볼 수 있을까."

답들이 왔다. 짧은 몇 마디 안에 구구절절 인사가 있고, 싱긋 웃는 미소도 있고, 어깨를 툭 쳐주는 마음도 있다. 아, 이렇게라도 말을 걸길 잘했다 싶다. 오래 알았다고 친구가 되는 것은 아니란 걸 어른이 되고서 알았다. 어릴 적 친구들을 통째로 두고 떠나와 여기서 알게 되었다.

그러나 글로 쓰고 보니 맘이 쓸쓸하고, 되씹으며 더 섭섭한 건 사실이지만 정말 그렇다. 가깝다 싶을 때는 피붙이보다 좋다가도 어느 순간 팟 하고 변하는 것이 사람 관계였다. 그래도 포기가 안 된다. 내가 포기하면 그 누구도 나를 포기할까 봐.

CHAPTER 4

의자
- 돌아보며 살기

리치몬드 공원 연못으로 가는 길에 있는 간결하고 정직한 모양의 의자. 자잘한 돌이 깔려 있는 길을 지나 살짝 풀섶으로 들어서면 만나게 된다. 의자를 앉히기 전에 여러 번 위치를 확인한 듯 거기에 앉으면 앞으로 펼쳐지는 풍경이 서서 볼 때와는 다른 정경이 되어 훌쩍 다가와 선다. 모든 일이 그런 것 같다. 그 일 안에 있을 때와 그 일에서 한 발자국 떨어져 봤을 때는 다른 것이 보인다.

9월 말, 주중 미사를 다녀오다가 '써튼 머튼 공유 공동묘지(Sutton Merton joint cemetery)'로 가게 되었다. 왜 그랬는지는 모르겠다. 위령 성월은 11월인데… 더운 여름을 보내고, 청명하고 아름다운 그 가을에 가족들을 떠난 이들의 자취랄까? 장례식을 꾸몄던 많은 꽃들이 한 켠에 놓여 있었다. 할머니를, 할아버지를, 아버지를, 어머니를, 아주머니를, 아들을, 딸을, 손주를… 화려하고 밝은 색의 꽃으로 장식된 꽃다발, 꽃바구니. 카드에 적혀 있는 사랑이 가득한 말들을 보면서 눈물은 마음이 뜨거워져도 흐른다는 걸 알게 되었다.

우드랜즈 가든(woods lands garden)에서 만난 나무 그루터기 의자. 잘려진 몸체 둥지는 앞뒤로 긴 의자가 되고, 그루터기는 1인용 팔걸이의자가 되었다. 몸이 앉는 부분이 파여 앞에 떨어져 스툴(stool; 등받이와 팔걸이가 없는 서양식의 작은 의자)이 되었다. 목 깊숙이에서 감탄사가 절로 흘러나왔다. 자의 반 타의 반이란 말을 하기도 하고 듣기도 한다. 결과에 대한 책임을 벗어나려 반쯤 걸쳐진 마음일 때 참으로 유용한 말이라 생각한다. 나무는 쓰임이 참으로 명확하다. 잘려져서도 나무는 어찌 쓰여지든 본래의 속성을 깔끔하게 지니는 것 같다.

한가한 주중의 펍에서 만난 의자. 여섯 명이 둘러앉는 이 의자는 어떤 조합이 이루어지려나. 조부모와 부모와 자녀, 부모와 두 자녀와 배우자들, 세 커플… 그 무슨 조합이든 혼자 노는 걸 즐기는 사람에게 상상력은 한이 없다.

조지안 시대(1714-1837) 백만장자의 저택 폴스덴 레이시(Polesden Lacey)를 구경 갔다가 기념품가게에서 내다본 정원 의자. 이런 의자를 보면 만드는 사람이나 사는 사람은 정신적 교감이 있어야 할 것 같다. 애쓴 흔적이 너무 크지만 덥석 사게 되지 않는 그런 의자라고나 할까.

제대 앞 신랑과 신부의 의자. 마주보는 의자가 아니라 같은 방향을 바라보는 의자 배열은 그 저 그것만으로도 많은 메시지가 있어 보였다. 앞으로의 일들을 함께 손잡고 대면하게 될 것 이란 것을 알려주는 듯하고, 살면서 신에게 기 도할 일이 많을 거란 걸 보여주는 듯하다.

세븐 시스터즈(Seven Sisters; 잉글랜드 남부 해안에 있는 웅장한 백악질의 절벽)의 절경을 제대로 보고자 반대쪽으로 가서는 의자만 찍고 왔다. 바다를 향해 마치 한 무릎을 세우고 멀리 바라보며 앉은 탐험가처럼 보이는 이 나무의자는 앞이 아니라 옆에서 보는 것이 좋았다.

런던 트라팔가 광장(Trafalgar Square) 근처의 노썸버랜드 애비뉴(Northumberland Avenue)에 있는 한영 문화원에는 멋스러운 실크 의자들이 놓여 있었다. 일 때문에 찾아간 그곳에서 기다림과 기대를 품고 만난 의자였으나 편치 않았다.

템즈 강(Thames River)을 내려다보는 공원. 뒤쪽으로는 강에서 올라와 한낮을 즐기는 오리 무리가 잔디밭의 주인이었고, 그네들의 휴식을 지키는 듯 단호함이 보이는 의자는 감히 앉기가 송구했다.

사진들을 정리하다가 지난 시간들 중 의자에 빠져서 찍어댄 여러 사진들 중에서 내게 여러 생각을 떠오르게 한 것들을 그대로 두기가 조금 아쉬웠다. 태국 여행 중에 짐 톰슨이란 신비로운 인물의 하우스 뮤지엄에 갔을 때 담은 의자이다. 그늘에 놓여진, 더욱이 벽을 향해 의자를 배치한 것이 눈에 들어왔다. 바로 등 뒤에 꽃과 연못이 있는데, 벽을 보도록 의자를 놓은 것은 사람들을 여름의 고문 같은 햇빛으로부터 눈조리개를 쉬게 해주고자 배려한 것이라는 생각이 들었다.

처칠(Winston Churchill) 생가에 갈 때마다 느꼈던 것은 어려운 시기에, 그리 머리가 좋지는 않았지만 세상을 넓게 보았던 한 정치가의 정신세계가 국민들에게 주었던 믿음이란 건 어떻게 만들어진 것인가 하는 점이었다. 이 의자는 블렌하임 궁전(Blenheim Palace)의 정원 한 쪽에 있는 시크릿 가든(Secret garden)에 놓여 있었다. 작은 오솔길을 천천히 걸어 들어가다 보면 마치 한쪽에서 무언가를 골똘히 생각하는 듯이 보이는 이 의자를 만나게 된다. 떠들며 얘기를 하기에는 조금은 미안한 생각이 드는, 그래서 무언가 해결점을 끌어내야 하는 문제가 생기면 다시 가 보고 싶다.

석상과 나란히 의연한 자태로 놓여 있는 의자. 워렌 하우스(Warren house). 무언가 설정이 있게 배치한 것 같기만 했다.

지난 몇 달 동안 행사를 기획하고 이러저러한 일들을 하면서, 또 공연 팀들을 맞아 함께했던 열흘간의 시간들이 내게 일깨워준 단어는 꿈과 밥이었다. 꿈을 생활에서 보여주는 사람들이 밥을 먹지 않을 수는 없다. 그리고 순전히 밥을 위해 사는 사람들이라 해서 꿈이 없다고 금 그어 몰아놓을 수도 없다. 그러나 화려한 밥과 화려한 꿈을 모두 갖춘 이들 뒤엔 땀과 눈물이 있고, 화려한 꿈과 조촐한 밥을 몸으로 갖는 이들에게도 채워 주는 다른 무언가가 있다. 나는 조촐한 꿈과 조촐한 밥으로 살고 있지만, 대신 달콤한 허기가 있다.

9월이 시작되는 시기에 피정을 갔었다. 점심을 먹고, 일 없이 앉아서 남은 시간을 보내다가 수도원 마당을 어슬렁거리게 되었다. 자연스럽지만 알뜰하게 다듬어진 화단. 별스런 모양은 없지만 나지막해서 잔디 쪽으로 두 다리를 쭉 펴고 싶게 하는 나무 의자를 만났다. 쉬기보다는 주저앉게 하는 의자였다.

"화제를 바꾸지 마세요!(Don't change the subject!)"

아이들과 얘기를 하다가 정말 계속해봐야 내가 곤란하다 싶으면 나는 어른이란 이유로 느닷없이 "숙제는 했느냐?", "가방은 다 싸봤느냐?", "지금 뭘 입고 있는 거냐?" 소리친다. 내가 생각해도 유치한 도망질을 할 때가 있다. 그럴 때 딸아이는 엄마한테는 웬만해서는 쓰지 않는 영어란 걸 쓰면서 만기를 든다. 엄마가 반칙하니까, 나도 존중하지 않고 내가 편한 영어를 쓰겠다 뭐 그런 맘으로 "왜 쟁점을 벗어나느냐?", 아니 "대답을 똑바로 하시오!" 뭐 그렇게 나온다. 딸아이가 그런 식으로 나오면 나는 돌아서며 섭섭하다.

런던 탑(Tower of London)과 늘어서 있는 비 맞은 의자들. 비 오는 날에 일이 줄어드는 건 거리 의자들이다. 분주히 지나치는 사람들 사이에서 눈 여겨 보지 않게 되는 의자. 쓸쓸하게도 보이고, 처량하게도 보인다.

혼자 있어도 전혀 심심해보이지 않는 의자 중에 이보다 더 그럴 듯한 건 없다. 보는 것도 앉는 것만큼이나 행복한 의자. 평화롭고, 기분이 젊어지고, 미소가 나오는 의자. 그리 편치는 않지만 또 왠지 흔들어야 할 것 같은 이런 자극은 잠시 즐겁다.

딸과 서울민속박물관에 갔다가 이 사진을 찍었다. 실내 촬영이 되는지를 알 수 없어 찍고 나서 얼른 돌아섰다. 걸어 올라가야 하고, 그리고 등을 바로 세우고 표정을 신경 쓰며 앉아 있어야 하는 왕의 의자. 그런 쉽지 않음에 대한 배려로 의자를 멋지게 장식해준 것이라고 생각하고 싶었다.

딸은 추운데 멀쩡히 앉아 있으라는 엄마가 피곤하다는 걸 뒷모습으로 보여준다. 하늘이 흐린 것이 아쉬웠다. 그러나 보이는 모든 것이 좋다. 다른 수식어가 필요 없이 끝내주는 정경 앞에 자리한 이 의자는 전생에 착한 궁녀였는가.

〈아낌없이 주는 나무〉란 어른들을 위한 동화책이 있다. 모든 것을 내어주고 그루터기로 남은 나무는 이제는 늙은 소년을 자신의 몸에 앉혀준다. 그 그림이 마지막 장이었다.

여린 연둣빛의 나무는 사람을 앉고 싶게 하지는 않는다. 눈이 먼저 가기는 하지만, 그러나 마르고 거칠어진 늙은 나무는 기대고 싶게 한다.

프라이데이 스트리트(Friday street), 사람들과 이 숲, 이 호수를 올 때마다 나는 옆으로 누운 이 나무 몸통에 앉아 있는 사람들을 본다. 그리고는 그 사람들에게서 나를 보곤 한다.

햄프턴 코트(Hampton Court)에 갔다. 그늘에 놓인 의자는 텅 비어 있고, 양지에 놓인 의자에서는 노인들이 해바라기를 하고 있었다.

"그럴 수도 있다."

내가 뭔가를 잘못했을 때 상대가 그렇게 말해주면 고맙고 부끄러워진다.

"그럴 수도 있다."

내게 뭔가를 잘못한 상대가 내게 그런 말을 하면 나는 마음이 불편해지고, 결국에는 화가 난다.

"그럴 수도 있다."

상대가 무언가를 잘못했다는 것을 확실하게 아는 내가 그렇게 말해주기는 정말 어렵고, 말을 해야만 한다면 할 수 없이 말하고는 정말 그런 마음일까 상대보다 오래 생각한다.

사람들과의 관계에 객관식은 없다. 늘 주관식이다.

뉴 포레스트(New forest)를 갔을 때 산책로에서 만난 의자. 둘레에 서 있는 잎을 틔우는 나무와 사람을 기다리고 사람을 담는 나무.
그러나 왠지 그저 저 의자는 원래 저렇게 자란 나무일지도 모른단 생각이 들었다.
나는 친하다고 생각하는 사람에게는 사랑을 전하려고 애를 써서 말한다. 그리고 덜 친한 사람에게는 아주 모호하게 말하는 버릇이
있다. 아주 친하지 않은 사람에게는 인사도 안 하는 경향이 있다. 그러나 아예 모르는 사람은 편안하다. 나는 늘 내 안에 있는 나를
좋게 바꾸고 싶어 하지만, 나는 반성문만 길게 쓸 뿐 실제로 변했다가 돌아오고 다시 변한다, 원래대로⋯

사람들이 의자를 설치할 때 하는 생각을 상상해본다. 아마도 이 의자를 놓은 사람들은 다시 와서 이 풍경을 자신이 만들었다고 생각
하고 싶었을 것이다. 풍경에 놓인 의자가 아니라 앉은 자리로 다가와준 풍경이라고.

시포드(Seaford: 영국 잉글랜드 이스트서식스에 있는 휴양도시)에 살던 비니(Viney)란 청년은 28살에 이라크에 파병되었다가 죽었다. 이 거리를 걸어다니고, 친구를 만나고, 웃고, 달리고, 누군가를 기다리고 했을 것이다. 그를 알던 사람들은 여전히 여기서 그를 생각할 것이다. 11월 위령 주간에 그를 기억하는 누군가가 가져다 놓은 꽃들이 내 발걸음을 붙잡았다.

의자를 놓았으면 하는 자리이다. 완만하게 오르고, 아니 오른다는 느낌 없이 오르다가 돌아본 저 아래 풍경. 평화롭고 정겹다. 난 부지런히는 삶을 걸었지만 치열히 걷지는 않았던 것만 같다.

베트남의 호텔 로비 한 켠에 있던 구두 닦는 의자. 실제로 구두 닦는 사람을 보지는 못했으나 왠지 향수 어린 기분이 들었다.

베트남 나트랑에서 찾은 가톨릭 성당 마당. 유명하다 싶은 성인상들이 성당 맞은편에 주욱 계셨다. 강렬한 여름 햇볕에 녹지 않을까 걱정이 될 지경이었다. 빈약한 그늘이지만 나무가 둘러서 있는 그곳엔 촘촘히 의자들이 놓여 있었다. 역시 이 나라 사람들은 서 있는 걸 안 좋아하나 보다. 아니 쉬려고 찾는 곳이라서 그런 것일지도 모르겠단 생각이 들었다. 종교는 삶을 벌주고자 함이 아니라 삶을 위로해주는 것이니까.

헝가리 부다페스트의 마차시 성당(Matyas templom) 앞의 의자다. 한낮 기온이 40℃를 오르내리는 땡볕 아래 누구도 앉으려 하지 않고, 자기들끼리 나른한 오수를 즐기는 의자들이라고나 할까… 의자가 만든 그늘이 재미있었다.

폴란드 바르샤바의 올드 타운 마켓 플레이스(Old town market place) 한쪽에 있는 의자. 차도 쪽으로 나와 있는 의자가 꼭 인도에 걸터앉은 것 같다. 광장 가운데에서 무슨 일이 벌어지고 있는지를 구경하는 것처럼 보였다. 전쟁 중에 바르샤바가 거의 완전히 부서졌다는데 이 의자는 그때도 그렇게 있었을 것 같기만 하다. 무언가를 보고는 입을 꼭 다물고 있는 것처럼 느껴졌다.

아주 잠깐 쉬고 싶을 때 생각나는 의자는 이런 모습이 아닐까. 폴란드 바르샤바의 수상궁전이 있는 로얄 와지엔키 공원(Royal Lazienki Park)을 걷다가 눈에 들어온, 혼자 앉아 쉬고 싶은 의자였다. 누굴 기다리기에는 좀 슬프고, 여럿이 앉기에는 좀 어울리지 않는 나른함이 있다.

폴란드 크라쿠프(Krakow)의 바벨 힐(Wawel hill)에 있는 왕궁 벽에 바짝 붙어 있는, 왕궁의 분위기와 조금 따로 노는 듯한 돌 의자. 만드는데 별로 고민을 안 했을 것 같은 모습이 왠지 안쓰러웠다. 한여름이라 곁에 있는 덩굴이 그래도 정겹다. 겨울이 되면 쫓겨난 아이처럼 보일 것 같겠다는 생각이 들었다.

어제는 저녁을 먹는데 느닷없이 산책을 나가자고 남편이 말했다. 시계를 보니 7시가 조금 넘었다. 남편은 "좀 있다가"로 답하는 내가 너무도 신기했는지, 밥 먹자마자 당장 나가자고 하지 않는다. 나도 늙고, 남편도 늙는 모양이다. 한쪽은 기다리는 걸 배워가고, 한쪽은 운동이란 걸 해야 한다는 걸 배워간다.

훤한 초저녁, 8시가 넘어서야 휘적휘적 걷는 날 끌고 남편이 산보를 나섰다. 동네 근처 공원도 한 번 돌고, 집 뒷동네도 돌았다. 앞정원이 예쁜 집, 여왕 재임 60년을 기념하는 뭔가를 내걸어 놓은 집, 얼마 전 끝난 축구 열풍에 첼시 깃발을 창문에 도배해 놓은 집… 개들에 끌려 산책 나온 사람들을 보며 남편은 계속 개를 기르면 안 된다고 휴가를 못 간다고 중얼대고, 나 들으라는 듯이 몇 번이고 반복한다. 사오십 분 남짓 따로 그러나 같이 걷고 들어와서 서로 뿌듯했다.

코츠월드(Cotswold: 영국 옥스퍼드 근처의 전원마을) 한 자락에서 만난 의자. 문득 우리 부부 같았다.

십여 년 전에 앤티크 가게에서 눈에 쏘옥 들어와 만지고 만졌었는데, 어느 날 남편이 사들고 온 장괘틀이다. 마치 장괘틀이 없어서 기도를 못한 양 그 즈음엔 누가 안 볼 때 몰래몰래 기도를 했다. 왠지 더 경건하고 진정성이 뚝뚝 떨어지는 듯했다. 무릎이 아파야 기도가 되는 것 같기도 했다. 앉는 의자가 아니라 무릎을 꿇어야 하는 장괘는 내게 어떤 희생 같아서 기뻤다. 그런 것이 좋았던 시기도 있었다.

이렇게 예쁜 거리의 벤치를 본 적 있던가 싶다.

월리스 컬렉션(Wallace collection)에서 만난 귀부인 자태의 의자. 사람도 가구처럼 느껴지는 경우가 있다. 물론 구색이 맞으면 그래도 나은 편이고, 튀거나 분위기를 망치는 가구는 다음 번 만남이 번거롭다.

왜 의자였는지는 기억이 날 듯도 하고, 사실은 그 이유가 아닐지도 모른다는 상태다. 여행을 다니며 눈에 들어온 의자는 내겐 그곳을 마음에 담는 첫 이유가 되기도 했다. 어느 때부터인지 사진 찍히는 것에 심히 부담스럽더니 나 자신을 거기에 앉혀 놓고 사진을 찍는다는 심정으로 의자를 담았다.

버로우 마켓(borough market)을 구경 갔다가 마주한 한 식당 입구. 2월의 런던이 얼마나 추웠는지 짐작하게 하는 사진이다. 오후 1시가 넘은 시각, 웬만한 추위가 와도 담배 피우는 것을 절대 포기 않는 관광객들. 그것도 유럽인들은 야외의 자리를 마다않는다. 더욱이 친절히 등처럼 보이는 온열기가 네 개나 있는데 한 명도 밖에서 먹으려 하지 않는다는 것은 정신이 온전한 사람이라면 그런 모험은 하지 않는다는 뜻이다.

암튼 우산으로 예쁘게 애써 장식한 식당의 의자들은 개점휴업 중.

수줍게 올라온 수선화를 배경으로 나름 신경 쓰고 외출한 노인 같은 의자를 한 컷 담았다. 좀 더 날이 좋아지면 해바라기하는 노인들이 편안히 앉아 볕을 즐길 것 같은 상상이 들었다. 잠들기 전, 책을 덮은 다음 독서등을 끄고 이불을 당겨 목 주위에 꼭 끼워 넣고 상상 여행을 한다.

대체로는 내일 뭘 하는데 멋지게 해내는 상상을 하면서도, 그 날 하루 동안 억울하게 지낸 일들에서 벗어나질 못한다. 그 말을 왜 못했나, 그걸 왜 못하고 말았나, 그건 하지 말았어야 했는데 하면서 말이다. 나의 상상 여행은 늘 현실에서는 못하는 일에서 시작해서 결국에도 끝끝내 못할 일로 끝이 난다.

독일의 한 성당에서 멀쩡하게 대접 받으며 쓰이고 있는 의자.

경매에 나와 간택을 기다리는 유기견 같은 의자. 누군가 선택해 주기를 기다리는 서글픈 얼굴을 한 의자.

나는 이런 책장을 갖고 싶다. 나는 저런 사다리를 타고 책을 찾아 꺼내고 싶다. 나는 약간은 닳은 듯이 보이는 나무 바닥에 구두소리를 내며 천천히 걸어가 천천히 의자를 빼고 조금은 덜 편한 듯한 저런 의자에 앉는다. 의자를 당겨 앉은 후 책으로 시선이 가기 전에 창밖을 살짝 내다보고, 등을 켜기 전까지 음미하듯 햇볕을 등으로 받으면서 책을 읽고 싶다. 그런 때의 의자는 그저 저렇게 의자스러우면 된다.

어디에서 누구로 살든

처음에는 누군가에게 얘기를 하듯 쓰기 시작한 글들이었습니다. 행복한 사람은 일기를 쓰지 않는다고 하지만, 돌아보니 나의 지난 하루하루는 모두 특별하고 의미 있는 날들이었습니다. 그곳에는 내 주변에 있었던 사람들과 일들이 내 방식으로 기억되어 남아 있었습니다.

1990년 봄에 시작한 나의 결혼생활, 그리고 또 다른 시작이었던 영국에서의 생활. 기대였든 걱정이었든 간에 안과 밖이 모두 엄청나게 바뀐 낯선 환경에 나는 적응해야만 했습니다. 모든 것이 처음이라서 혼란스러웠던 나는 중얼거림이 버릇이 되고, 혼잣말 투로 생각을 정리하며 스스로를 토닥여왔습니다.

"친업Chin up!"

기죽지 말자, 고개를 들자! 외국 여자로 삼십여 년을 영국에서 살면서, 그리고 주부로 또 풀타임 엄마로 살면서 내 머릿속을 유영하던 말이었습니다.

사람은 절대 변하지 않는다고도 하고, 세상에 변하지 않는 사람은 없다고도 합니다. 줏대가 없다고 할지 모르겠지만 나는 사람은 변하기도 하고, 변치 않기도 한다고 생각합니다. 돌아보면 내가 어떻게 그렇게 살았나 싶게 한심할 때도 있었고, 어쩌면 그렇게 할 수 있었을까 싶게 뻔뻔했던 적도 있었다는 걸 기억합니다. 때로는 기죽어서도 지냈고, 때로는 자존심이 하늘을 찔렀던 것은 사실 내가 그리 단단한 사람이 아니었기 때문이었을 거라고 생각합니다.

많은 사람들이 자신의 이야기를 글로 쓰면 대하소설로도 모자랄 거라고 합니다. 그것은 아마도 사람들의 마음속에는 자신이 그리고 있는 이상적인 삶이 있기 때문이라고 생각합니다. 그저 바람직하게 "존경할 만한 부모 밑에서 형제들과 우애 있게 지내다가 운명의 짝을 만나 까무러치게 사랑하다가 결혼해서 아들 딸 골고루 낳아서 알콩달콩 살다가 느닷없이도 아니고 끔찍하게도 아니고 적당한 나이에 좋은 날에 죽었다"로 살고 싶은 속내 때문이라고 생각합니다.

살면서 제가 깨달은 것이 있다면, 대부분의 사람들이 멀리서 보면 그렇게 기구할 것도 없지만 가까이서 보면 그리 편안하지도 않은 삶을 산다는 것이었습니다.

그동안 더러는 자랑하고 싶은 일들을 하기도 하고, 또 빼앗길까 두려워 꼭꼭 숨기는 행운도 겪으며 살았습니다. 이제 대수롭지 않게 느껴졌던 지난날들에 대한 기억들이 위안으로 다가옵니다. 어느덧 중년의 나이에 이르러 지난 시간을 짚어보니 늘 뭘 하기엔 늦었다 생각했던 30대, 40대도 청춘이었습니다. 마찬가지로, 앞으로 어느 날엔가는 바로 지금이 청춘이었다 생각하겠지 싶은 마음입니다. 이제 무릎도, 손목도, 시력도 한창 때를 훌쩍 지나 자신은 없지만 조심스럽게 그러나 설레며 다시 시작이란 것을 해보고 싶습니다.

내가 사는 곳 영국

지은이 | 안장민숙
펴낸이 | 박영발
펴낸곳 | W미디어
등록 | 제2005-000030호
1쇄 발행 | 2018년 5월 11일
주소 | 서울 양천구 목동서로 77 현대월드타워 1905호
전화 | 02-6678-0708
e-메일 | wmedia@naver.com

ISBN 979-11-89172-00-8 (03810)

값 14,000원